도시의
정령들

도시의 정령들

엄연화 지음

상상을 넘어 망상에 이르면 사고는 길을 잃고
사유는 썩어 악취를 풍긴다고…

그래도 상상의 모태가 되어 기꺼이 썩어간 망상을 나는 사랑한다.
수많은 이성들이 내 망상을 향해 돌을 던져도.

· 목 ·
차

도시의 정령들 / 7

31 / 메모리얼 다이아몬드

빨간 지갑 / 61

87 / 구멍 속의 축제

불바라기 / 107

135 / 난지도의 노래

목마의 환상 / 161

181 / 건널목

다락방 남자 준 / 201

221 / 출구

도시의 정령들

한쪽 눈이 미처 다 떠지지도 않은 채 오른쪽 발을 길게 뻗어 컴퓨터의 전원을 검지 발가락으로 누른다. 길게 오래도록, 지지직… 찡, 모니터 화면을 가로지르는 정전기, 느릿한 철제금속의 대문이 열리듯 화면은 켤 때마다 갈증을 일으킨다. 목이 마르다. 나는 냉장고가 있는 주방을 쳐다보곤 이내 포기한다. 그녀가 있는 방문 앞을 지나쳐서 가야 한다.

마우스가 목직도 없이 이곳저곳을 떠돌며 블로그의 섬들을 탐색한다. 빠르게 넘어가는 모니터 속의 화면, 그 속도를 이기지 못해 잠시 망막이 흔들린다. 대뇌와 망막이 마우스를 향해 동시에 촉각을 곤두세운다.

마우스가 멈춘다. 화면 가득 뭔가가 마치 살아서 꿈틀거리는 것 같은 오싹한 느낌이 머리를 가로질러 심장 한복판을 지나간다. 화면이 한눈에 다 들어오지 않는다. 그림 자체가 화면을 넘어 어디론가 끝없이 뻗어나간다. 화살표를 따라 마우스를 이동시켜 보지만 화면은 더 이상 확장되지 않는다. 짧고 간결한 생명력으로 버텨내는 사이버 공간의 규칙을 무시한 화면, 그 안에 나는 꼼짝없이 갇혀버린 기분이다. 왠지 짜증이 난다. 동시에 그곳으로부터 벗어나고 싶다는 생각이 마치 엄청난 욕망처럼 창자를 뒤틀며 올라온다. 하지만 내 손가락은 어떤 덫에 걸린 것처럼 꼼짝하지 않는다.

 담묵색의 검고 어두운 덩어리들이 뒤엉킨, 컴퓨터 화면 속의 그림들이 눈앞으로 불쑥 튀어나오다가는 어느새 저만치 아득한 점처럼 멀어져 간다. 착시현상인가. 나는 눈을 비비고 다시 한번 온 신경을 집중시켜 본다. 크고 작은 발자국들? 혹은 물방울들? 혹은 깨알보다 작은 꽃들의 집합체일까. 담묵색의 어둑하고 칙칙한 꽃봉오리들이 잎을 오므린 채 모여 있는 모양, 그러나 자세히 보니 그것은 글씨다. 궁서체의 글씨가 문자라는 본래의 모습으로부터 탈피한 것 처럼. 가로세로 띄어쓰기, 문법, 어느 것 하나도 제대로 된 것이 없다. 어디가 첫머리고, 어떻게 읽어야 하는지, 나는 잠시 눈을 감고 머릿속을 정리한다. 다시 화면의 글씨를 향해 집중한다. 차츰 글씨들이 눈을 통해 머릿속으로 각인된다. 작은 글씨들의 꽃잎이 모여 큰 꽃잎을 이루는 무늬가 정교하게 새겨져 있다. 도시라는 낱말과 빛이라는 낱말 사이에 자웅동체라는 낱말이 버팀목처럼 버티고 있다. 글씨들, 아니 꽃잎들은 망막의 확대를 따라 무한한 공간으로 확장되었다가 축소되기를 반복한다. 대뇌가 조합되지 않은 글자들을 재배치하면서 집요하게 읽어낸다.

차츰 담묵색의 꽃잎들이, 아니 글씨들이 제 모양으로 꼴을 갖추면서 문장이 만들어진다.

> 빛이 도시를 삼킨다. 그 빛의 포말이 도시의 하늘을 덮는다. 인간들은 서서히 자웅동체로 길들어져 간다. 감정의 습지는 말라버렸고 말랑하던 표피는 단절이라는 굳은 각질로 변해버렸다. 한 줄기 희망처럼 심장을 둘러싸고 있던 심연의 어둠, 도시의 빛은 그 어둠마저 뚫고 심장을 갉아먹는다. 구멍이 뻥 뚫린 심장에서는 꿈, 영혼, 어머니, 사랑의 관계들이 악취를 풍기며 고름처럼 줄줄 흘러내린다. 관계의 고름이 다 쏟아진 인간들의 가슴을 가득 메운 빛. 잉태를 원하지 않는 관능적인 배꼽, 비어버린 정자 주머니를 가득 채운 영화, 그들이 만나 세상에 낳아놓은 공기보다 가벼운 존재 가치, 그 존재 가치가 또다시 도시의 빛을 뜨겁게 달군다. 그래도 아직은 조금 남아 있는 희망처럼, 문득, 어둠을 꿈꾸어 본다.

얼마나 오래도록 화면 속 꽃잎들, 아니 글씨들을 찾느라고 시간을 보낸 것일까. 이제 화면 속의 글자들이 스스로 꿈틀거리며 기어 나오는 것 같다. 나는 의자를 힘껏 뒤로 밀어젖힌다. 화면 속 담묵색의 그림이, 아니 글씨들이 서서히 거대한 고목처럼 커진다.

마른 풀잎처럼 서걱거리는 눈을 애써 화면에서 돌리고 일어선다. 마우스가 책상에서 아래로 떨어진다. 화면의 글씨들이 날벌레가 되어 나를 향해 화살촉을 쏘아대는 것 같은 따가운 시선을 등 뒤로 밀어버리고 마우스도 내버려둔 채 방문을 연다. 쉭, 이상한 소리가 귓전을 스쳐 간다. 목이 마르다. 냉장고를 떠올린다. 그녀의 방문을 지나쳐 가야 하는 사실이 이렇게 내 마음을 짓누르고 있다는 사실에 놀란다.

짙은 어둠이 훅하고 날숨을 몰아쉬며 기다렸다는 듯 달려든다. 넓은 거실을 가로질러 두꺼운 커튼이 드리워진 베란다 창문, 그 틈새로 칼날처럼 날카로운 빛줄기 하나가 거실을 가로지른다. 지금이 몇 시일까. 밤과 잠의 상관관계가 혼란스러운 주말이면 도대체 시간의 가늠조차 무의미해져 버린다. 그녀는 저 방 안에 있는 걸까. 견고한 성처럼 굳게 닫힌 방문을 밀어볼 용기가 나지 않는다. 지금 그녀가 저 방문을 연다면 방 안으로 들어설 용기는 있는 걸까, 모르겠다. 그녀의 텅 빈 눈, 백치 같은 얼굴이 잘 떠오르지 않는다. 나마저 백치가 되어가는 느낌, 눈꺼풀이 떨린다. 한입 가득 베어 문 빵을 씹지도 못한 채 목이 꽉 막혀오는 것 같은 고통이 짓누른다. 길게 숨을 몰아쉰다. 의학지에 싣기로 한 치아교정에 관한 문제점들을 정리해야 된다는 생각이 떠오른다. 그녀의 가지런한 이 사이로 슬쩍 배어 나오던 웃음이 아주 오래된 기억처럼 멀어진다.

나는 무심한 듯, 그러나 속으로는 무척이나 조심스럽게 그녀의 방문 앞을 지나친다. 이런 나 자신이 우습다. 그녀는 어쩌면 지금쯤 내 존재조차 잊어버린 건지도 모르겠다는 생각이 든다. 그녀에게 생각은 아무런 의미가 되지 못한다. 그녀는 자신이 필요한 시간에 자신이 필요로 하는 만큼 나를 옭아매어도 꼼짝 없이 그녀의 사슬에 묶여버리는 나는 늘 생각만 되풀이하고 있지 않은가. 생각은 언제가 나를 말라비틀어진 나무처럼 아무짝에도 쓸모없게 만들 거라던 그녀의 말처럼 나의 이성은 그녀와의 관계에서 점점 마비되어 간다. 그래도 여전히 내 머릿속에는 그녀의 방문을 열고 싶은 욕망과 거절당할 것 같은 두려움이 수없이 교차한다. 지금 내게는 언제나 그녀가 나를 필요로 할 때까지 기다리는 인내심이 필요하다.

　냉장고 손잡이를 잡아당기다가 그만둔다. 어차피 비어 있을 냉장고를 무심코 열 때마다 느끼는 비루함, 뭔가에 조롱당한 것 같은 기분은 여전히 떨쳐버릴 수 없다. 물컵을 정수기에 들이댄다. 순간 어디선가 목소리가 들린다. 심장이 쿵 내려앉는다. 그녀일까. 나는 최대한 인내심을 발휘하여 물컵에 가득 차도록 물을 받는다. 빨라지는 맥박과 반비례하는 시간, 꼭 그만큼의 시간을 끌며 허리를 꼿꼿이 세우고 천천히 돌아선다. 여전히 칙칙한 어둠과 한 줄기 빛살만이 거실을 차지하고 있다. 아득한 지평선만큼이나 멀어 보이는 그녀의 방문은 굳게 닫혀 있다. 눈꺼풀이 떨린다. 목구멍이 먹먹하다. 배설되지 못한 내 몸 안의 정자들이 언제부터 그녀의 자궁을 이토록 그리워했던가. 나의 정자 주머니를 가득 채운 욕망은 그녀의 자궁보다 영화의 화면에 배설하기를 더 좋아하지 않았던가. 방으로 향하는 발걸음이 빨라진다. 미끈거리는 마룻바닥이 발목을 잡고 늘어지는 것 같다. 등 뒤에서 또렷한 음성이 또박또박 들린다. '필터를 갈아주세요.' 금속의 정확한 기계음이다. 뒤엉킨 현실을 가장 먼저 인식한 것은 정수기인지도 모른다는 생각에 입가에서 웃음이 피식 새어 나온다.

컴퓨터 화면이 시커멓게 꺼져 있다. 마우스를 집어 올려 선 채로 클릭을 한다. 여전히 터트리지 못한 꽃망울 같은 글씨지만 아까보다는 좀 더 선명한 윤곽을 드러내며 눈 안으로 들어온다. 의자를 잡아당겨 엉덩이를 밀어 넣고 들고 있던 물컵을 멀찍이 내려놓는다. 이상하게 한바탕 전쟁이라도 치러야 될 것 같은 긴장감이 화면과 내 망막 사이를 팽팽하게 가로막는다. 글자들의 조합이 한결 쉬워졌다. 길게 숨을 들이마신다. 마치 담묵색의 꽃들, 아니 글씨들과 전투라도 치를 듯이 긴장감이 고조된다. 아까보다는 고지를 차지하기에 유리한 조건이다. 글씨들의 조합이 훨씬 쉬워졌다.

음악이 흐른다. 재즈의 선율을 따라 여자의 머리카락이 흐트러진다. 여자의 긴 두 다리 사이로 몸에 착 달라붙은 레깅스, 도톰한 음부가 유난히 도드라진다. 여자의 온몸은 아메바의 위족 운동처럼 자유롭다. 자신의 모든 것을 안으로만 끌어들일 듯이 몸을 동그랗게 웅크리는가 싶더니 어느새 활처럼 휘어지고, 휘어진 몸뚱이는 해삼의 등판같이 매끄럽고 말랑한 물체가 되어 한 마리 자웅동체의 물고기가 된다. 물살을 가르며 지느러미를 살짝 튼다. 왼쪽으로 한 번, 오른쪽으로 두 번,

음악은 격렬한 흐느낌으로 흐르고 있다. 틀어 올린 여자의 머리카락이 바람도 없는 공중에서 흐트러진 채 흐느적거린다. 시간이 길게 흐른다. 여자의 머리카락이 등 뒤로 흘러내린다. 검은 갈색의 윤이 나는 머리카락 몇 올이 땀에 젖은 여자의 뺨에 달라붙는다.
  시원한 바람처럼 향기가 날아온다. 향기가 조금씩 사방으로 퍼져나간다. 너무 지독해서 가까이 갈 수 없는 치자꽃 향기, 여자에게서도 그런 향기가 난다. 그 향기는 사람들을 취하게 만든다. 사람들의 눈빛이, 마음이, 설렘으로 술렁거린다. 파도가 밀려온다. 여자의 몸은 파도를 타고 폭풍 한가운데로 거침없이 헤엄쳐 간다. 자웅동체의 물고기는 거센 파도 속에서 홀로 잉태의 고통을 견디어 낸다. 사람들의 탄식 소리가 여자의 움직임을 따라 커졌다 잦아들곤 한다. 어딘가로 멀리 떠나가던 여자의 눈빛이 되돌아온다.

  글씨를 읽어내다 말고 문득 치사꽃에 관한 어떤 기억이 떠올라 잠시 마우스의 움직임을 멈춘다.
  방 안 가득 치자꽃으로 장식된 어느 자살자의 침실이 텔레비전 화면을 채우던 장면이 기억난다. 죽음의 향기라고 눈에는 웃음이 가득한 채 작고 붉은 입술을 달싹거리던 아나운서의 입술도 선명하다. 빗속에서 꽃을 피우고 흠뻑 젖은 꽃잎에서 향기를 뿜어내는 꽃. 가까이에서는 맡을 수 없는 고약한 향기지만 멀어질수록 온몸을 파고드는 은은한 향기. 한 번도 맡아본 적 없는 치자꽃 향기가 방 안을 부유하며 떠도는 것 같다. 어쩌면 그녀에게서도 그런 치자꽃 향기가 났던 건 아닐까. 비가 내리는 도시 한복판에서 우산도 없이 빗속을 걸어가던 그녀를 처음 만난 날 그녀에게서도 이상한 향기가 났었다.

그녀를 처음 만났던 날, 아스팔트도 대리석 건물도 모두 빗속에서 몸살을 앓고 있었다. 습하고 눅눅한 공기 속에 갇혀버린 도시의 사람들은 대부분 휴가를 떠나버리고 거리는 텅 비어버린 녹슨 항공모함 같았다. 남아 있는 사람들은 어딘지 도시의 톱니바퀴에서 튕겨 나온 쓸모없는 군상들 같았다. 얼마나 오래도록 비가 내렸는지, 햇살을 본 기억조차 가물거렸다. 도시 전체가 우울증을 앓고 있는 것 같았다. 나도 그 우울증에서 벗어날 수 없었다. 온통 습기로 가득 찬 도시 위에 위태롭게 서 있는 오피스텔의 좁은 공간은 나를 더 불안하게 만들었다. 무작정 거리로 나섰다. 비가 추적거리는 거리 위로 물안개가 무겁게 내려앉은 도시는 높은 습도와 숨 막히는 열기로 발을 옮길 때마다 숨이 턱 막혀왔다. 나는 숨을 몰아쉬며 빠르게 걸었다. 큰길 모퉁이를 돌아서 담장이 낮은 주택가를 지나고 상가가 밀집되어 있는 시장통을 지나서 원추형으로 된 지붕의 기울어진 모퉁이를 막 돌아섰을 때 빠르게 걷던 내 걸음이 잠시 주춤거렸다. 텅 빈 거리, 검은색 아스팔트 중앙의 노란 선 위로 맨발이 걸어가고 있었다. 기다란 발가락의 푸른 정맥들이 금방이라도 튀어 오를 듯 걸음걸이는 춤을 추고 있었다. 우산 사이로 내 눈길이 천천히 그 맨살의 긴 다리를 기어올라 짧은 허리를 지나서 젖은 머리카락이 들러붙은 여자의 유방까지, 그리고 잠시 숨을 고른 뒤 그녀의 얼굴을 쳐다보기까지 꽤 긴 시간이 흐른 것 같았다. 좁은 2차선 도로 위로 달려오던 자동차 한 대가 급하게 브레이크를 밟는 소리, 여자의 옷깃을 스치듯이 지나치는 자동차, 하지만 여자의 눈빛은 어딘가로 멀리 달아나고 있었다. 온몸의 신경이 곤두섰다. 금방이라도 달려가야 될 것 같은 불안과 그대로 지나쳐 버리고 싶은 망설임 때문에 나는 주춤거리며 그녀를 따라 보도블록 위를 걷고 있었다.

그러던 어느 순간 문득 정신을 차려보니 나는 여자를 따라 중앙선을 걷고 있었다. 여자의 몸은 비에 흠뻑 젖어서 우산 따위가 필요하지는 않았다. 그러니까 나는 그저 우산을 들고 여자의 뒤를 따라 중앙선을 걷고 있는 꼴이었다. 가끔씩 지나가는 자동차 외에는 거리는 사람들의 그림자조차 보이지 않았다. 이상했다. 비가 내리는 오후, 휴가를 떠나버린 도시의 공허가 혀를 널름거리며 나를 조여왔다. 이 도시에는 오로지 그녀와 나 둘만이 남겨진 것 같았다, 아주 오래된 기억 속의 어느 곳으로 돌아온 느낌이었다. 도시의 공허가 오히려 평온하고 자유로웠다. 모든 것이 안으로 갚아들었다. 비에 젖은 나뭇잎도 대리석 건물도 후더운 공기까지도, 그리고 우주까지 내 안으로 자꾸만 밀고 들어와 내가 되어갔다. 마침내 그녀마저 내가 되었다.

나는 그녀를, 아니, 나를 안고 걸었다. 아스팔트 길이 끝나는 곳에 이르자 호수로 통하는 좁은 길이 나왔다. 여자가 호수 길로 들어섰다. 나는 이제 아무 생각이 없이도 그녀를 따라가고 있었다. 오피스텔에서도 내려다보이던 호수는 나무가 무성했다. 물을 따라 쳐진 나무 울타리 안으로 키 낮은 잡풀들이 여자의 맨발을 닮았다. 드문드문 걸어가던 사람들이 나와 여자를 흘끔거리며 쳐다보았다. 나도 그 사람들을 마주 보았다. 그리고 싱긋 웃어주었다. 꽤 큰 호수의 중간쯤에 이르렀을 때 여자가 잠시 발을 멈추고 나를 올려다보았다. 그러나 그뿐, 여자는 다시 걷기 시작했고 나도 우산을 받쳐 들고 급한 걸음으로 그녀를 따라갔다.

색소폰 소리가 들려왔다, 호수와 호수를 가로지르는 다리 밑에서 들려오는 색소폰 소리는 수면을 타고 느릿느릿 퍼져 나갔다. 빗속을 뚫고 들려오는 색소폰 소리는 내 안에 있던 무엇인가를 온통 흔들어 놓았다. 그 흔들림은 두려움이면서도 기쁨이었다. 하지만 내 안의 또 다른 내가 그 기쁨들을 통제하려고 애쓰고 있었다. 가슴 깊숙한 곳, 그 너머 스스로도 알 수 없는 어떤 곳에서 밀려드는 환희와 고통이 뒤섞여 혼란스러운 상태, 음악은 나를 그곳으로 데려갔다. 여자를 보았다. 여자는 이미 그 세계로 성큼성큼 걸어가고 있었다. 조금도 망설임이 없었다. 나도 용기를 냈다. 두 눈을 질끈 감고 그녀를 따라 걸었다. 내 걸음이 춤이 되었다. 그녀의 맨발이 눈앞으로 다가왔다. 내 이성들이 한 번도 걸어가 보지 못한 곳, 상상조차 해보지 못한 길, 나는 그녀와 함께 그 길을 걷고 있었다. 둘은 하나였고 그리고 각각 서로였다. 소리로부터 우주가 태어나던 그 순간, 그 태초의 소리가 들릴 것만 같았다. 그 순간이었다. 소리가, 음악이 갑자기 툭 끊겼다. 정적이 호수를 덮었다. 모든 사물들이 입을 다물었다. 내 안에서 무엇인가가 빠져나갔다. 그리고 소음이, 시선이, 무관심이, 공기보다 가벼운 존재 가치가 비워버린 내 안을 가득 채웠다. 문득, 나는 꿈을 꾸었다. 빛보다 밝은 어둠, 너무나 맑고 투명하여 금세 깨져버릴 것 같은 어둠이 나를 찾아왔다. 내 눈앞에는 숨도 쉬지 않는 것처럼 창백한 여자의 볼 위로 흐르는 눈물이 보였다. 여자에게서 그 어둠의 냄새가, 죽음의 냄새가 났다.

그날, 이해할 수도, 설명할 수도 없는 그녀와의 삶이 내 오피스텔에서 시작되었다. 경험이라고 하기에는 너무나 선명했던 그 전율의 순간이 나를 놓아주지 않았다.

그녀와 나는 삶의 어떤 약속도 하지 않았다. 그러기에 언제나 연기처럼 훌쩍 사라져 버렸다가 되돌아오기를 반복하는 여자를 기다리는 일은 길고 지루했다. 그리고 나를, 내 이성을 비루하게 만들었다. 때로는 견딜 수 없을 만큼 스스로에게 화가 나기도 했다. 하지만 그녀가 돌아오지 않는 날이면 나는 아무것에도 집중할 수가 없었다. 내가 가장 좋아하는 영화의 장면들조차 나를 조롱하듯 눈 안으로 들어오지 않았다.

비에 흠뻑 젖은 치자꽃 향기, 여자에게서 나는 향기도 그렇다.

치자꽃 향기처럼 고약하면서도 은은하여 도저히 벗어날 수 없게 만든다. 화면 속에서 퍼져 나온 향기가 코끝으로 스며드는 것 같다. 착각인 줄 알면서도 나는 천천히 방 안을 둘러본다. 명치끝이 아리다. 방문을 열고 침실까지 달려가고 싶은 욕망이 불같이 일어난다. 욕망은 늘 생각에만 머문다. 한 번도 나와 함께 온전히 머물지 못하는 그녀의 눈빛, 절정의 순간에도 흘러가는 물처럼 둥둥 떠가는 그녀를 잡을 수 없다는 사실은 나를 아무짝에도 쓸모없는 인간으로 만들고 만다. 그녀를 외면할 수 있을 만큼 안간힘을 다해 참는 것만이 나를 지키는 최소한의 자존심인지도 모른다. 마우스를 쥔 손이 부르르 떨린다. 격정이 자제심을 잃을까 두렵다. 담묵색의 꽃잎들이 꿈틀대며 화면 밖으로 기어 나온다. 자꾸 화가 치민다. 도대체 누가 이런 그림을, 아니 글씨를 만들었을까. 누군가 내게 말을 걸어오는 것 같다. 그리고 나를 어떤 폭풍의 중심으로 데려가고 있다는 생각이 든다. 돌아서면 된다. 그러나 그것은 단지 생각뿐 나도 모르게 나는 컴퓨터 화면을 향해 허리를 곧추세운다.

 마우스가 내 오른손에 착 달라붙어 있다. 나의 의지와는 상관없다. 시선이 마우스를 따라 움직인다.

　　봉긋 솟아오른 아랫배, 탱탱하게 부풀어 오른 젖무덤, 거무스름하고 단단한 젖꼭지가 탐스럽게 쫑긋 솟아오른다. 얼굴은 소녀처럼 아직도 풋풋함이 그대로 묻어난다. 창문으로 들어온 빛에 굴절된 가무잡잡한 피부, 물방울이 흘러내리는 허리의 곡선은 생명을 잉태한 여자의 당당함으로 눈부시다. 물속처럼 깊은 어머니의 양수 속에서 숨 쉬는 생명을 위해 세상 밖으로 연결된 배꼽은 여자가 숨을 쉴 때마다 수줍은 듯 살짝 드러나곤 한다. 아! 그리고 저 생명을 바깥으로 내보낼 웅숭깊은 숲 속에 감춰진 문은 신비한 베일 속에 빗장을 단단히 걸어 잠갔다. 섬세하게 살아 움직이는 온몸의 세포들이 여자의 숨결을 따라 출렁거린다.

당혹과 혼란이 폐부를 깊숙이 찌르며 밀고 들어온다. 누군가 나를 폭풍의 중심에 데려다 놓고 조롱하는 것 같다. 구불구불 굴곡이 심한 비탈길을 기어오르듯이 숨이 가쁘고 가슴이 답답하다. 손가락을 까딱하고 한 번만 움직여 마우스가 데려다줄 또 다른 세상으로 사뿐히 이동하면 그뿐이다. 하지만 마치 오래도록 내 안에서 품은 씨알처럼 글자들이 낑낑거리며 고통을 호소한다. 어쩐 일인지 단칼에 베어버릴 수 없는 낱말들이 이제 스스로 조합을 이루며 대뇌를 자극한다. 마우스를 쥔 손에 식은땀이 흐른다. 손바닥이 축축하다. 손가락의 무게가 천 톤쯤 되는 것 같다. 무엇이든 생각을 해야 한다. 하지만 머릿속으로 들어오는 건 글자들뿐이다. 눈을 감는다. 그리고 천천히 마우스에서 손가락을 떼어낸다. 누군가 내 손가락을 낚아챌 것 같아 불안하다.

금속성의 음악이 짧게 울린다, 휴대폰의 전원이 나갔다. 주말에 전화를 걸어 올 사람이 얼른 생각나지 않는다. 지금은 휴가 중이다. 그래도 오늘이 며칠인지 확인해 봐야 한다. 배터리를 갈아 끼운다. 액정에 불이 들어온다. 'PM 2:30' 숫자가 눈 안으로 들어오지 않고 겉돈다. 토요일 오후 두 시 반, 머릿속이 어지럽다. 낮과 밤을 구별할 수 없는 도시의 회색빛은 늘 나를 괴롭힌다. 뭔가 먹을 것이 필요하다. 거실로 나가야 한다. 커튼을 젖히고 음식점 전화번호를 찾아서 전화를 해야 한다. 토요일 오후라면 선택할 수 있는 메뉴가 많다. 그러나 생각뿐이다.

까맣게 죽어 있는 화면을 다시 클릭하고 싶은 마음을 누르고 천천히 일어서서 거실로 나온다. 커튼을 연다. 빽빽하게 들어찬 건물 사이로 흐릿한 햇살이 위태롭게 떠 있다. 건물과 건물의 모퉁이 사이로 보이는 아스팔트 도로가 동강 난 다리 같다. 그 위를 지나가는 자동차들은 빠른 속력으로 내 망막을 스쳐 건물 뒤로 추락한다. 보여지는 것만이 확실하다면 나의 망막을 스쳐 간 저 자동차가 추락하지 않는다는 것은 불확실한 사실일까. 이 도시에는 보여지는 불확실한 정령들이 수없이 생겨나고 사라지고 떠돌며 인간들의 이성을 흐리게 만든다. 그녀 역시 내 눈앞에서 그녀의 전부를 가져도 여전히 불확실한 존재다. 오히려 눈을 감았을 때 그녀는 나의 눈앞에서 확실한 존재를 드러낸다. 가슴으로 밀고 들어오는 그녀의 숨결, 향기, 가슴이 떨려오는 촉촉한 입술, 관능적인 배꼽, 긴 속눈썹 속의 텅 빈 눈, 하얀 도화지처럼 백지 같은 그녀의 얼굴, 오한이 든다. 창밖에서 흐릿한 햇살이 창문을 뚫고 들어오려고 안간힘을 쓴다. 반사 유리창에 부딪혀 부서지는 햇살처럼 나도 그녀의 방 안에서 부서져 널브러져 있던 그날이 생각난다.

그녀가 배꼽에 피어싱을 하고 온 날이었다.

그녀는 언제나 자유롭다. 그 말이 옳은 뜻은 아닌 것 같다. 자유로울 필요조차 느끼지 않는 상태, 그렇다. 세상은 어디에나 삶의 그물이 쳐져 있기 마련이다. 하지만 그녀는 걸려들지 않는다. 물꼬가 막히면 유유히 돌아서 나간다, 어디에도 걸림돌이 되거나 걸려들지도 않는다.

비가 몹시 내리던 어느 날 새벽에 내 오피스텔 안으로 그녀와 함께 들어오던 또 한 여자가 있었다. 둘은 마치 다정한 연인처럼 어깨동무를 하고 있었다. 신발을 아무렇게나 벗어 던지고 거실로 올라서던 또 다른 한 여자가 살쾡이 같은 눈알을 빠르게 굴리며 나를 살폈다. 두 여자의 다 드러난 배꼽에서 반짝거리는 금속의 피어싱이 내 신경을 거슬렀다. 하지만 그녀는 내가 거실에 있다는 사실조차 모르는 체했다. 둘은 꼭 끌어안은 채 그녀의 방문을 소리 나게 닫았다. 갑자기 견고하고 단단한 성체가 내 심장을 콱 막아버리는 것 같았다. 들숨도 날숨도 제대로 쉴 수가 없었다. 아무것도 생각할 수가 없었다. 방문을 벌컥 열었다. 벌거벗은 두 여자는 마치 하나 같았다. 반쪽짜리 몸을 두 개로 합쳐놓은 것처럼 온전히 하나였다. 숨소리조차 들리지 않는 둘이 하나인 그 순간 온 우주가 그들 안으로 사라지고 있었다. 그들도 곧 사라져 버릴 것 같았다. 불길같이 뜨거운 것이 등줄기를 타고 올라왔다. 나는 그녀를 등 뒤에서 꽉 끌어당겨 안았다. 잠시 주춤하는 사이 그녀를 강하게 돌려세웠다. 그리고 나는 그녀를 안았다. 덮쳤다. 내 안에 자리 잡고 있던 도시의 정령들이 하나씩 떠나갔다. 누군가로부터의 시선이, 비난이, 두려움이 정형화된 이성이 떠난 자리에 순수한 욕망이, 영혼이 나를 채웠다. 나는 그녀를 향해 들끓던 욕망을 쏟아부었다. 고통으로 일그러진 그녀의 얼굴이 보였다. 백치 같던 그녀의 텅 빈 눈 속에서 분노가 이글거렸다. 나의 쾌락은 절정을 향해갔다. 오로지 그녀의 자궁 속으로 내 존재 가치를 밀어 넣으려고 발버둥 치고 있었다. 하지만 그녀는 자신의 문을 굳게 닫아걸고 열지 않았다. 잉태를 원하지 않는다고 그녀는 소리치고 있었다. 문득 나는 그녀의 눈빛을 바라보았다. 나도, 내가 원하는 것이 잉태가 아니라고 소리치고 있었다. 다만 그 소리가 내 목구멍을 넘어오지 못하고 있을 뿐이었다. 자신을 닮은 또 하나의 생명이 세상 밖으로 나와 삶의 그물에 걸려 허우적거리는 것을 나도 원하지 않는다고, 이건, 순수한 욕망만이 잉태할 수 있는 영혼이지 인간의 육체를 지닌 생명이 아니라고, 그녀의 자궁 속으로 되돌아가고 싶은 내 영혼의 몸부림이라고. 그녀를 처음 만났던 그날, 둘은 하나였고 각각이었던 그 시원으로 돌아가는 길이라고. 내 목구멍을 넘어오지 못한 소리가 단전으로 모여서 아우성을 치고 있었다.

　나는 그녀의 눈을 오래도록 들여다보았다. 섬뜩한 정적이 감돌았다. 그녀의 눈빛이 조금씩 흔들렸다. 긴 속눈썹 속의 동공이 차츰 사라져 갔다. 우리는 하나가 되어갔다. 그녀의 관능이 내 단전을 흔들었다. 들숨도 날숨도 멈춘 둘만의 세계. 그녀의 눈에서 눈물이 흘렀다. 내 눈에도 눈물이 흘렀다. 우리에게서 죽음의 냄새가 났다. 그때, 살쾡이 눈이 우리를 향해 다가왔다. '픽' 소리는 천상으로 달아났다. 내 몸뚱이는 그녀의 방 안에 널브러트려 놓은 채.

한 번쯤 그녀의 방문을 열어보아도 되지 않았을까, 하지만 또다시 나의 이성은, 수치심 자존심 무관심을 이유로 차례로 나를 제지했다. 내가 출근하고 난 뒤의 사정은 알 수 없지만 내 앞에서 그녀는 모습조차 드러내지 않는다. 늦은 밤 거실을 가로지르는 발소리도 꿈결에 스치는 바람 소리 같다. 그래도 그녀는 떠나지 않았다. 그래서 아직은 나도 꿈을 꿀 수 있다. 그녀는 나를 데려다줄 것이다. 그 시원으로, 아담의 원죄마저 사라지는 곳, 그녀의 자궁 속으로 되돌아가는 길은 좁고 험하고 어둠으로 가득 차 있을 것이지만 나는 두렵지 않다.

이상한 소리가 다시 들린다. 이빨 새로 길게 뿜어내는 쉿소리, 마치 해녀들의 숨비소리 같다. 도무지 어디서 들려오는 소리인지 알 수가 없다. 까치발을 들고 거실을 가로질러 그녀의 방문 앞에 멈춰 선다. 손잡이에 손을 올려놓는다. 심장이 뛰는 소리가 그녀의 방 안까지 들릴 것 같다. 도저히 손잡이를 돌릴 용기가 나지 않는다. 문에 귀를 바싹 들이댄다. 조용하다. 적막하다. 갑자기 맥이 탁 풀리는 것 같다. 빈속에서 신트림이 올라온다. 뒷걸음으로 물러선다. 그녀의 방문이 소실점처럼 멀어진다. 시야가 흐려진다.

컴퓨터의 엔터키를 눌러놓고 닫았던 방문을 다시 열어놓는다. 그녀가 무심코 방문을 열고 나올 수도 있다는 생각을 그동안 왜 한 번도 하지 않았는지 모르겠다. 그녀 방문까지의 거리가 영원히 다다를 수 없는 곳처럼 멀게만 느껴진다.

  화면 속 그림들은 시간이 지날수록 마치 정교한 씨줄과 날줄로 짠 글자들 같다. 또 한차례 긴 숨소리가 들린다. 아주 잠깐, 신경이 어딘가로 자꾸 달아난다. 여전히 거실과 그녀의 방문과 내 방 사이에는 눅신한 침묵이 무겁게 내려앉아 있다. 엔터키를 탁 내려친다. 깜짝 놀란 듯이 화면이 깨어난다. 화면 속 그림들이 내 망막에 그물을 친다.

  아스팔트가 쩍쩍 들러붙는다. 햇살이 사방에서 칼날처럼 번뜩인다. 그 칼날에 베인 여자의 몸통이 녹아내린다. 열대길-14, 입간판의 글자들이 헝클어진 머리카락처럼 엉키며 반쯤 감은 여자의 눈꺼풀 사이로 밀고 들어온다. 저 모퉁이를 돌아서면 장미 길이 나온다.

  여자의 뱃속에 똬리를 틀고 있던 나는, 내 의지와는 상관없이 끈적한 이물질을 밀어내며 아스팔트 위로 스멀스멀 기어 나온다. 바싹 달궈진 대리석 모서리에서 딱 멈춰 선 태양이 나의 사산을 지켜본다. 여자가 거칠게 날숨을 몰아쉰다. 잉태를 원하지 않던 여자의 관능적인 배꼽이 하늘을 향해 꼿꼿이 일어선다.

  나는 이렇게 강렬한 햇살을 한 번도 본 기억이 없다는 사실을 깨닫는다. 여자의 배꼽을 통해 들어오던 빛은 어딘지 칙칙하고 끈적거렸다. 여자의 배꼽에 매달린 금속의 피어싱에서 나던 비릿한 냄새만큼이나 햇살은 내 몸의 구석구석을 핥는다. 여자가 나를 어둠 속에 숨겨주지 않으면 나는 햇살에 타서 죽을지도 모른다. 아니, 이미 그 죽음이 혓바닥을 널름거리며 내 정수리를 향해 다가들고 있다. 순간, 시원한 물줄기가 내 몸 위로 쏟아진다. 여자의 손에 들려 있던 비닐봉지에서 물과 함께 쏟아진 열대어 몇 마리가 자발스럽게 아스팔트 위로 떨어져 내리자마자 팔딱거리며 튀어 오른다. 색깔만 요란한 열대어들의 얄팍한 생명력은 불과 몇 초의 시간도 견디지 못할 것이다. 하지만 나는 그렇게 쉽게 나를 포기할 수 없다. 어두운 동굴 속, 더럽고 좁은 여자의 그 시커먼 자궁 속에서도 끈질기게 내 생명을 지켜오지 않았던가. 하지만 내 몸은 햇살에 타들어 갈 듯 갈증을 느낀다. 빨리 이둠이, 밤이, 그리고 시원하고 축축한 재즈 음악이 흐르는 그 술집으로 되돌아가기를 바란다. 디오니소스에게. 지금 내게는 그 신의 은총이 절대적으로 필요한 것이다.

    여자가 온 힘을 다해 누군가를 부른다. 나는 여자에게 속삭이고 싶다. 하지만 내 목소리마저도 아스팔트의 열기 속에 녹아버린다. 내 몸을 덮고 있는 커다란 물고기의 점액질이 그나마 몸의 열기를 식혀준다. 그 물고기가 속살거린다. 세상을 살아가야 할 길고 지루한 날들에 대해서, 자신이 살아온 삶에 대해서, 마치 성자나 되는 듯이, 느리고 긴 말꼬리가 우습다. 햇빛에 허옇게 드러난 자신의 뱃가죽이 조금씩 말라가는 고통도 잊어버린 채 물고기는 한 번도 가본 적 없는 그의 시원에 대해서 말한다. 소리는 점점 떨리고 알아들을 수 없이 빠르다.

　나는 갑자기 모든 것이 지루하다. 세상에 태어나자마자 내가 신세를 지고 있는 이 물고기의 비늘, 비릿한 냄새만큼이나 비루해지는 내 삶의 역경이 느껴진다. 여자의 자궁 속이 그립다.

순간, 마우스가 손가락을 튕겨내듯, 공간이 훌쩍 넘어가 버린다. 엉뚱한 곳이 나온다. 왠지 등이 서늘해지는 것 같아 급하게 '뒤로' 돌아간다. 하지만 몇 번을 되돌아가 보고 다시 돌아와 봐도 보고 있던 블로그가 감쪽같이 사라져 버렸다. 어디서부터 블로그 탐색을 시작했는지 머릿속이 아뜩하다. 내 블로그로 되돌아간다. 방문자 중 하나일지도 모른다. 방문자의 블로그를 하나씩 클릭해 본다. 여전히 미궁 속에 빠져버린 것처럼 찾을 수가 없다. 무엇인가에 홀린 것처럼 머릿속이 텅 비어버린다. 지금까지 내가 보았던 것이 내가 본 사실인지조차 믿을 수가 없다. 사실과 허구가 동시에 내 안에서 현재가 된다.

　지금, 그녀에게 가고 싶다. 그녀가 보고 싶다. 거실로 성큼 나선다. 소리가 선명하게 들린다. "으으윽…." 고통을 핥고 있는 짐승의 소리 같다. 순간 머릿속이 어질거린다. 그녀다. 내 손은 이미 그녀의 방문 손잡이를 비틀고 있다. 비틀린 손잡이와 움켜쥔 손아귀의 힘이 균형을 잃는다. 내 몸이 꼬꾸라지듯 방 안으로 쏠려 들어

간다. 나는 뭔가를 보고 있다. 하지만 내 눈에는 아무것도 보이지 않는다. 방 안은 온통 붉은 물결이다. 언제부터 담묵색의 꽃들이 저렇게 붉게 피어난 것일까. 치자꽃 향기가 난다. 죽음의 냄새다. 피비린내 속에 웅크리고 앉아 있는 그녀의 텅 빈 동공이 나를 올려다본다. 엎어진 내 손가락 끝에서 뭔가 끈적한 물체가 꿈틀거린다. 화면 속 담묵색의 꽃들이 피어나고 있는 것인지도 모른다.

 그녀가 내 손을 세차게 밀쳐내고 꿈틀거리는 물체를 움켜잡는다. 그녀의 손아귀에서 자꾸 미끄러져 나오는 저건, 생명체다. 내 머릿속은 하얗게 비어버렸다. 잔뜩 웅크린 그녀의 안에 기생하고 있던 저 생명, 자웅동체, 그녀는 스스로 잉태하고 스스로 낳고 스스로 그 생명을 먹어치우고 있는 거야. 생각을 해야 한다. 어떻게든 생각을 해야 한다. 그렇다. 119 숫자와 전화기다.

 전화기의 숫자를 누른다. 112, 이상하다. 머릿속 숫자와 손가락이 누르는 숫자의 치이가 뭔지 도무지 생각나지 않는다. 나는 버튼을 거듭 누른다. 112, 짧은 신호음이 두 번 울린다. 수화기 너머에서 부드럽고 낮은 목소리가 들려온다.

 "여자가 제 아이를 훔쳤어요. 일곱 달이나. 그리고 지금 그 아이를 죽이려 하고 있어요. 하지만 정말 그 아이가 제 아이인지는 잘 모르겠어요."

 "아, 그랬군요. 걱정 마세요. 제가 곧 댁에 아이인지 아닌지 확인해서 꼭 찾아드리지요."

 네? 도시의 정령들을 당신이 어떻게 다 찾아내겠어요. 텅 비어

버린 정자 주머니를 가득 채우고 있는 건 영화뿐이거든요. 결국 그 여자는 영화를 품은 거죠, 공기보다 가벼운 존재 가치를 위해 자신의 자궁 속에 그 영화를 품고 관능적인 배꼽에는 피어싱을 한 채, 비릿한 금속의 냄새를 풍기며 일곱 달이나 죽음을 키운 거죠. 말들이 입안에서 웅성거린다.

 내 몸이 스멀거린다. 아메바의 위족 운동처럼 온몸이 안으로 웅크려진다. 고통이 온몸을 누른다. 또 다른 생명이, 아니 나 자신이 스스로 잉태를 하고 있다. 고통의 환희, 그 극점에서 자웅동체가 되어가는 나를 바라본다. 아무것도 확신할 수가 없다.

"심정지 액 투여." 빠르면서도 단호한 김 박사의 목소리와 함께 숨이 멎을 것 같은 긴장감이 수술진들의 목덜미를 타고 흐른다. 메스를 잡은 김 박사의 오른손이 미세하게 떨린다. 절개된 흉부 속에서 검은색으로 변해버린 살덩어리가 꿈틀댄다. 불안정하고 약한 심장박동 소리가 귀에 몹시 거슬린다.

　심장 적출이 시작되었다. 김 박사가 폐동맥을 절단하지 맞은 편 이 박사가 폐정맥을 절단한다. 다시 김 박사가 하대정맥을 절단하자 재빠르게 이 박사가 상대정맥을 절단한다. 인공 혈관을 삽입하여 대동맥과 연결한다. 김 박사의 손은 마치 기계처럼 빠르고 정확하다. 병실은 사람들의 숨소리조차 들리지 않는다. 김 박사의 날카로운 눈빛을 따라 분주하면서도 정확한 의사들의 손길이 쓸모없게 된 심장을 들어냈다. 이제 심장을 이식하는 절차다. 체온계가 비상 신호를 보낸다. 환자의 호흡도 느려진다. 이식될 심장의 체온과 맞추려면 환자가 이 고비를 잘 넘겨줘야 한다. 김 박사가 잠시 손을 멈춘다. 일순간, 수술대 위에는 불빛만 덩그렇게 남고 손가락들이 마치 그림자처럼 불빛 너머 어둠 속으로 사라진다. 사람들의 시선이 일제히 신호를 보내오는 기계로 고정된다.

 병원은 최첨단 장비들이 의사의 자리를 대신할 만큼 위세가 대단하지만 흉부외과는 사정이 다르다. 외과의사의 섬세한 손과 정확하고 신속한 판단력이 생과 사를 가름할 수 있기 때문이다. 김 박사는 벌써 육십을 훌쩍 넘긴 나이다. 동료들은 이미 메스를 잡는 수술실에서는 은퇴했지만 김 박사는 심장질환을 앓아오면서도 현직에서 떠나지 않았다. 심장이식 수술의 마지막 단계인 폐동맥을 잇고 난 몇 초의 기다림의 시간, 그리고 심장이 힘차게 뛰는 소리, 생의 타악기에서 들리는 것 같은 그 소리를 듣고 있으면 자신도 그 소리와 함께 영원히 살아 있을 것 같은 느낌이 든다. 어쩌면 필연처럼 김 박사 자신이 심장이식 수술을 받게 되고 난 뒤부터 그 느낌은 더 현실처럼 느껴지는 것인지도 모르겠다. 김 박사는 몇 달 전 심장이식 수술을 받았다.

 모든 소리가 멈춘 것 같은 짧은 시간, 다행히 환자의 체온이 돌아온다. 호흡도 안정된다. 다시 수술 장갑을 낀 손들이 불빛 속으로 모여든다. 환자의 시간은 멈춘 채 수술실의 시간은 빠르게 흐른다. 이제 마지막 폐동맥만 이으면 된다. 그러면 규칙적이고 일정하게 들려오는 그 소리를 들을 수 있다. 순간, 김 박사의 심장이 무섭게 뛴다. 귓속이 먹먹해지고 정신이 아득하다. 문득 얼굴 하나가 김 박사의 코앞으로 바싹 다가들다 멀어진다. 김 박사의 얼굴이 일그러진다. 메스를 든 그의 손이 떨린다. 몇 초의 시간과 그 간극이 벌려놓는 삶과 죽음의 경계선이다. 손이 점점 심하게 떨린다. 수술대에 둘러서 있던 의사들과 간호사들의 시선이 일제히 김 박사의 손으로 향한다. 맞은편 이 박사가 고개를 끄덕인다. 누군가 그의 손에서 메스를 받아 든다. 사방은 쥐 죽은 듯 조용하다.

　수술복을 벗고 손을 씻으려던 김 박사는 등 뒤로 강한 시선을 느끼고 돌아선다. 어둠뿐이다. 다시 천천히 되돌아서던 그의 얼굴이 거울 속에 붙박인다. 거울 속의 얼굴이 처음 보는 것처럼 낯이 설다. 커다란 머리를 지탱하고 있는 가느다란 목이 너무 버거워 보인다. 도수 높은 안경 속의 차가운 눈빛이 표정 없는 얼굴을 뚫어져라 바라본다. 동료들 사이에서 포커페이스라는 별명을 얻은 자신의 얼굴, 언뜻, 그 얼굴 위로 또 다른 얼굴 하나가 스쳐 간다. 핏기가 가셔 창백한 얼굴이지만 해맑은 느낌마저 들던 얼굴이다. 김 박사는 심장을 이식받았던 청년의 얼굴이 뚜렷하게 기억난다.

　김 박사가 근무하는 병원으로 실려 와 뇌사 판정을 받은 청년은 교통사고였지만 외상도 없이 얼굴은 잠자듯 평온해 보였었다. 오래도록 심장질환에 시달리던 김 박사는 청년의 장기 기증 증서를 본 순간 심장이식 수술에 대한 유혹을 떨쳐버릴 수가 없었다. 장기 기증 등록을 해놓았지만 자신의 순서를 기다리기에는 김 박사의 심장이 많이 나쁜 상태였다. 건강한 젊은 청년의 심장이라는 사실도 김 박사의 욕심을 떨쳐버릴 수 없게 만들었다. 병원장의 암묵적인 지시로 수술이 결정되었다. 결과는 아주 좋았다. 심장을 이식받은 후 회복도 빨랐다.

하지만 얼마 지나지 않아 몸과 심장은 서로 불협화음을 일으키듯 감정조절이 되지 않고 작은 일에도 쉽게 흥분했다. 그럴 때면 심장이 무섭게 뛰었다. 몸은 그런 심장박동을 따라잡지 못해 헐떡였다. 셀룰러 메모리 증후군 학회 보고서의 사례를 알고 있었지만 실제로 이런 현상을 겪은 사례는 그동안 보지 못했었다. 셀룰러 메모리 증후군은 장기이식 수술 후 그 장기를 남긴 사람의 기억이나 감성들이 전이된다는 설이다. 하지만 김 박사는 일시적 심리현상에 더 무게를 두었다. 그러나 오늘 포커페이스라는 자신의 별명처럼 끝까지 메스를 놓지 않겠다던 김 박사를 조롱이라도 하듯 심장은 자신의 신체적인 한계를 벗어나 제멋대로 뛰었다. 마치 자신의 몸과 심장이 분리된 것 같은 이런 상황이 점점 더 횟수가 늘어난다. 어서 이 수술실을 벗어나야 될 것 같다.

김 박사가 병원 문을 나선다. 밝은 햇살이 느닷없이 그의 눈 속으로 파고든다. 한낮의 풍광이 무척 낯설다. 언제나 일정한 조도에 맞춰진, 병원의 형광 불빛에 익숙해 있던 그의 시신경이 날카롭게 곤두선다. 속도감도 없이 달려온 시간이 김 박사의 뒤통수를 향해 일격을 가하는 느낌이다. 이렇게 햇살 속에 서본 기억조차 아물거린다.

어디선가 개 짖는 소리가 들린다. 소리가 텅 빈 아파트 사이로 울려 퍼진다. 아이가 귀를 쫑긋 세우고 소리를 듣는다. 그러나 아이가 기다리던 오토바이 소리는 들리지 않는다. 개 짖는 소리가 아주 가까이서 난다. 아이는 침대에서 빠져나와 베란다로 나간다. 일 층 베란다의 녹슨 난간 사이로 밖을 살핀다. 아득하게 올려다보이는 호수 건너편의 빌딩 불빛이 아파트의 어둠을 밝혀준다.

한 사내가 개와 함께 벤치로 다가온다. 벤치와 아이가 있는 베란다 사이는 아주 가깝다. 그 사이에 서 있는 삼나무가 아니면 아이의 모습이 사내의 눈에 뜨일 수도 있을 것이다. 겁에 질린 아이의 시선이 사내의 움직임을 따라간다. 사내가 쭈뼛거리며 주변을 돌아본다. 개가 삼나무를 쳐다보며 짖는다. 가로등 불빛도 없는 아파트에 개 짖는 소리가 음산하게 울려 퍼진다. 순간, 느닷없이 나타난 불빛이 베란다 위쪽으로 휙 지나간다. 아이가 깜짝 놀라 주저앉는다. 경비원이 랜턴을 비추며 사내에게 다가간다. 사내가 손으로 얼굴을 가리며 개의 목줄을 잡아당긴다. 아이는 습관처럼 목걸이를 만져본다. 손가락 끝으로 싸늘한 감촉이 느껴진다. 목길이는 어둠 속에서도 파란빛이 난다. 목걸이는 선우형이 아이에게 걸어준 것이다. 아이는 목걸이 한가운데 박힌 다이아몬드를 손가락으로 문지른다. 그러면 잠시나마 두려움을 잊을 수 있다.

선우형이 아이를 낡은 오토바이에 태워 또래 아이들이 많은 집으로 데리고 가던 날이었다. 아이의 목에 목걸이를 걸어주며 조그만 아이의 새끼손가락에 굵은 새끼손가락을 걸면서 약속했다. "금방 데리러 올게." 선우형이 아이의 눈을 가만히 들여다보며 말했다. "여기를 만져봐!" 선우형이 자신의 가슴을 가리켰다. 선우형의 목걸이와 아이의 목걸이가 똑같았다. 아이는 선우형의 눈을 빤히 올려보다가 아주 천천히 손을 내밀었다. 선우형의 심장박동에 아이가 움찔 놀라며 손가락을 오므렸다. 선우형의 손이 아이의 손을 가만히 끌어당겼다. 아이의 손에 닿은 목걸이는 차고 매끄러웠다. 형이 손가락을 동그랗게 만들어 왼쪽 가슴에 하트 모양을 그리며 수화로 말했다. '이 목걸이는 엄마의 뼈로 만든 거야. 그러니까 엄마라고 생각하면 돼, 잊지 마.' 선우형의 수화보다 말이 더 오래도록 아이의 귓속에서 울렸다. 아이는 선우형의 수화를 다 이해하지 못했다. 그래도 선우형의 말은 알아들었다. 선우형은 아이가 듣고 있다는 걸 모른다. 아이는 말을 하지 못했다. 늘 그렇듯 엄마라는 말은 목구멍 속에서만 소용돌이쳤다.

"컹!"

아이는 선우형과 함께 있던 커다란 개가 생각났다. 아이의 목구멍이 금방 뻑뻑해지면서 울음이 차오른다. 아이는 선우형이 꼭 찾아올 거라고 믿는다. 낡은 오토바이에서 나는 굉음이 들려오고 선우형이 오면 언제나 그랬던 것처럼 아이를 번쩍 안아 올려줄 것이다. 울면 안 돼. 아이는 혼자 중얼거린다. 눈은 여전히 사내를 좇는다. 어둠에 익숙한 아이에게는 멀리 고층 빌딩의 불빛만으로도 사내의 모습을 살필 수 있다. 경비 아저씨는 보이지 않는다. 사내가 물병을 들고 입으로 가져간다. 아이가 마른침을 꿀꺽 삼킨다. 몹시 목이 마르다.

김 박사는 한강 변의 호수가 내려다보이는 레이크타워로 이사를 했다. 이곳은 모든 편의 시설이 갖춰져 있어서 생활하기에 더없이 좋다. 아파트와는 달리 타인의 시선에서 최대한 벗어나 자유롭게 출입할 수 있다는 장점도 김 박사의 삶의 방식에 썩 어울린다. 그의 집은 이십오 층이다. 그곳에서는 멀리 한강이 보이고 아래는 커다란 호수가 한눈에 들어온다. 도심 한복판에 호수가 있다는 사실이 믿기지 않을 만큼 넓다. 호수 주변을 둘러싼 우람한 나무들 위로는 번쩍이는 대리석 건물들이 삐죽삐죽 솟아 있어서 건물들이 마치 나무 위에 위태롭게 떠 있는 느낌이다. 그 너머로 낡은 아파트가 보인다. 지붕보다 더 높은 나무들 때문에 아파트는 마치 숲속에 숨어 있는 것 같다.

　김 박사는 이제 일주일에 한 번 강의를 위해 병원을 나가는 일 외에는 아무것도 하지 않고 쉰다. 아직은 쉰다는 사실이 익숙하지 않다. 병원의 바쁜 일정과 수술할 때 날카롭게 곤두서 있던 온몸의 신경세포들이 그의 잠을 방해한다. 크레졸 냄새가 여전히 코끝에서 맴돈다. 그래도 산책할 때만큼은 병원을 잊을 수 있어 좋다. 아주 가끔이긴 하지만 자신이 외과의사라는 사실도 잊을 때가 있다. 김 박사는 점점 이곳이 맘에 든다. 도시를 떠난 삶을 한 번도 생각해 보지 못한 그로서는 도시 한가운데 숲과 호수가 있는 이곳이 마치 자신이 오래도록 꿈꾸어 온 삶의 터전 같은 생각이 들기도 한다.

　김 박사는 자신의 둘도 없는 친구인 아담과 함께 산책을 나서려고 모자를 집어 든다. 전화벨이 그의 목덜미를 낚아챈다. 현관문을 향한 채 벨소리가 끝나기를 기다린다. 그러나 벨소리는 오래도록 울린다. 발신 번호를 보니 병원이다. 잠시 망설인다. 전화기 너머 병원 속 풍경들이 떠오른다. 분초를 다투는 생명의 사투, 그 생명을 지켜내야 한다는 강박증을 견디기에는 그의 심장이 무리다. 김 박사는 모른 척 외면하고 현관을 나선다.

 김 박사는 아담을 따라 호수의 산책길로 들어선다. 사람들의 시선이 부담스러워 아담의 꽁무니만 따라간다. 앞서가던 아담이 호수를 벗어난다. 호수 위 언덕길로 올라서자 낡은 저층 아파트가 눈앞을 가로막는다. 아담은 망설임도 없이 아파트 쪽문으로 들어간다. 기름기가 자르르 흐르는 등판을 꼿꼿이 세우고 김 박사를 앞서가는 아담의 뒷모습은 기품마저 느껴진다. 아담은 까만 털색의 순종 진돗개다. 어미였던 백구와는 달리 까만 털을 가진 수놈이 태어났을 때 김 박사는 그의 이름을 아담이라고 지었다.

 김 박사가 엉거주춤 아담을 따라 쪽문으로 들어선다. '훅' 하고 어둠이 얼굴을 덮는다. 아직은 해가 서쪽 마루에 반쯤 걸려 있다는 생각이 난다. 하지만 아파트 안은 어둡고 습하다. 어디서부터 흘러나오는지 싸늘한 냉기가 온몸을 훑는다. 아파트는 텅 빈 채 마치 도심 한복판에 유리된 섬 같은 느낌이 든다. 낙엽이 바삭거리는 소리가 날카롭게 그의 귓속으로 파고든다. 오래도록 햇볕이 들지 못했던 땅에서 나는, 약간 퀴퀴한 냄새가 코끝에서 맴돈다. '컹' 아담이 짖는 소리와 함께 순간 커다란 일렁거림이 얼굴로 훅 끼쳐온다. 바로 코앞에 삼나무가 하늘을 찌를 듯이 서 있다. 그 밑에는 칠이 다 벗겨진 벤치가 반쯤 부서진 채 놓여 있다.

김 박사가 벤치에 앉자 아담도 그의 옆에 쭈그리고 앉는다. 김 박사는 아담을 일으켜 벤치 위로 올라오게 한다. 어둑하고 눅신한 주변이 눈에 익숙해지자 고개를 들고 찬찬히 둘러본다. 벤치 옆 길모퉁이에 재건축 조합의 공고문이 붙은 게시판이 덩그러니 서 있다. 그러고 보니 아파트는 출입문이 뜯겨나가고 창문들도 많이 깨져 있다. 자세히 살피지 않으면 그런 풍경들은 잘 보이지 않는다. 나무 때문인 것 같다. 아파트의 낡은 건물들은 나무들로 둘러싸여 있어 흉물스럽기보다는 오히려 정겨운 느낌마저 든다. 삼나무가 저층 아파트의 키를 훌쩍 넘기고 하늘을 찌를 듯이 서 있다. 삼나무는 도시에는 어울릴 것 같지 않은데도 이상하게 이 아파트에서만큼은 썩 괜찮다. 키 낮은 단풍나무 사이로는 노송이 고목처럼 서 있다. 이곳이 유난히 더 어두워 보이는 것은 촘촘하게 서 있는 온갖 나무들이 숲을 이루고 있기 때문인 것 같다. 어쩐지 김 박사는 이 아파트에서 오래도록 살아온 것 같은 착각마저 든다. 가슴이 뭉클하다. 아주 오래도록 잊었던 감정들이 표정 없던 그의 얼굴에 웃음기를 머금게 한다.

유난히 키가 작았던 김 박사의 어린 시절에는 언제나 어머니의 따스한 등이 있었다. 꽤 나이를 먹도록 어머니의 등에 업혀 지냈던 날들, 그중에는 고역스러웠던 기억도 있다. 너무 오래도록 업혀 있어 고환이 화끈거리던 고통을 고스란히 참고 있던 기억, 그러면서도 왜 어머니가 그를 땅에만 내려놓으면 기겁을 하고 울었는지 모르겠다. 어머니의 정원도 생각난다. 집 뒤에 있던 동백나무와 감나무, 담장 밖에 서 있어도 어머니의 정원에 잘 어울리던 노송, 화려하지는 않지만 올망졸망 피어 있던 야생화들, 뜨거운 여름 한낮에 태양을 향해 도발하듯 피어 있던 붉은 칸나는 늘 섬뜩한 느낌이 들곤 했었다. 문득, 어머니가 그 칸나를 심었을까 궁금하다. 자신은 언제부터 얼굴에는 표정이 사라지고 포커페이스라는 별명이 붙었을까. 어머니가 너무 어이없이 세상을 떠났던 그 날 이후부터일까. 김 박사가 막 전문의를 따고 난 그해 봄이었다. 일 년이 넘도록 만나지 못한 어머니는 맹장이 터져서 병원에 실려 간 뒤 의식불명이 된 채 그대로 생을 마감했다. 김 박사는 그때 자신의 심장을 도려내고 싶을 만큼 고통스럽고 부끄러웠다.

또다시 호흡이 가빠진다. 심장박동이 너무 빠르다. 삼나무 사이로 멀리 올려다보이는 고층 빌딩의 불빛들이 일렁거린다. 김 박사가 가슴을 웅크리고 고개를 숙인다. 아담이 벤치에서 뛰어내려 김 박사의 발치로 파고든다. 심장박동이 서서히 가라앉는다. 마치 어수선한 꿈에서 깨어난 듯 온몸이 굳어 있다. 문득, 김 박사는 주변을 둘러본다. 언제부턴가 이상하게 어떤 시선이 느껴졌다. 고개를 돌렸다. 작은 물체, 아니 키가 몹시 작은 꼬마 아이가 당황하는 기색도 없이 김 박사와 개를 빤히 올려다보고 있다. 짧은 순간, 아이가 스르르 미끄러지듯 삼나무 뒤로 사라진다. 김 박사는 잠시 꿈을 꾸고 있는 기분이다. 어느새 대각선으로 바라보이는 아파트 모퉁이를 얼핏 돌아서는 뒷모습만 보인다. 57동이라는 숫자가 아파트 벽에 커다랗게 쓰여 있다.

착각처럼 어느새 나무 사이로 사라진 아이가 남긴 영상, 마치 그림자를 본 것 같은 그 짧은 순간이 그의 의식 속으로 뚜렷하게 각인된다. 좀처럼 짖지 않는 아담이 컹컹 짖어대기 시작한다. 얼른 일어서지 못하고 한참을 그대로 앉아 있는 김 박사를 채근하듯 아담이 슬그머니 한 발을 내디딘다. 쪽문을 벗어나서 물병을 두고 왔다는 사실을 깨닫는다. 아내의 잔소리가 귓가를 맴도는 것 같다. 물병은 아내의 고급 취향에 맞는 수입품이다. 알칼리수를 만드는 정수기와 물을 담는 용기, 아내의 건강에 대한 관심은 지나치다 못해 집착에 가깝다. 김 박사는 다시 돌아갈까 망설이다 그냥 돌아선다.

한참을 망설이던 아이가 현관으로 나간다. 까치발을 올리고 현관문을 연다. 녹이 슬어 뻑뻑해진 현관 손잡이가 잘 돌아가시 않는다. 몇 번씩 손잡이를 돌려서 문을 열고 밖으로 나온 아이는 아파트 모퉁이에서 가만히 서 있다. 아이는 조심스럽게 벤치가 있는 삼나무 밑으로 다가간다. 벤치 위의 사내는 고개를 숙이고 있다. 대신 개가 고개를 꼿꼿이 쳐들고 아이를 바라본다. 하지만 짖지는 않는다. 아이가 살그머니 사내의 곁으로 다가가 물병을 집어 든다. 아이는 물을 마시려다가 그대로 물병을 들고 삼나무 뒤로 돌아간다.

물병을 입에 대고 오래도록 물을 마신다. 고개를 위로 젖히고 물병의 물이 한 방울도 나오지 않을 때까지 흔든다. 아쉬운 듯 물병을 물끄러미 바라보던 아이는 침대 위로 기어 올라가 웅크린 채 눈을 감는다. 초겨울비가 바싹 마른 낙엽 위로 떨어지는 소리가 들린다. 나뭇가지 사이로 한차례 랜턴 불빛이 훑고 지나간다. 불빛은 밤마다 아이를 놀라게 만든다. 요란하게 울어대던 고양이가 울음을 멈춘다. 아이도 숨을 죽이고 깊은 우물 속 같은 침대 속으로 몸뚱이를 밀어 넣는다. 몸뚱이가 마치 공처럼 둥글게 말린다. 꿈도 잠도 아닌 길고 지루한 시간이 이어진다. 선우형이 오지 않는 두려움과 함께 아이의 머릿속에 숨어 있던 기억들이 꿈틀거리며 기어 나온다.
　엄마의 얼굴이 잘 생각나지 않는다. 엄마라고 불러본 기억도 없다. 아이와 엄마는 늘 어디론가 떠돌아다녔다. 엄마의 친구들이 함께 있는 방이거나 공원의 벤치 같은 곳, 때로는 지하철 한구석에서 잠을 자기도 했다. 그러다 아주 가끔씩 선우형이 있는 언덕 위 붉은 벽돌집을 찾아가곤 했다. 그럴 때면 엄마는 아이와 함께 높은 돌계단을 오래도록 올라갔다. 사실은 올라가다 다시 내려오기를 반복하면서 엄마는 그곳으로 가는 시간을 끌었다. 정말로 갈 곳이 없을 때만 그곳으로 갔기 때문이라고 아이는 생각했다. 계단을 올라서면 가장 먼저 녹슨 종탑 위의 십자가가 눈에 들어왔다. 오래된 느티나무 한 그루가 종탑과 마주하고 서 있고 그 사이에 붉은 벽돌집이 버티고 있다. 아이와 엄마는 늘 종탑 아래서 오래도록 서 있었다. 그러면 어디선가 선우형이 나타났다. 아이는 선뜻 달려가지 못했다. 그래도 선우형은 아이를 안아서 머리 위로 힘껏 올려주었다. 그럴 때면 아이는 마치 하늘을 나는 것 같았다. 선우형의 환한 얼굴이 아이의 눈앞에 커다랗게 다가오면 아이도 까르르 웃음을 터뜨렸다.

　엄마는 선우형을 오빠라고 부르지 않고 형이라고 불렀다. 아이는 그 의미를 알지 못했다. 엄마가 오빠라고 부르는 남자들과 선우형은 어떤 차이가 있는지 모르지만 엄마가 선우형을 부를 때는 느낌이 달랐다. 그래서 아이도 선우형이 좋았다.

　아주 추운 겨울날 아이와 엄마는 방에서 살게 되었다. 지하방이 긴 했지만 아늑하고 따뜻했다. 아이와 엄마가 선우형을 만나고 온 뒤였다. 하지만 선우형은 한 번도 그 지하방으로 아이를 만나러 오지는 않았다. 엄마와 함께 지내던 사람들도 오지 않았다. 그 지하방에서 엄마는 오래도록 누워 있거나 앉아 있었다. 춥지 않아서 좋았지만 아이는 늘 배가 고팠다.

　엄마의 얼굴이 점점 검은색으로 변해갔다. 두 눈이 움푹하게 들어가고 눈 가장자리는 얼굴보다 더 검고 어두웠다. 단발머리 엄마가 마치 폭삭 늙은 할머니 같았다. 아이는 애써 엄마를 외면했다. 아이는 엄마 곁에 앉아서 피아노 소리가 나는 낡은 장난감을 갖고 놀았다. 이따금 엄마가 힘없이 일어나서 아이를 보며 웃었다. 아이의 눈에는 엄마가 우는 것처럼 보였다. 가누기 힘든 몸을 비틀거리며 일어선 엄마가 베란다 문을 열고 밖으로 나가려고 안간힘을 썼다. 문을 열지 못한 채 엄마가 쓰러졌다. 아이는 엄마의 머리카락을 잡아당겨 일으켜 세우려고 했다. 엄마가 아이를 쳐다보았다. 텅 빈 눈동자가 초점도 없이 흔들렸다. 몸을 뒤틀며 엄마가 겨우 일어나서 벽에 기대앉았다. 엄마가 손을 휘저으며 아이를 안으려 했다. 아이는 알 수 없는 두려움으로 엄마를 비켜서 구석으로 달아났다. 여윈 어깨 위에 얼굴을 얹고 벽에 기대앉은 엄마는 희미한 빛이 들어오는 작은 창문만 쳐다보았고 언제부턴가 아이를 한 번도 돌아보지 않았다. 엄마가 조금도 움직이지 않았다. 엄마의 고개가 앞으로 푹 수그러졌다. 서쪽 창으로 들어오는 빛이 벌써 여러 번 바뀌어 갔다. 먹다 남은 빵 조각에는 푸르스름한 곰팡이가 피었다. 방바닥에 뒹구는 잼 통 안으로 바퀴벌레가 기어다녔다. 한 마리 두 마리 점점 그 숫자가 늘어났다. 배고픔도 잊어버린 채 아이는 장난감을 안고 잠이 들다 깨곤 했다.

　엄마의 몸에서 이상한 냄새가 나기 시작했다. 회색빛으로 변해버린 엄마의 머리카락 사이로 뭔가 자꾸 꾸물거리며 기어 나왔다. 엄마의 귓구멍인지도 몰랐다. 기어 나온 벌레들이 거실 바닥 카펫에 달라붙었다. 아이는 무엇인지 알 수 없지만 불안했다. 본능처럼 엄마에게서 자꾸 멀리 달아났다. 벌레를 피해 좁은 방 창문 벽에 바싹 붙어 선 아이의 눈에는 눈물도 말라버렸다. 아이는 뭔가 자꾸 중얼거렸다. 소리는 목구멍을 넘어오지 못하고 끽끽거렸다. 밖에서는 바람 소리도 들리지 않고 늘 창문 옆에서 울어대던 고양이도 보이지 않았다. 아이의 모든 촉수는 현관문으로 향했다. 아이는 엄마를 비켜서 벽을 따라 까치발을 들고 한 발짝씩 내디뎠다. 현관문 손잡이를 돌렸다. 고개는 엄마를 향한 채 현관문 손잡이에 매달렸다. 미끄러지는 손을 놓치지 않으려고 안간힘을 썼다. '찰칵' 현관문이 열렸다. 빛보다 바람이 먼저 들어왔다. 아이가 잠시 고개를 돌리고 엄마를 바라보았다. 텅 빈 엄마의 동공이 아이를 향해 열려 있었다. 계단 위에서 비쳐 드는 아득한 빛과 엄마의 뻥 뚫린 동공을 번갈아 쳐다보며 아이는 망설였다. 등 뒤로 밀려드는 공포가 아이의 발걸음을 떠밀었다. 아이가 현관문 밖으로 발걸음을 떼어놓았다. 눈을 꼭 감고 계단을 기어 올라갔다. 현관문 닫히는 소리가 크게 울렸다.

 아이가 미로 같은 건물들의 모퉁이를 돌아 큰길로 나왔다. 한꺼번에 밀려드는 사람들 사이로 자동차가 빠르게 스쳐 갔다. 눈을 꼭 감았다. 선우형이 있는 종탑이 생각났다. 언덕길도 생각났다. 엄마와 함께 갔던 길이 어렴풋이 떠올랐다. 아이는 꼭 감았던 눈을 뜨고 사람들 사이로 달려갔다. 보도 위로 아이의 작은 발자국들이 찍혔다. 아무도 보지 못하지만 아이는 볼 수 있었다. 잠깐 그 발자국들을 돌아보았다.

 아이는 목구멍으로 차오르는 울음을 삼키며 걸었다. 뒤뚱거리는 불안한 걸음걸이로 어디론가 가고 있었다. 머릿속은 오직 한 생각만 떠올랐다. 가파른 언덕을 올라가면 커다란 느티나무 사이로 붉은 벽돌집이 있고 녹슨 종탑도 있다. 그 종탑 꼭대기에 매달린 십자가의 빨간 불빛을 따라가면 된다. 그 불빛 밑에서 아이를 안아주던 선우형, 기억을 따라 아이는 달려갔다. 언덕이 보였다. 종소리도 들렸다. 언제나 그랬던 것처럼 선우형이 종탑 아래 서 있었다. 아이가 달려가자 선우형이 양팔을 활짝 벌렸다. 아이는 잔뜩 울음을 머금은 채 형에게로 달려갔다. 선우형이 아이를 번쩍 안아 올렸다. 아이의 눈물을 손바닥으로 슥 문질러 닦아주었다. 아이의 쿵쾅거리던 가슴이 조금씩 가라앉았다.

아이에게서 주검보다 더 지독한 냄새가 난다. 침대 깊숙이 가라앉은 아이의 몸뚱이는 불덩이처럼 뜨겁다. 바싹 야윈 아이의 눈이 불에 덴 것처럼 뜨겁다. 아이가 시큰한 콧등을 타고 흐르는 눈물을 훔친다. 아이는 목걸이를 놓칠세라 손에 꼭 쥔 채 이불을 머리 끝까지 뒤집어쓴다. 잠을 잘 수가 없다. 온몸을 태울 듯이 너울거리는 불빛은 꼭 감은 아이의 두 눈 속으로 자꾸 파고든다. "여기를 만져봐, 엄마야." 선우형의 말이 들려온다. 정말 목걸이를 만지고 있으면 엄마를 만나게 될까. 선우형이 목걸이를 걸어주며 들려주던 엄마라는 말, 자꾸 희미해지는 엄마라는 말을 놓치지 않으려고 아이는 기억을 더듬는다. 머릿속이 혼미하다.

아이는 목이 말라 침대에서 일어난다. 비틀거리며 현관문을 열다가 놀라서 문을 닫는다. 나무들이 베어져 휑하게 드러난 아파트 사이로 밝은 햇살이 가득하다. 오래도록 어둠에 익숙해진 아이의 눈 속으로 갑자기 밀려드는 햇살은 현기증을 일으킨다. 하얗게 빛이 바랜 아이의 앙상한 얼굴이 금방 어두워진다. 몹시 배가 고프다. 그래도 저녁때까지 기다려야 한다. 벤치로 나가기에는 날이 너무 밝다. 개와 함께 산책을 하는 사내가 벤치 위에 올려놓는 음식을 가지러 나가는 게 이제 아이가 유일하게 밖으로 나가는 길이 되었다.

물통을 입에 대고 고개를 젖힌다. 빈 물통이 아이의 얼굴 위에서 흔들린다.

"컹"

아주 먼 곳에서 들려오는 희미한 소리에 아이는 잠시 귀를 기울인다. 소리는 더 이상 들려오지 않는다. 아이는 바싹 마른 입술을 깨물며 침대 속으로 깊숙이 숨어든다.

김 박사는 늦은 점심을 먹는다. 단백질이 풍부한 흰 살코기와 치즈를 얹은 샌드위치다. 키위 주스 한 잔을 마시고 천천히 일어선다. 일회용 도시락을 꺼내서 샌드위치 두 조각을 싼다. 냉장고 문을 열고 한참을 망설이던 김 박사가 돌아선다. 보온병을 꺼내서 깨끗이 닦는다. 주전자에 물을 올려놓고 거실을 가로질러 간다. 호수에 내려앉은 저녁 햇살이 제법 따스한 느낌이다. 김 박사는 아담과 함께 저녁마다 아파트 숲길로 산책을 나선다. 이제 산책은 하루일과처럼 되었다. 갑자기 무료하게 늘어져 있는 시간을 주체할 수가 없어서 낮에도 나가보고 싶지만 아직은 선뜻 나서지 못한다. 차츰 밤을 기다리는 시간이 지루하게 느껴진다. 오늘은 좀 이른 시간에 산책을 나서려고 한다. 아내가 외출에서 돌아오기 전에 음식을 준비하는 게 편하다. 요즘 들어 부쩍 김 박사에게 잔소리가 늘어난 아내는 사사건건 간섭하려 든다. 김 박사가 난데없이 베란다에 심어 놓은 풀들을 보는 순간 아내는 얼굴을 찌푸리고 오래도록 김 박사를 쳐다봤다. 넓은 베란다에 가득한 난들 속에 스티로폼에 심어놓은 갯지렁이 풀과 씀바귀, 잎사귀가 발에 밟힌 듯 반쯤 떨어져 나간 민들레는 아무래도 아내의 마음에 들지 않는 모양이다. 여름부터 산책을 나가는 아파트 화단에서 옮겨 심은 것들이다. 아내가 어이없다는 표정을 짓더니 이내 화분들을 사다가 화원에서 사 온 흙들을 넣고 옮겨 심었다. 김 박사는 그나마 다행이라고 생각했다. 하지만 얼마 가지 못해서 풀들은 시들어 버렸다. 김 박사는 아내 몰래 서둘러 다시 풀들을 옮겨 심었지만 금방 시들고 말았다. 흙이 문제인 것 같았다. 아내는 부토를 쓰지 않으면 식물들이 벌레 때문에 살 수 없다고 말하지만 김 박사는 아파트 화단에서 흙을 가져다 다시 심었다. 역시 그의 판단이 옳았다. 갯지렁이 풀은 금방 화분 가득 퍼져서 오톨도톨하고 작은 꽃들을 야무지게 피워냈다. 아내는 더 이상 모르는 척했지만 베란다에 있는 화초에 물을 줄 때조차 김 박사가 심어놓은 풀들은 못 본척한다. 김 박사는 자신이 생각해도 왠지 자신이 변하는 모습이 낯설다. 차갑고 날카롭던 그의 얼굴 표정이 부드러워진 것 같다. 마음도 평온하고 심장이 제멋대로 뛰는 일도 드물어졌다.

　김 박사는 모자를 푹 눌러쓰고 산책을 나선다. 호숫가를 지나 곡선으로 이어지는 산책로를 지나는 동안 아담의 꽁무니만 따라간다. 사람들의 시선이 모두 자신을 좇는 것 같아 부담스럽다. 손에

든 샌드위치와 보온병을 슬쩍 뒤로 감춘다. 아파트의 벤치를 중심으로 돌고 있는 것 같은, 느낌으로 더 강하게 다가오는 어떤 시선 때문에 산책을 나설 때마다 뭔가 먹을거리를 준비하는 자신이 어이없다는 사실을 잘 안다. 하지만 김 박사는 벤치 위에 놓아둔 물병이 없어진 사실을 알고 난 뒤부터 산책을 나서기 전에 무엇이든 음식을 들고 나간다. 누군가 자신이 두고 가는 음식을 기다리고 있다는 생각을 지울 수가 없다. 벤치 위에 놓아둔 음식은 그다음 날 가면 흔적도 없이 깨끗하다. 혹시 아이일지도 모른다는 생각을 하면 괜히 마음이 조급해지기까지 한다. 날씨가 점점 추워진다. 며칠이 지나고 나면 창문에 불빛이 하나씩 사라진다. 몇 남지 않은 사람들도 하나둘 아파트를 떠나는 게 분명하다. 하지만 언뜻언뜻 스쳐 가는 그림자처럼 벤치의 주변을 맴돌고 있는 시선은 여전하다. 마치 김 박사를 지켜보고 있는 것 같다는 생각이 든다.

 앞서가던 아담이 호수를 한 바퀴 돈 다음 어김없이 낡은 아파트의 쪽문으로 다가간다. 이제 아파트의 음산한 풍경이 싫지 않다. 재건축 때문에 사람들이 대부분 이사를 가고 없는 아파트에는 도심에서 느낄 수 없는 적막함이 있다. 자동차의 소음도 들리지 않는다. 오래된 고성처럼 빼곡하게 들어찬 나무들 역시 도시에서는 볼 수 없는 풍경이다. 산더미처럼 쌓여 있는 쓰레기 더미가 아니면 잘 보존된 원시림에 들어온 것 같은 느낌마저 든다. 어디선가 기계음이 들려온다. 아파트 모퉁이를 돌아서자 늦은 저녁에 지게차가 오 층 베란다에서 짐을 내리는 게 보인다. 불빛이 새어 나오던 몇 집 가운데 한 집이다. 곧 재건축이 시작될 것 같다. 바람이 한차례 매섭게 불어온다. 좀 있으면 수도가 동파되기 시작할 것이다. 그렇게 되면 남아 있는 가구는 물 공급이 어려워질 것이다. 가스는 벌써 중단되었다는 공고가 아직 철수하지 않고 남아 있는 상가 유리창에 커다랗게 붙어 있다. 김 박사는 잠시, 그나마 전기는 남아 있어 다행이라는 생각을 하다가 혼자 피식 웃는다.

 아이는 침대 속에서 꼼짝하지 못한다. 이제 선우형을 기다리는 일도 잊어버렸다. 밖에서는 바람이 나뭇가지를 흔드는 소리뿐 형이 타고 다니던 낡은 오토바이 바퀴가 땅바닥에 끌리며 멈추는 굉음은 들려오지 않는다. 아이가 눈을 한번 크게 떴다 감는다. 빛이 창문을 훑고 지나간다. 언제부턴가 밤이면 창문을 꿰뚫을 듯 밝은 불빛이 몇 차례씩 지나간다. 마치 아이가 그 속에 있다는 걸 알기라도 하는 것처럼. 침대 깊숙이 숨어든 아이를 향해 빛이 다가들면 아이는 숨을 멈추고 눈을 꼭 감는다. 빛은 오래도록 아이의 손등으로, 얼굴로, 땀에 흠뻑 젖은 머리카락 사이로 지나간다.
 아이는 초점이 잘 맞지 않는 눈을 뜨고 밝아오는 창문을 물끄러미 바라본다. 목은 갈증으로 타들어 가고 몸은 불덩이처럼 뜨겁다. 몸을 조금도 움직일 수가 없다. 침대가 마치 깊은 수렁 같다. 목이 마르지만 벤치로 가고 싶은 건 마음뿐이다. 어디선가 요란한 굉음이 들려온다. 선우형일지 모른다는 생각이 퍼뜩 머릿속을 스쳐 간다. 그것도 잠시, 아이의 의식이 까무룩 하고 잦아든다. 잦아드는 의식의 끝에서 기억은 오히려 선명하게 떠오른다.

　아이는 또래 아이들이 많은 그 집에서 선우형을 기다렸다. 하지만 선우형은 오래도록 아이를 데리러 오지 않았다. 아이는 기다리다 지쳐서 선우형이 돌아서 나가던 그 대문 밖으로 걸어 나왔다. 저만치 언덕 위에 십자가가 있는 종탑이 보였다. 계단을 올라갔다. 하지만 그곳은 엄마와 함께 갔던, 선우형이 있는 곳은 아니었다. 아이는 또 다른 종탑을 보았다. 그곳에도 선우형은 없었다. 얼마나 오래도록 걸어 다녔는지 아이의 몸은 물에 젖은 솜처럼 무거웠다. 아이의 곁을 스쳐 가는 수많은 사람의 발소리와 자동차 소리가 점점 두려웠다. 아이는 지금 자신이 어디에 있는지조차 알 수가 없었다. 아이는 선우형이 꼭 데리러 온다고 약속하며 내밀 때 걸었던 새끼손가락을 깨물며 울먹였다. 하지만 아이는 소리를 내지 않았다. 사람들의 시선을 피해 자꾸만 달아났다.

　어디쯤인가, 지친 아이는 낡은 아파트 모퉁이를 한참 동안 돌다가 쪽문으로 들어섰다. 온통 똑같은 여러 개의 문들이 보였다. 문에는 붉은색으로 그려진 표시들이 있었다. 그중 한 현관문이 반쯤 열려 있었다. 아이는 그 문 안으로 들어가서 아무렇게나 흐트러진 물건들 사이에 놓여 있는 침대로 다가갔다. 아이는 몹시 지쳤다. 그러나 아이는 선뜻 침대 위로 올라가지 못하고 망설였다. 알 수 없는 두려움과 엄마라는 낱말이 입안을 맴돌았다. 하지만 아이는 돌아서 나가지 못했다. 목걸이를 손으로 문질렀다. 천천히, 먼지가 풀썩거리는 침대 모서리에 걸터앉았다. 조심스럽게 발을 올려놓았다. 얼마 후 아이는 신발도 벗지 않은 채 침대 속으로 기어들어 갔다. 그리고 이내 깊은 잠 속으로 빠져들었다.

아직 이른 시간이지만 김 박사는 서둘러 집을 나선다. 아무래도 머지않아 아파트의 철거가 시작될 것 같다. 뭔지 알 수 없는 불안이 요 며칠 사이 부쩍 김 박사를 괴롭힌다. 심장박동이 점점 빨라진다. 아파트가 저만큼 보이는 지점에 이르러서야 김 박사는 뭔가 이상하다는 사실을 깨닫는다. 아파트는 보이지 않고 대신 높은 담벼락이 앞을 가로막는다. 차가운 은빛의 알루미늄 펜스가 마치 견고한 성처럼 둘러쳐 있었다. 저녁 햇살이 반사되는 은빛은 섬뜩한 느낌마저 든다. 이제 정말로 아파트는 완전히 세상으로부터 유리된 성 같다. 문득 저 성은 들어가고 나오는 문이 없을지도 모른다는 생각이 든다.

김 박사는 아담을 데리고 아파트 담벼락을 천천히 돌아본다. 한 바퀴를 다 돌아보았지만 문을 찾을 수가 없다. 땅거미가 내려앉는다. 가로등이 하나둘 켜진다. 거대한 벽의 그림자가 호수 위로 뻗어나간다. 빗장을 단단히 걸어놓은 성안에 뭔가를 두고 온 것 같은 불안이 그를 짓누른다. 김 박사의 머릿속을 빙빙 돌고 있는 보이지 않는 시선이 자꾸 그를 잡아당긴다. 어떻게 하든 저 성안으로 들어가야 될 것만 같다. 생각은 점점 집요하게 그를 짓누른다. 메스로 환자의 가슴을 향해 직선을 긋는 순간, 돋보기 너머 실핏줄이 미세하게 떨리는 감촉이 되살아나는 것 같다. 가슴이 열리고 벌겋게 충혈된 눈의 시신경이 심장에 초점을 맞추듯, 김 박사의 생각은 점점 더 집요하게 문이라는 곳을 향해 치닫는다. 벌써 세 바퀴째 돌고 있지만 여전히 문은 보이지 않는다. 아담이 오늘은 유난히 불안스러워 보인다. 땅에다 코를 박고 킁킁대다가 벽을 향해 오줌을 갈기기도 한다. 희번덕거리는 눈빛은 금방이라도 어디론가 뛰어갈 것처럼 날카롭다. 좀처럼 없는 아담의 행동에 김 박사의 심장도 불규칙하게 뛴다. 심장박동을 조절하기가 힘들다. 김 박사는 아담의 목줄을 힘껏 잡아당긴다. 가로수에 기대서서 호흡을 고른다. 짧은 들숨과 긴 날숨으로 단전에 힘을 모으고 머릿속을 비운다. 제멋대로 뛰던 심장이 날숨을 따라 차츰 안정을 되찾는다. 문은 어딘가 반드시 있을 것이다. 손에 든 물병을 한참 동안 바라보다가 되돌아선다.

  이른 아침부터 김 박사는 아파트 담벼락을 찬찬히 살피며 걷는다. 밤이라서 알지 못했던 출입문이 있었다. 문이라고 하기에는 너무 높은, 담장 높이와 똑같은 높이의 문이 호수를 향해 거대하게 버티고 서 있다. 김 박사는 그 문을 밀어본다. 꿈쩍도 하지 않는다. 다시 찬찬히 아파트 담장을 살피며 한 바퀴를 돈다. 절개된 심장의 대동맥을 잇기 위해 다리의 근육에 붙어 있는 심줄을 찾아내던 집요한 그의 눈빛이 되살아난다.

  아담이 쪽문이 있던 바로 그 자리에서 움직이지 않는다. 자세히 살펴보니 철판이 뜯겨 있다. 철판 자락을 들추어 내자 기어들어 갈 만큼의 공간이 생긴다. 아담이 재빠르게 안으로 들어간다. 김 박사도 얼른 아담을 따라 들어간다. 갑자기 어둑하고 눅신한 느낌이 훅 밀려온다. 담장이 주는 그림자가 짙다.

김 박사는 마음과 달리 얼른 벤치가 있는 곳으로 가지 못하고 아파트를 빙빙 돌아다닌다. 여기저기서 동파된 수돗물이 아파트 계단으로 쏟아져 내려 얼어붙었다. 아파트는 정말 폐허가 되어 방치된 것 같이 흉물스럽다. 이런 곳에서 누군가 살고 있다는 사실이 믿어지지 않는다. 벽과 벽 사이로 나 있는 길은 미로 같다. 문을 단 것이나 별반 다를 것 없는 상가의 비닐 포장을 들치고 들어선다. 목이 마르다. 캔 음료수를 내미는 상가 주인이 김 박사를 흘끔거리며 살핀다. 음료수를 벌컥벌컥 들이켠다. 이상스럽게 속이 탄다. 음료수 캔을 쓰레기 더미로 힘껏 집어 던진다. 자신의 행동에 잠시 움찔한다.

벤치가 있는 곳으로 가는 김 박사의 발걸음이 빨라진다. 언제나 앞서가던 아담이 그의 발치에 바싹 붙어서 걷고 있다. 주변이 휑하다. 커다란 삼나무가 없어졌다. 물단풍나무도 없다. 노송만 덩그러니 서 있다. 벤치 위에는 나뭇잎과 흙이 떨어져 지저분하다.

김 박사는 손으로 벤치 위를 쓸어내고 물병과 음식을 올려놓는다. 57동 모퉁이까지 돌아가 본다. 한참을 서서 조심스레 주변을 살펴보다 발길을 돌린다. 걷다 보니 아담이 보이지 않는다. 돌아보니 아담은 벤치 옆에 서서 어딘가를 뚫어져라 쳐다보고 있다. 김 박사도 아담의 시선을 따라가 본다. 삼나무 때문에 잘 보이지 않던 베란다가 어둠 속에 드러나 있다. 베란다들은 구멍이 숭숭 뚫린 그물 같다. 그물을 빠져나온 물고기들이 아파트의 어둠 속을 유영하며 떠도는 것 같은 착각에 김 박사는 서둘러 아파트를 빠져나온다.

그러나 미처 아파트를 벗어나기도 전에 김 박사는 어쩌면 자신이 실수한 것인지도 모른다는 생각이 든다. 음식을 가져가는 게 아이일까? 얼핏 한 번 본 아이의 시선이 자신을 기다리고 있는 게 사실일까. 만약 음식을 가져가는 것이 정말 그 아이라면 아이가 혼자라는 말인가. 그동안 문득문득 떠오르던 생각들이 조합을 이루듯, 정말 아이 혼자 이 겨울을 지낼 수 있을까 하는 걱정과 경찰에 신고해야 하는 게 맞을 것 같다는 생각이 동시에 떠올라 안절부절못하다가 그만 혼자 피식 웃고 만다. 그가 알고 있는 사실은 아무것도 없다. 왜 그런 생각이 드는지 알 수 없었으나 아이는 누군가를 기다리고 있을 것 같은 느낌이 들었다. 문득, 자신도 누군가를 오래도록 기다려 온 것 같다는 생각이 든다.

김 박사는 그런 복잡한 생각들을 털어버리려는 듯이 빠른 걸음으로 쪽문이 있던 곳으로 향한다. 아담이 자꾸 뒤를 돌아본다. 목줄을 쥔 김 박사의 손아귀가 얼얼하다. 김 박사가 막 휘어진 펜스를 들추고 큰길로 나서려는 순간 누군가 불쑥 들어선다. 자신도 모르게 아담의 목줄을 힘껏 잡아당긴다. 그의 얼굴이 벌겋게 달아오른다. 마치 뭔가 잘못하다 들킨 것처럼 허둥거리며 담장 밖으로 나온다.

김 박사는 두꺼운 점퍼 속의 따뜻한 도시락을 한 손으로 감싸 쥔

다. 빠른 걸음으로 아파트로 간다. 그동안 잠시 그의 눈앞을 스쳐 간, 그림자처럼 남아 있는 아이의 모습이 오늘은 선명하게 떠오른다. 김 박사는 한겨울 동안 벤치 위를 오가며 아이와 함께 지낸 것 같은 착각이 든다. 그 착각은 이상하게 그의 마음을 따사롭게 해 준다. 하지만 벌써 며칠째 벤치 위에 놓아둔 음식이 그대로 있다는 것이 그를 불안하게 만든다. 아무래도 아파트 철거가 곧 시작될 것 같다. 아이는 분명 아파트 벤치가 있는 그 주변에 살고 있을 것 같다. 오늘은 좀 더 자세히 살펴봐야겠다고 생각한다. 잠시 가볍던 기분이 사라진다. 걸음이 빨라진다.

57동이 있는 벤치 위에는 김 박사가 두고 간 음식들이 며칠째 그대로 있다.

저층 아파트는 이미 철거가 시작되었다. 김 박사는 아이가 돌아서 가던 57동으로 향했다. 발걸음이 자신도 모르게 빨라졌다. 어디선가 아이가 불쑥 나타날 것만 같다. 조급한 마음과는 달리 그의 몸은 마음을 따라 움직이지 못한다. 아이가 사라진 57동을 몇 바퀴나 돌아본다. 어디에도 인기척은 없다. 불길한 생각들이 그의 머릿속을 들쑤셨다. 누군가 아이를 데려간 것일까. 그것도 아니면 아이가 어디로 가버린 것일까. 아니면 아이가 이 속 어딘가에 있는 것일까. 이럴 때마다 어김없이 제멋대로 뛰는 심장은 또다시 김 박사의 몸 안에서 균형을 잃어버린 것 같다. 크레인 소리가 점점 더 커진다. 김 박사는 애써 포커페이스라는 자신의 별명을 떠올린다.

크레인이 어느새 57동의 베란다를 허물기 시작했다. 아파트의 베란다가 뜯겨 나간 자리가 흉물스럽다.
　"컹!" 아주 가까운 곳에서 아담이 짖는 소리다. 김 박사는 잠시 주저앉아 있던 벤치에 일어섰다. 걸음을 떼어 놓으려는 순간, 102호의 베란다를 향해 크레인이 올라가는 모습과 크레인 앞으로 뛰어드는 아담의 모습이 눈앞에서 오버랩된다. 욕설을 퍼붓는 소리, 어디선가 뛰어오는 사람들, 크레인과 아담이 서로 살짝 비껴간다. 김 박사는 손으로 가슴을 쓸어내린다.
　뜯겨 나간 102호 베란다를 향해 아담이 계속 짖는다. 크레인 기사가 손짓으로 베란다를 가리킨다. 먼지가 쌓인 베란다 안쪽에 덩그렇게 놓인 침대가 보인다. 낡은 침대 위로 삐죽하게 드러난 머리카락이 보인다. 사람들이 베란다 위로 올라간다. 김 박사는 자신도 모르게 베란다 위로 뛰어올라 침대로 다가간다. 막 사위어 가는 물건처럼 아이의 작은 몸뚱이가 햇살 속으로 드러난다. 움푹 꺼진 침대 속에 잔뜩 웅크린 아이의 작은 몸뚱이가 사위어 가는 불꽃처럼 쪼그라들었다. 사람들이 쭈뼛거리며 아이의 주변으로 모여든다. 김 박사가 아이를 안아 올린다. 바짝 야윈 몸뚱이가 축 처진다. 목걸이를 쥐고 있는 아이의 한쪽 손이 가슴에 붙어버린 것처럼 꼼짝하지 않는다. 김 박사는 아이를 안은 채 목걸이에서 뿜어져 나오는, 유난히 푸른빛에 홀린 듯 서 있다. 어디선가 본 듯한, 투명하면서 푸른빛이 김 박사의 시선을 잡아당긴다. 아! 병원으로 실려 온 청년의 가슴에 있던 그 푸른빛의 목걸이다. 누군가 탄성을 올리며 하던 말이 기억난다. '메모리얼 다이아몬드' 사람의 뼈에서 추출한 탄소로 만든 인공 다이아몬드라고 말했었다. 다시 봐도 청년의 목에 걸린 독특한 십자가 문양과 아이의 목에 걸린 십자가 문양이 똑같다. 사내는 꼭 기억해야 할 누군가를 마치 자신도 알고 있었던 것 같은 착각에 사로잡힌다. 무섭게 뛰던 김 박사의 심장이 규칙적으로 힘차게 뛴다.

아이의 귀에 굉음이 들려온다. 낡은 오토바이를 탄 선우형이 아이를 번쩍 안아 올린다. 아이는 느낄 수 있다. 그의 심장이 뛰는 소리가 들린다. 엄마와 선우형과 아이가 함께 웃는다. 까르르 웃는 아이의 웃음소리가 녹슨 종탑 꼭대기로 날아오른다. 아이의 몸도 그 웃음소리를 따라 날아오른다.

아이를 안고 뛰어가는 김 박사는 누가 보아도 젊은 청년 같다.

밥숟가락을 입으로 밀어 넣다 말고 해인이 딸아이를 쳐다본다. 일요일이라 늦은 아침에 온 식구가 둘러앉은 식탁이다. 몇 번이나 방문을 향해 소리를 지르자 겨우 나와 뚱하게 앉아 있는 딸의 눈 가장자리가 유난히 어두워 보인다. 움푹 꺼진 눈자위로 다크서클이 짙다. 헝클어진 긴 머리카락을 아무렇게나 틀어 올린 채 잠이 덜 깬 눈으로 숟가락을 들고 있는 가느다란 손가락에 해인의 시선이 머문다. 푸른 정맥들이 금방이라도 툭 튀어나올 것만 같다. 딸이 고개를 들고 해인을 쳐다본다. 저 모습은 어디서 많이 본듯하다. 유난히 긴 목덜미가 해인의 시선을 자꾸 잡아당긴다. 무척 낯익은 듯한, 그러면서도 왠지 낯설게만 느껴지는 모습이다. 해인은 속이 울렁거려 고개를 숙이는데 김치를 집으려는 딸의 긴 손가락이 다시 한번 더 시선을 잡아당긴다. 마른 갈퀴처럼 억세게 조여 오던 손가락의 느낌, 퍼뜩한 여자의 앙상한 뼈마디의 힘줄이 해인의 목을 스치는 것 같다.

"엄마, 조심해!"

날카로운 쇳소리가 해인의 정수리를 향해 날아든다. '엄마' 생전 처음 들어보는 것 같은 말이 이명처럼 윙윙거리며 귓속으로 파고든다. 어디선가 비타민 냄새가 나는 것 같다. 꽃무늬가 요란하게 수놓아진 어머니의 스웨터에서는 늘 비타민 냄새가 났었다. 그 비타민 냄새에 섞여 있던, 찌든 담배 냄새가 금방이라도 코끝에서 되살아날 것만 같다. 푸른 정맥이 다 보일 만큼 앙상한 손가락 사이에서 타들어 가던 담뱃불 때문에 불안했던 기억, 깊고 어둡던 눈자위는 먼 허공을 향해 뻥 뚫려 있는 동공을 더 깊어 보이게 만들던 여자, 그 여자도 엄마였다. '엄마', 이상하게 목구멍이 꽉 메어서 숨쉬기가 곤란하다. 숨쉬기가 곤란했던 어떤 날의 기억들이 해인을 고통스럽게 만든다.

해인의 나이가 막 여덟 살이 되던 명절 다음 날이었다. 그날은 겨울의 막바지 추위에 모든 것이 꽁꽁 얼어붙었다. 골목 사이로 매서운 바람이 쉴 새 없이 불어오고 아이들도 하나둘 집으로 돌아간 동네 어귀 소나무 숲에서 해인은 할 일 없이 커다란 무덤 위를 오르내리며 미끄럼만 탔었다. 점심도 그른 채 낡은 코르덴바지 사이로 밀려드는 추위를 견디기 위해 열심히 뛰어다니며 미끄럼을 타면서도 집으로 돌아갈 생각은 하지 못했다. 아침 일찍부터 옷자락 속에 양손을 찔러 넣고 들어오는 동네 사람들마다 해인을 외면했다. 안방에는 어머니가 죽은 듯이 누워 있었고 아버지는 넋이

나간 사람처럼 연신 고개를 흔들대고 있었다. 방에서는 가끔씩 두런거리는 소리가 들려왔고 어머니의 악다구니는 들리지 않았다. 며칠 전만 해도 어머니는 밤마다 이대로 죽을 수는 없다며 방문을 활짝 열어젖히고 마당으로 뛰어나가 미친 듯이 고함을 질러대다가 아편을 맞고 겨우 조용해지면 담배를 찾았다. 한쪽 다리를 세우고 담배를 한 모금 깊숙이 빨아들이는 눈빛은 먼 허공을 헤매고 있는 듯이 보였다. 어깨까지 내려와 치렁거리는 검고 숱이 많은 머리카락을 쓸어 올리는 어머니의 바싹 야윈 손가락 사이에서 타들어 가던 담뱃불은 늘 해인을 불안하게 만들었다.

밥상 위의 청국장 냄새가 몹시 역하다. 딸아이가 눈살을 찌푸린 채 코를 틀어막는다. 남편이 그런 딸아이를 못마땅한 눈초리로 쳐다본다. 속이 메스껍다. 해인은 조심스럽게 물컵을 집어 들고 물을 한 모금 마신다. 딸꾹질이 울음 끝처럼 터진다. 남편이 얼른 물컵을 다시 내민다. 왜 그러냐는 듯이 쳐다보는 딸을 향해 남편이 툭 내뱉는다.

"삽으로 막을 걸 가래로 막는 수도 있으니 병원에 가보래도 저러고 있구나."

당황한 건 오히려 해인이다. 혹시나 하는 생각이 머릿속을 스쳐 간다. 딸은 그런 해인을 잠시 쳐다보더니 심드렁한 표정이다. 해인은 속이 자꾸 뒤틀리면서 토할 것 같다. 이럴 때면 어딘지 뒤퉁스레 혼이 한 자락 나가버린 듯 화를 내는 자신의 행동이 남편을 곤란하게 만든다는 것을 아는 해인은 얼른 일어서서 화장실로 들어간다. 화장실 문고리를 잡아당기는 등 뒤로 남편의 밥그릇에 부딪는 숟가락 소리가 귀청이 '쩡' 하게 울려온다.

수도꼭지를 세게 틀어놓고 얼굴이 벌게지도록 구토를 해댄다. 소리를 내지 않으려고 안간힘을 쓰는 해인의 얼굴이 언뜻 거울 속을 지나간다. 통통 부어오른 얼굴 위로 짧은 커트 머리는 숱이 빠져 정수리가 허옇게 드러난다. 새삼스러울 것 없는 모습인데도 어쩐지 낯설다. 요즘 나이 쉰이야 그다지 많은 것도 아닌데 싶은 생각에 쓴웃음이 나온다. 아무래도 담배 한 대를 피워야 될 것 같다. 늘 불온한 느낌처럼 그녀에게 다가들던 담배에 대한 유혹, 곧 필요하게 될지 모른다며 의사가 내밀던, 모르핀이 든 약봉지를 받아들던 날 해인은 처음으로 약 대신 담배를 피웠다.

아릿한 담배 연기가 금세 머릿속을 혼미하게 만든다. 거울에 비친 해인의 얼굴 위로 언뜻 스쳐 가는 얼굴, 기억조차 희미한 한 여자의 눈 가장자리로 짙게 드리워진 죽음의 그림자다. 고통을 못 이겨 아편을 맞으면서 의사를 향해 담배를 달라고 애걸하던 여자의 모습이 거울 속의 자신의 모습과 너무나 닮아 있다. 움푹 파인 눈 가장자리로 짙게 내려앉아 있던 저 죽음의 그림자는 어린 해인이 보아도 알 수 있었는데 어머니는 그 죽음을 완강하게 거부하고 있었다. 두려움이 엄습한다. 해인 역시 그 시간이 다가오면 어머니처럼 그렇게 악다구니를 쓸지도 모른다는 생각이 들자 딸아이의 일그러진 얼굴 너머로 악을 쓰며 울던 자신의 모습이 겹친다. 어머니가 숨을 거둔 그 순간 뭔지 알 수 없는 후련했던 기억들이 시간이 지날수록 이상하게 가슴을 짓누르는 죄책감으로 해인의 마음속에 깊은 뿌리를 내려가고, 그만큼의 분노도 함께 쌓여갔다. 어머니와 해인의 사이에 깊은 골을 파놓고 건너갈 수 없는 강물처럼 두려움을 남겼던 이별은 아직도 해인의 마음속을 서늘하게 만든다.

  동네 어귀 소나무 숲의 커다란 무덤도 미끄럼도 더 이상 추위를 막아주지 못했다. 집으로 돌아오는 해인의 발길은 넘어질 듯 뒤뚱거렸다. 집은 물밑으로 가라앉은 솜처럼 무겁고 음습해 보였다. 두엄더미 위로 내려앉은 햇살마저도 어둑해 보이는 것이 사방이 보이지 않는 힘에 눌려 아무 소리도 내지 못하는 것 같았다. 모두들 어디로 갔는지 툇돌 위에는 어머니의 뒷굽이 높은 고무신만 달랑 놓여 있었다. 해인은 살그머니 방문을 열고 안을 들여다보았다. 캐시미어 이불 한 자락을 가랑이 사이에다 끼운 채 등을 보이고 모로 누워 있는 어머니의 움푹 꺼진 어깨가 금방이라도 사월 듯이 움찔거렸다. 방 안은 비타민 냄새와 담배 냄새가 한데 뒤섞여 고약했다. 긴 머리카락이 헝클어진 줄도 모르고 어머니는 눈을 감은 채 미동도 하지 않았다. 해인은 슬그머니 어머니의 등 뒤로 다가가 누웠다. 그러고는 가만히 등에 얼굴을 묻고 어머니의 불규칙한 숨소리를 들었다. 가슴이 쿵쾅거리다가도 금방 멎고는 했다. 한참씩 숨을 쉬지 않는 어머니가 두렵기도 했지만 해인은 아주 오랜만에 느껴보는 안도감과 추위에 언 몸이 녹으면서 밀려드는 졸음을 이기지 못하고 자꾸만 잠 속으로 빠져들었다. 그래서는 안

될 것 같아서 깨어 있으려고 안간힘을 쓸수록 해인의 몸은 점점 더 깊은 잠의 수렁 속으로 빠져들었다.

꿈이라고, 아주 나쁜 꿈이라고 느꼈을 때 해인의 몸뚱어리가 어디론가 곤두박질치고 숨을 쉴 수 없이 가슴이 막혀와서 허우적거리기 시작했다. 해인의 몸을 옥죄고 있는 아귀 같은 힘, 바싹 바르고 건조한 손가락의 뜨거운 열기가 해인의 목을 조여오고 웅얼거리는 말소리가 귓가에서 맴돌았다. '우욱….' 견딜 수 없이 치밀어 올라오는 구토와 함께 해인은 죽을힘을 다해 눈을 떴다. 눈앞에서 한없이 깊은 늪처럼 그녀의 혼을 빨아들일 듯이 어둡고 깊은 어머니의 눈동자가 점점 하얗게 변해가고 있었다. 뒤가 마려웠다. 바짓가랑이가 축축해졌다. 해인은 속이 뒤집힐 것 같아 두 눈을 꼭 감았다.

어느 순간, 해인은 이상한 고통과 쾌감을 동시에 느꼈다. 해인의 몸은 궁중으로 붕 떠올려지는 것 같았다. 사방은 고요하고 어둠도 빛도 없었다. 해인의 몸뚱이가 무채색 하늘을 향해 힘껏 날아올랐다. 몸이 너무나 가벼웠다. 저만치 벨벳 치마저고리를 입고 빨간 손가방을 왼손으로 살짝 틀어 옆구리에 붙인 채 어머니가 언제나처럼 먼 허공으로 눈길을 주면서 사뿐사뿐 걸어가고 있었다. 바람도 없는 공중에서 흘러내린 귀밑 머리카락이 어머니의 목덜미에 달라붙어 휘날리는 듯 보였다. 하얀 고무신은 빛처럼 반짝거렸다. 어디선가 웅성거리며 다가드는 사람들 틈새로 낯선 사내아이가 어머니의 손목을 낚아챘다. 해인은 온 힘을 다해 다가가 보았지만 여전히 어머니와의 거리는 좁혀지지 않았다. 어머니가 아이를 향해 살짝 웃어 보이며 손을 잡아주었다. 그리고 그 옆으로 키가 크고 잘생긴 남자가 어머니와 무엇인가 웃으며 이야기를 하고 있었다. 그들은 너무 잘 어울리는 가족 같았다. 늘 어디론가 금방이라도 떠날 것 같이 불안하게 서성이던 어머니의 모습, 웃고 있을 때조차 슬퍼 보이던 어머니의 눈빛은 한 번도 해인을 돌아보지 않았다. 평소에도 뭔가를 그녀의 손에 혹은 입에 밀어 넣은 채 허공으로 내뻗던 어머니의 손길을 얼마나 잡아 보고 싶었던가. 해인은 온 힘을 다해 어머니를 불렀다. 하지만 소리는 목구멍을 넘어오지 못하고 끽끽거렸다. 견딜 수 없는 분노가 치밀었다. '죽어버려, 가버려, 이제 다시는 엄마를 부르지 않을 거야.' 목구멍으로 나오지 못한 말들이 해인의 가슴속에서 들끓었다. 견딜 수 없이 숨이 막혀왔다. 더 이상 그들 틈새에 해인이 끼어들 자리는 없었다.

 한순간, 뭔가 해인에게서 툭 떨어져 가는 게 느껴졌다. 몸뚱어리가 어디론가 곤두박질치는 느낌과 함께 목둘레로 밀려드는 고통이 점점 심해졌다. 어머니는 어디로 사라져 버린 걸까. 해인은 꼼짝하지 않고 그렇게 오래도록 두 눈을 감고 가만히 누워 있었다. 아주 천천히 눈을 뜨자 천장 벽지에 그려진 마름모꼴 그림들이 다가들다가는 멀어지곤 했다. 어지럼증이 심하게 일어서 고개를 돌릴 수 없었다. 사방은 여전히 사윈 듯이 조용했고 주변에는 무섬증이 일 만큼 적막했다. 정신을 가다듬고 고개를 옆으로 돌려보았다. 목구멍으로 심한 통증이 밀려왔다. 뜻밖에도 어머니가 그 웅숭깊은 눈을 뜨고 해인을 쳐다보고 있었다. 모든 감정이 떠나버린 듯 두 눈은 이상할 만큼 맑았다. 눈꼬리가 살짝 올라간 크고 시원해 보이던 어머니의 눈빛은 맑은 물처럼 흐르고 있는 듯이 보였다. 어머니는 해인을 쳐다보고 있었지만 해인 너머 먼 어딘가를 떠가고 있는 것 같았다. 뭔지 모를, 어머니를 둘러 있던 불안과 공포가 사라져 버린 평온함이 해인에게로 전해졌다. 다 끝난 것 같은 안도감이 해인의 가슴 위로 묵직한 통증을 안겨주었다. 그 무게만큼 평온했다.

어머니는 떠나가고 있었다. 해인은 본능처럼 어머니를 보내야 한다는 걸 알았다. 그리고 왠지 성냥을 찾지 못해 더듬거리는 어머니를 위해 담뱃불을 붙여주어도 좋을 것 같았다. 자신에게 젖을 물리지 않은 어머니의 새까맣게 말라버린 젖꼭지도, 늘 어디론가 떠돌다 돌아온 어머니의 서늘한 낯선 눈빛도 이제는 괜찮을 것 같았다. 이상스러울 만큼 해인의 마음이 어머니의 눈빛보다 더 서늘하게 식어갔다.

그렇게 어머니가 죽은 후, 어머니라는 단어는 해인에게서 잊혔다. 그리고 그녀의 가슴 한편에 어머니라는 단어 대신 그 여자라는 단어가 자리를 잡았다. 아주 단단한 고삐처럼 어머니에 대해 그 여자라는 단어를 틀어쥐고 자신은 벌써 25년이라는 시간을 어머니라는 수식어로 살아온 것이다. 그러면서도 늘 낯설고 생소해서 깜짝깜짝 놀라는 말, 그 말을 들을 때마다 어디론가 도망가고 싶기만 했던 수많은 날들이 악몽을 꾸고 있는 꿈속처럼 혼란스럽다.

구토는 싹 가셨다. 순간 해인은 자신이 왜 구토를 했었는지 기억이 나지 않아 거울 속을 멍하니 쳐다본다. 또다시 머릿속이 텅 비어버린 것 같다. 요즘 들어 자꾸 모든 기억이나 생각들이 뒤죽박죽 섞여서 머릿속은 도무지 풀어낼 수 없이 엉켜버린 실타래 같다. 화장실 문을 밀고 나오다 조금 전 일이 생각나서 머쓱해진다. 남편의 웃는 얼굴이 자꾸 일그러져 보여서 숟가락 들기가 민망하다.

식탁 밑으로 긴 다리를 꼬고 앉은 딸이 해인의 발을 슬쩍 건드리며 웃는다.

"내 얼굴에 뭐 묻었어요? 왜 그렇게 나를 쳐다보세요?"

"네 엄마 요즘 좀 이상하지?"

"엄마, 어디 안 좋으세요?"

딸의 말에 아니라고 대답을 해놓고 '글쎄.' 하고는 해인도 웃는다. 남편이 의아한 눈으로 쳐다보다가 다시 '병원에 정말 안 갈 거야?' 한다. 남편의 말이 어쩐지 핀잔처럼 들려서 해인은 고개를 숙인다. 목구멍에서 뭔가 울컥 올라올 것만 같다. '뜬금없이 왜 병원 타령이야.' 입안에서 우물거리는 말과는 달리 마음은 불안하다. 숟가락이 힘없이 그녀의 손에서 미끄러진다. 식탁 아래로 툭 떨어지는 숟가락을 집어 들 생각도 않고 해인은 고개를 밥그릇에 처박을 듯이 숙인 채 잠시 숨을 고른다. 요즘 들어 부쩍 무슨 말이든 불쑥불쑥 화가 치밀고 그러다가는 금방 눈물이 흐르곤 한다. 언제까지 이렇게 식구들의 눈을 속이고 자신을 잘 견뎌내면서 살아낼지 스스로도 알 수 없다. 하지만 어머니처럼 그렇게 죽음 앞에서 끔찍하게 몸부림치고 싶지는 않다. 해인은 아직도 어머니의 죽음을 용서할 수 없다. 아니 그 죽음을 용인할 수 없다는 말이 더 정확할 것이다. 그러면서도 그 죽음은 늘 그녀를 혼돈 속으로 밀어 넣은 채 주변을 맴돌며 시커먼 아가리를 벌리고 끊임없이 유혹한다.

 아무 소리도 없이 남편과 딸이 식탁에서 일어선다. 해인이 자신도 모르게 내쉰 한숨 소리에 방문을 열다 말고 딸아이가 흘끗 쳐다본다. 깊고 어두운 눈, 섬뜩함이 해인의 전신을 훑고 지나간다. 닿을 수 없는, 언제나 저만큼의 거리에서 해인을 쳐다보던 눈빛, 용기를 내어 다가가면 또 그만큼의 거리로 물러서서 단 한 번도 자신에게 손을 내밀지 않던 여자의 텅 빈 동공이 해인을 쳐다보고 있다. 해인은 소스라쳐 놀란다. 저 아이가 어머니를 닮다니, 딸의 나이가 스무 살이 되도록 한 번도 그런 생각을 해보지 않았다는 사실도 놀랍다. 창백한 얼굴, 커다란 키, 썩 잘 어울리는 옷맵시, 그렇다. 딸이 어머니를 너무나 흡사하게 닮아 있다. 기억조차 할 수 없는, 아니 기억 속에서 지워버렸던 얼굴, '엄마'라는 말이 해인의 입속에서 불쑥 튀어나온다. 괜히 쑥스럽고 어색하여 밥그릇을 들었다 놓는다. 가슴 한쪽이 싸하게 아프다.

 저녁 해가 저만치 기울어 간다. 텅 비어 있는 냉장고가 생각난다. 슈퍼라도 다녀와야 될 것 같다. 해인은 어지럼증 때문에 잠시 계단의 난간을 잡고 멈추어 선다. 발을 내디딜 때마다 계단이 불쑥 눈앞으로 다가들다가는 폭 꺼지곤 한다. 간신히 빌라를 나서자 이번에는 저녁 햇살이 눈부시게 어지럽다. 골목에 널려 있는 쓰레기

들이 바람에 마구 날아다닌다. 모든 게 빙글빙글 돌아가듯이 어지러워 두 눈을 질끈 감은 채 잰걸음으로 골목길을 돌아 큰길로 나선다. 자신도 모르게 옆구리에 끼고 있던 지갑을 꽉 움켜잡는다.

슈퍼 안으로 들어서자 어지럼증이 좀 가시는 것 같다. 두부, 호박, 우유. 해인이 사는 품목들은 거의 한정돼 있다. 종업원이 뭔가 내민다. 많이 시든 바나나다. 해인은 웃으면서 바나나를 받아 든다. 계산대에 물건들을 내려놓자 주인이 해인을 힐긋 쳐다본다. 그러더니 '안경이 바뀌었네요.' 한다. '으…응.' 말소리가 마치 무슨 신음 소리처럼 들린다. 돋보기를 쓴 채 그냥 나온 것이다. 해인은 씁쓸하게 웃으면서 안경을 벗어든다. 눈앞이 뿌옇게 흐려진다. 그래도 훨씬 안정감이 느껴진다.

물건값을 지불하려고 지갑을 열려고 하는데 어떻게 열어야 할지 몰라 당황스럽다. 장지갑보다 크고 긴 모양의, 손가방이라고 해야 좋을 이 빨간 지갑을 샀던 그날, 요즘에는 이런 장식의 지갑은 잘 찾지 않지만 빈티지를 좋아하는 사람들을 위해 적은 수량만 있다고 말하던 직원의 톤 높던 말소리가 들리는 것 같다.

병원으로부터 위암 초기라는 진단을 받던 날, 해인은 병원에서 나와 아주 오래도록 걸었다. 강북에서 강남으로 이어지는 긴 대교를 건너다 문득 석양의 붉은 노을이 강물을 물들이고 있다는 것을 깨달을 즈음 멀리 노랗게 반짝거리는 작고 무수한 불빛들이 빛을 내는 거리를 보았다. 홀린 듯 그 불빛을 따라갔던 곳, 작고 노란 알전구들이 거리의 나무들 위로, 건물들 사이로 흔들리고 있었다.

그 노란 알전구들을 따라 들어선 곳이 백화점이었다. 해인이 처음으로 어머니를 따라 대구 서문시장의 포목점에 갔던 날, 한 번도 본 적 없는 노란 알전구들의 불빛 때문에 놀라서 울음을 터뜨렸던 그날처럼 백화점 안은 온통 샹들리에 불빛과 온갖 색색의 불빛들이 흔들리고 있었다. 눈을 반쯤 감은 채 해인은 백화점 안을 아무 생각도 없이 걸었다. 무엇을 사려고 했던 것도 아니다. 그 빨간 손가방이 눈에 보이기 전까지는.

  지갑보다는 크고 가방이라기에는 작은 빨간 지갑을 처음 보았을 때 해인은 눈을 크게 뜨고 놀라서 그 지갑을 뚫어져라 바라보았다. 어딘가 아주 익숙한 것 같은, 빨간색이 유난할 만큼 짙어서 오히려 자주색에 가까운 지갑은 마치 낡은 지갑처럼 보였다. 오래도록 누군가 사용한 것 같은 느낌, 생각할 틈도 없이 그 여자라는 단어가 떠 올랐다. 늘 어딘가로 떠날 때면 어머니의 왼쪽 옆구리에 감아올린 손으로 살짝 쥐고 있던, 해인의 기억 속에 남겨진 빨간 손가방, 그 손가방을 몰래 열어보려고 애를 써봤지만 열 수 없었던 기억, 어머니가 죽고 난 뒤 이모와 함께 어머니의 유품들을 정리하면서 발견한 빨간 지갑을 이모 몰래 숨겨 두었다, 그리고 시간이 한참 지난 뒤 그 지갑을 열려고 했을 때 손가락이 비틀리며 고통스럽던 기억, 결국 열 수 없어 손잡이를 돌멩이로 쳐서 망가진 채로 열었던 기억, 그 속에는 잡다한 화장 용구들과 함께 안쪽 지퍼 속 주머니에서 나왔던 사진 한 장, 그 사진에는 작은 사내아이와 키가 크고 안경을 쓴 잘생긴 남자와 함께 웃고 있던 그 여

자. 아주 오래도록 해인의 머릿속을 어지럽히던 그 사진 속 사람들이 마치 빨간 지갑 속에서 행복하게 살아 있는 것 같아 그 지갑을 돌멩이로 마구 짓이겨 버렸던 기억들이 한꺼번에 떠올라 해인은 구토를 할 것 같았다. 얼른 돌아서 매장을 나왔다. 백화점 문을 열고 나오는 그 짧은 거리가 마치 긴 시간의 강을 건너온 것 같았다. 마치 무엇을 잘못하다 들킨 사람처럼 가슴이 쿵쾅거렸다. 그러면서도 해인은 발길을 쉽게 돌리지 못했다. 자꾸 그 지갑 안을 다시 열어보고 싶다는 생각이, 아직도 그 지갑 사진 속 사람들이 행복할까 하는 생각이 머릿속에서 떠나지 않았다. 해인은 숨을 한 번 크게 몰아쉬고 백화점 안으로 들어가 곧장 매장을 향해 빠른 걸음으로 걸어갔다. 그러고는 값도 물어보지 않고 그 빨간 지갑을, 아니 빨간 손가방을 샀다.

그런데 해인은 왜 이 지갑을 들고 슈퍼마켓을 오게 되었을까?

딸이 어디선가 이 손가방을 들고나왔었지. 그랬다. 그 아이가 내 장롱 속 깊숙이 넣어 두었던 가방을 어떻게 찾아냈는지 며칠 전 이 지갑을 열어보려고 애쓰다 누가 요즘 이런 지갑을 가지고 다니냐고 핀잔처럼 말하며 책상 위에 그대로 올려놓던 모습이 생각난다. 요즘은 자석이 부착된 손잡이가 대부분으로 살짝 손으로 당기기만 하면 되지만 이 지갑은 손잡이에 붙어 있는 두 개의 꼭지를 비틀어 열어야 한다. 해인은 무엇을 발견한 사람처럼 손잡이를 비틀어 지갑을 열려고 하지만 손가락만 비틀리고 지갑이 열리지 않는다. 몇 번 돌리자 지갑이 삐죽이 열리며 속이 들여다보인다. 텅 빈 지갑 속에 달랑 꽂혀 있는 카드 한 장이 보인다. 좀 의아한 생각이 들었지만 해인은 그 카드를 꺼내 슈퍼 주인에게 내민다. 만 원도 안 되는 물건을 카드로 계산하는 것이 괜스레 미안하다. 그래도 카드가 있어서 다행이라는 생각도 든다.

카드를 읽어내는 기계가 고장인가 싶다. 몇 번인가 다시 입력을 시켜보지만 계속 오류가 발생하나 보다. 주인은 멋쩍은 듯 카드를 내밀며 결제가 안 된다고 미안해한다. 어쩌면 당연한 일인지도 모른다. 이 지갑에 카드가 왜 들어 있는지조차 생각나지 않는 걸 보면 카드가 정상적으로 작동하지 않는 것이 이상할 것도 없다. 주인은 '다음에 주시지요.' 하면서 다른 사람이 올려놓은 물건을 계산한다. 해인은 어쩔 줄 모른 채 우두커니 서서 빨간 지갑만 쳐다본다. 딸아이의 앙칼진 목소리가 텅 빈 지갑 속에서 공명하듯 울려 나올 것 같다.

"엄마는 짝가 명품도 등급이 있다는 사실 모르지? 돈은 곧 자존심이라구. 엄마처럼 무거울 때는 가볍고 정작 가벼워야 할 때는 무거운 사람이 그걸 알 수 있겠어."

'빌어먹을, 엄마가 이렇게 살아만 주는 것도 감사한 일이라는 걸 언젠가는 알게 될 거다.' 오기처럼 입속으로 중얼거리는 말들이 자신 안에서 맥 빠지게 허물어진다. 가게 문을 거칠게 밀고 골목길로 나선다. 주인이 다급하게 부르는 소리가 귓가에서 윙웡거린다.

해인은 숨이 턱에 닿도록 계단을 오른다. 빌라 꼭대기 층에 있는 집 현관문을 밀고 들어서서야 해인은 가슴을 움켜쥔 채 숨을 몰아쉰다. 반쯤 가려진 베란다 창문 너머로 저녁 햇살이 유난히 붉다. 숨이 차츰 잦아든다. 천천히 신발을 벗고 거실 한 귀퉁이에 있는 책상 앞으로 다가간다. 빨간 지갑을 노려본다. 그러다 책상 위로 휙 집어 던진다. 갑자기 컴퓨터의 시커멓게 죽은 화면이 화들짝 놀란 것처럼 일어난다. 해인이 집어 던진 빨간 지갑이 자판기의 엔터키 위에 덜렁 얹혀 있다.

화면 가득 글씨들이 살아서 꿈틀대기 시작한다.

> 여자는 파리의 도시 한복판 길 위에 우두커니 서 있었다. 여자는 자신이 서 있는 저 땅속 카타콤의 지하 무덤을 반드시 가봐야 한다고 수없이 되뇌면서도 정작 발걸음은 돌아서기를 벌써 몇 번째 반복하고 있다.

해인은 자신이 썼던 단어들이 낯설어 한참을 바라본다. 주변을 돌아본다. 갑자기 모든 사물들이 공포의 대상처럼 웅크린 채 해인을 노려본다. 책상이, 침실 위에 시트가, 화장실 문이, 싱크대 옆에 놓여 있는 정수기가, 그 정수기 표지판에 점처럼 박혀 있는 파란 불빛들이 느닷없이 해인을 집어삼킬 것처럼 달려든다.

"빨리 달아나." 누군가 해인에게 속삭인다.

'어디로?'

"카타콤으로. 그곳으로 가면 아무도 너를 따라 올 수 없어. 네가 바라던 거잖아." 죽음이 촘촘히 박혀 벽을 이루고 있는 카타콤의

미로가 유혹과 공포를 동시에 불러일으키며 해인을 향해 미소 짓는다. 옆모습만 슬쩍 남겨둔 채 언제나 저만치 걸어가고 있는 한 여자의 뒤를 쫓고 있는 자신을 바라본다.

해인은 모니터를 피해 고개를 돌린다. 베란다 창문에 비친, 막 서쪽 건물 뒤로 지고 있는 해를 바라본다. 해인은 어쩌면 죽음들을 쌓아 만든 카타콤의 벽 사이로 한 줄기 빛이 스며들기를 원하는 것인지도 모른다. 그 빛은 미로를 헤매는 해인에게 이정표가 되어줄지도 모를 일이다. 그 미로에서는 언제나 얼굴을 돌린 채 저만치 멀어져가는 어머니의 뒷모습만 남아 있다. 어둠 속으로 막 사라지려고 하는 그녀의 모습은 그림자가 보이지 않는다. 빛이 있다면 그녀의 그림자가 생겨날까? 그러면 그 그림자를 따라갈 수 있을 것 같다. 길을 잃지도 않고 그녀를 잃어버리지도 않고 그녀의 실체를 만날 수 있을지도 모른다.

그날, 온 대지가 너무나 싸늘해서 서쪽 산등성이에 반쯤 걸린 해가 유난스럽게 붉고 컸던 날, 이제 어머니라는 단어에 종지부를 찍은 한 여자가 막 숨을 거두고 아버지의 통곡 소리를 들으면서 대청마루로 뛰어나왔을 때 그때도 저렇게 붉고 큰 해가 반쯤 걸려 있었던 기억이 난다. 해인은 있는 힘껏 소리를 지르며 울었다. 마치 어머니에 대한 악다구니처럼, 뭔지는 알 수 없었지만 속이 후련했다. 그렇게 얼마만큼 울었을까, 사람들이 몰려들었다. 어둠이 순식간에 마당을 덮어버렸다. 온 집 안에는 등불이 내걸렸다. 누군가 해인을 안고 있었다. 아니 꽉 붙들고 있었다. 해인은 어머니의 장례식이 다 끝나도록 울지 않았다. 울음이 목구멍을 치받아 올 땐 뭔가 음식을 한입 베어 물어 삼키곤 했다. 냉수를 급하게 마시다 사레가 들려 오래도록 기침이 멈추지 않았을 뿐이다. 눈물인지 콧물인지 알 수 없는 것들로 얼굴이 범벅이 되어도 기침은 여전히 멈추지 않아서 그녀는 기진해 버렸다. 하지만 해인은 결코 울지는 않았다.

 냉수 한 컵을 따른다. 멀리서 저녁 햇살을 등지고 돌아오던 반푼이 당숙의 느린 발걸음이 금방이라도 현관문을 밀고 들어설 것만 같다.

 어머니가 타고 나갈 상여가 아침 일찍부터 마당에서 기다리고 있었다. 해인은 어머니의 입관을 보지 못했다. 마루에서 누군가 그녀를 꽉 붙들고 있었다. 해인은 소리를 내지는 않았지만 안간힘을 다해 어머니의 마지막 모습을 보려 했었다. 하지만 결국 보지 못한 채 상여 위로 옮겨지는 관만 보게 되었다.

 곱고 가는 새끼로 조금도 빈틈없이 촘촘하게 만든 둥글고 긴 관이었다. 머리에서부터 발끝까지 사람의 모습이 그대로 드러나게 감고 있는 곱고 가는 새끼 관은 정갈하고 아름답기도 했지만 뭔지 모르게 공포를 불러일으켰다. 그리고 그 관의 모습이 마치 눈도 코도 입도 없는 둥글고 긴 형체로 남은 어머니의 모습이 되어 해인의 기억 속에 깊숙이 박혔다. 어디론가 늘 떠돌던 어머니가 그 새끼 관에 영혼마저 묶여 고통스러울 것만 같다는 생각을 하곤 했다. 어쩌면 그 새끼 관은 어머니의 시신을 감은 채 조금도 썩지 않고 어머니를 옭아매고 있을지도 모른다는 상상을 하기도 했다. 그런데 이상스럽게도 그 상상은 알 수 없는 불안으로부터 해인을 안심시켜 주었다. 문득 뒷덜미를 낚아챌 것 같은 손길에서, 허공을 밟고 가는 어머니의 허청거리는 걸음을 따라잡기 위해 그녀 역시 허방을 내딛는 그 불안으로부터 해인은 안심 할 수 있어 좋았다. 더 솔직한 심정은 옴짝달싹 못 하고 해인의 곁에 붙들려 있는 어머니에 대한 묘한 우월감과 그 속에 감춰진 알 수 없는 악의적인 쾌감은 해인에게 안심을 넘어 은밀한 즐거움을 주기도 했다. 하지만 차츰 그 은밀함의 밀도가 커질수록 해인의 마음속에는 그만큼의 알 수 없는 죄책감이 함께 자라나고 있었다.

그 새끼로 만든 관이 상여 위에 놓이고 상여가 동구 밖으로 나갔을 때 반푼이 당숙이 해인을 번쩍 안아 올렸다. 그러고는 그 새끼 관에 해인의 손을 밀어 넣었다. 그녀는 소리를 지르고 싶었지만 꾹 참고 두 눈을 질끈 감은 채 손에 만져지는 까칠하고 차가운 새끼를, 어머니를 마지막으로 만져보았다. 그리고 반푼이 당숙이 손에 쥐여준 배와 시루떡을 들고 하루 종일 당숙을 기다렸다. 해인은 그 떡과 배를 하루 종일 그렇게 손에 들고 울음이 목구멍을 차고 올라오면 한 입씩 베어 물곤 했다.

서쪽으로 기울어진 해를 등지고 반푼이 당숙이 휘적휘적 걸어오고 있었다. 마른 억새 잎이 서걱거리는 산등성이를 넘어 어깨에는 커다란 나뭇등걸 하나를 둘러매고 걸어오는 당숙의 입에서는 청승스러운 가락들이 흘러나오고 있었다. 동구 밖 느티나무 밑에서 해인을 발견한 당숙이 나뭇등걸을 팽개치고 달려왔다. 그러나 해인은 한 발짝 물러섰다. 간질을 앓고 있던 당숙은 동네 사람들이 자신을 꺼린다는 사실을 잘 알고 있었다. 엉거주춤 멈춰 서서 해인을 바라보던 당숙의 눈자위가 축축하게 젖어 있었다. 해인은 "엄마는 언제 돌아오냐."고 당숙에게 물었다. 당숙은 몇 밤만 자고 나면 엄마가 올 거라고 말했다. 해인은 속으로 당숙을 비웃었다. 정말 반푼이라고. 그녀는 이미 어머니는 다시 돌아올 수 없다는 사실을 잘 알고 있었던 것이다.

해인은 저녁 식사를 딸아이와 둘이서 간단하게 끝낸 뒤 며칠 전부터 별러오던 말을 꺼냈다. 남자 친구가 생겼냐고 묻는 해인의 말에 딸은 아니라고 펄쩍 뛴다. 그럼 밤늦도록 몇 시간씩 전화를 하는 사람은 누구냐고 다그치는 듯한 해인의 말에 딸은 고개를 획 돌린다. 한동안 침묵이 흘렀다. 해인은 딸아이의 옆얼굴을 뚫어져라 쳐다본다. 딸의 볼이 실룩거린다. "엄마, 요즘은 남자 친구와 사귀는 사람은 달라." 하면서 못마땅한 얼굴이다. 그럼 애인이냐고 묻자 딸아이가 우물쭈물하는 것이 심상치 않다. 이왕 시작한 말이니 단단히 캐물어야겠다는 생각에서 해인의 어투가 강해지기 시작한다. 딸은 고개를 돌린 채 가만히 앉아 있다. 평소에도 어떤 한 가지 물건이나 사람에게 집요할 만큼 집착하는 딸아이가 걱정스러웠지만 그 상대가 남자라면 나이가 있는 만큼 걱정이 커진다. 새침하게 앉아 있는 딸이 얄밉다. 도무지 동질감이 느껴지지 않아이해가 되지 않는 일들이 딸과 해인의 사이를 점점 더 멀게 하는 것 같다. 그래도 오늘은 어떻게 하든 딸의 입을 열게 해야 한다.

맥주 두 병을 꺼내놓고 안주를 가져오니 딸이 컵에다 맥주를 따르고 있다. 무슨 말을 어떻게 꺼낼까, 해인의 머릿속은 복잡하다. 다행스럽게 딸아이가 먼저 입을 연다.

"엄마, 난 사람들과의 관계가 참 어려워요. 내게 문제가 있나 봐요?"

가슴이 철렁하지만 해인은 애써 태연한 척 맥주 컵을 집어 든다.

"엄마가 생각하는 것보다 훨씬 심각하다구요."

빌어먹을, 입속으로 중얼거리는 소리에 딸이 쳐다본다. 관계는 누구에게나 어려운 것 아닌가. 늦은 밤 딸 방에서 나오는 울먹임과 애원, 그러고는 숨 쉴 틈도 없이 상대에게 집요하게 말하라고 요구하던 '사랑'이라는 말.

"뭐 때문에 사랑이 부족해."

갑자기 튀어나온 해인의 말에 딸이 어이없다는 듯이 한참을 쳐다본다.

"엄마 때문이지, 뭘." 소리가 멀리 달아난다.

"나 때문이라고?" 해인은 나와 너라는 말조차 혼란스럽다.

수많은 말들이 한꺼번에 해인의 목구멍을 넘어오려고 아우성을 치지만 막상 말은 한마디도 밖으로 나오지 못한다. 숨이 턱에 차올라 길게 한숨을 쏟아낸다. 딸이 맥주를 한꺼번에 마신다. 딸은 술을 한 모금만 마셔도 얼굴이 벌게지고 못 견딘다. 맥주 컵을 내려놓는 딸의 손이 가늘게 떨린다.

"내 얼굴 좀 보세요. 화장품 독이 올라 이렇게 된 거라구요. 다른 친구들은 엄마 화장품 훔쳐 쓰는 재미가 쏠쏠하다는데 엄마는 화장품이 뭔지도 모르지요?"

딸의 말소리가 조롱하듯 들린다. 해인의 생각이 어디론가 자꾸 달아난다.

텅 빈 방 안에서 늦도록 잠이 들지 못하고 뒤척이다 새벽 종소리에 잠이 깨면 해인은 어머니가 없는 줄 알면서도 눈을 꼭 감은 채 조금씩 팔을 뻗어 빈자리를 더듬곤 했다. 그러다 문득 코끝을 스쳐 가는 지분 냄새를 맡았을 때 담배 냄새에 섞여 있던 그 냄새는 뭔지 모를 불온하면서도 아릿한 슬픔처럼 해인의 코를 자극했었다. 그 냄새가 금방이라도 어디론가 사라져 버릴 것 같아 숨을 멈추곤 했었다. 어쩌면 꿈일지도 모른다는 두려움에 깨어 있으려고 무거운 눈꺼풀을 밀어 올리다 어느새 잠이 들었다. 그러다 깨어보면 늦은 아침 햇살만 문창호지 위에 덩그러니 남아 있었다. 꿈과 현실이 혼몽해지는 어머니의 지분 냄새, 해인은 그 냄새를 애써 아주 오래도록 잊고 살았다고 생각했다. 하지만 딸의 말이 시간의 간극을 훌쩍 뛰어넘어 금세 해인의 가슴에 생채기를 낸다.

"사실 이런 건 아무렇지도 않아요. 나 혼자 해결할 수도 있다구요. 하지만 엄마는 내가 정말 필요로 할 때 내 곁에 없었어요. 왜 그런지 엄마에게는 가까이 다가갈 수가 없었어요. 책을 읽거나 멍하게 앉아 있거나, 나를 쳐다보고 웃을 때도 어쩐지 엄마는 나를 보고 있지 않는 것 같은, 텅 비어 있는 느낌이 들었어요."

숨도 쉬지 않고 쏟아내는 딸의 말이 해인의 귓속으로 들어오지 못하고 허공을 맴돌다 흩어져 버린다. 딸의 눈에 눈물이 가득 고인다. 해인은 정신이 멍멍해지고 판단이 서지 않는다.

"중학교 이 학년 여름 방학이던 어느 날 엄마가 아빠와 내게 선언하듯이 말했잖아요. '나는 이제 이렇게 살 수 없다고, 내가 하고 싶은 대로 하고 살겠다.'고, 그리고 그날 밤 소리도 없이 나가서 이틀이 지난 뒤 술에 취해 발걸음도 가눌 수 없는 모습으로 돌아온 엄마를 보자 나는 너무나 무서웠어요. 그 이틀 내내 얼마나 간절하게 빌었는지 몰라요. 엄마를 무사히 돌아오게 해달라고, 하지만 엄마는 그런 내게 한 번도 따뜻한 손길을 내밀지 않는다구요."

그만하라고 소리치고 싶지만 생각뿐이다. 폭포처럼 쏟아지는 딸의 말이 해인의 머릿속을 마구 두들긴다.

"다른 한편으로 생각하면 엄마는 사실 내게나 아빠에게 최선을 다했다고 할 수도 있어요. 언제나 우리들의 요구를 거절한 적은 없으니까요. 하지만 엄마가 즐거운 마음으로 반찬을 만들거나 집안일을 했던 기억은 별로 없어요. 나는 그저 다른 집 엄마처럼 식탁 위에 올라오는 된장찌개를 남편과 아이들이 먹고 행복해하는 모습에 자신도 행복한 그런 엄마였으면 좋겠어요. 엄마가 차려주는 밥상이 부담되지 않는, 소박하지만 따뜻한 엄마의 마음이 필요하다구요."

이제 조곤조곤 따지듯이 말하는 딸의 목소리가 해인에게는 악다구니처럼 귀청을 때린다. 딸아이의 하얀 목덜미가 붉은 포도주 색깔처럼 짙다. 만약 저 아이가 담배를 손가락 사이에 끼우고 있다면, 해인은 세차게 고개를 흔든다. 이건 그저 지나가는 악몽이라고 누군가 말해줬음 좋겠다. 그렇게 오래도록 해인의 마음속에서 해소될 수 없는 갈증처럼 목마르게 했던 어머니의 사랑, 해인은 아직도 그 목마름의 갈증 때문에 혼돈 속을 헤매고 있는데, 어머니를 닮은 딸아이가 자신을 향해 쏟아놓는 저 말들은 그녀가 어머니에게 얼마나 오래도록 쏟아놓고 싶었던 말들인가. '그런데 왜 딸이 나에게 저런 말을 하고 있는 것인가. 내가 그녀란 말인가. 그럴 리가 없어.' 해인은 할 말을 잃어버린 사람처럼 멍하게 딸을 쳐다본다. 유난히 앙큼스럽게 마음을 열지 않던 딸의 마음속에 긴 시간 동안 쌓여 있던 생채기가 해인을 향해 시뻘건 불길을 뿜어대고 있다.

느닷없이 딸기를 먹고 싶다던 딸의 말이 머릿속을 스쳐 간다. 해인은 벌떡 일어나 책상으로 다가가며 딸에게 말한다.

"딸기 사 올게."

어이없어하는 딸의 시선을 뒤로한 채 해인은 책상 위의 빨간 지갑을 집어 들고 거실 문을 연다. 베란다 창 너머로 낮게 가라앉은 불빛들이 일렁거린다. 머릿속이 온통 새하얗다. 마른 갈퀴처럼 그녀의 목을 조여오던 여자의 하얀 눈동자가 자신을 따라올 것만 같다. 베란다 창문을 활짝 열어젖힌다. 무채색 하늘이 바싹 다가든다. 해인은 하늘을 향해 한 발짝 다가간다. 앞을 가로막는 난간에 부딪힌다. 동시에 뭔가 해인을 세차게 잡아당기는 힘에 뒤로 벌렁 넘어진다. 숨도 제대로 쉬지 못하는 딸아이의 얼굴이 공포로 일그러진다.

"미쳤어, 미쳤어."

딸아이의 절규가 베란다 유리창에 부딪혀 되돌아와서는 해인의 마음속에 날카로운 비수가 되어 꽂힌다.

그래, 차라리 미쳐버렸으면 얼마나 좋을까. 미치지도 못한 채 날마다 미쳐 있는 이 혼돈에서 이제는 벗어나고 싶다. 쉰 살의 딸이 서른아홉 살의 어머니를 향해 여전히 절망하고 분노하는 모습이 안쓰럽다. 어머니가 세상을 떠난 나이보다 아홉 해를 더 산 자신의 나이, 그 숫자가 멀미를 할 듯이 다가든다.

차츰 머릿속이 맑아진다. 이상하리만치 딸아이의 품이 편안하다. 딸아이를 올려다본다. 딸의 헝클어진 머리카락이 베란다 창으로 불어오는 바람에 흩날리고 있다. 해인은 가만히 딸아이의 손을 잡는다. 어머니처럼 바싹 마른 딸의 여린 손가락이 차다. 서른아홉이란 아직은 눈부시게 아름다울 수 있는 날들, 그런 나이에 세상을 등져야 했던 어머니의 고통을 누가 이해할 수 있을까. 자신 안에 지독한 그리움을 남겨두고 그 그리움이 분노의 켜를 쌓아가는 동안 어머니는 언제나 그녀를 버려둔 채 엄마보다는 한을 삭이지 못해 떠돌던 한 여자로 남아 있듯이, 자신 역시 딸아이의 마음속에 그리움의 분노를 쌓게 만들지 않았던가.

딸을 향해 두 팔을 천천히 벌린다. 바람 속에 봄 냄새가 물씬 풍

겨온다. 해인은 가만히 입속으로 불러본다. "엄마." 그렇게 낯설던 단어가 혀끝을 맴돈다. 이제 그 엄마라는 말이 세상을 향해 나아갈 준비가 된 것일까. 긴 머리카락을 쓸어 올리는 어머니의 손가락 사이로 담배 연기가 날아오른다. 엉성한 그녀의 갈깃머리 위로도 딸아이의 서늘한 눈빛 너머에도 담배 연기가 푸르스름한 빛을 뿜어낸다.

 구토가 일어날 것 같아서 두 눈을 꼭 감는다. 딸아이가 내미는 라이터 불빛이 환영처럼 일렁거리며 해인의 눈가에서 춤을 춘다. 어쩌면 자신도 죽음 앞에서 끝까지 버티지 못한 채 어머니처럼 악다구니를 퍼부을지도 모를 일이다. 대상도 없는 그 황망한 악다구니를 딸아이가 듣지 않기를 바라며 해인은 담배에 불을 붙인다. 손가락이 심하게 떨린다.

구멍 속의 축제

사내는 집 안을 꼼꼼히 살피며 살충제를 뿌린다. 싱크대 아래와 침대 밑, 책상 아래, 화장실의 구석구석에, 그리고 마지막으로 현관문 틈새에다 엄청난 양의 살충제를 뿌리고는 그래도 남아 있는 약을 베란다 문틈에다가 다시 뿌린다. 사내는 꽉 다문 입술과 이마에 맺힌 땀방울도 잊은 채 빈 약통을 들고 다시 한번 찬찬히 살핀 다음 손을 씻으러 화장실로 들어간다. 열세 평의 작은 오피스텔은 살충제 독성 때문에 숨쉬기조차 어렵다.

사내는 점점 이해할 수 없는 일들이 자신에게서 일어나고 있다는 사실을 떨쳐버릴 수가 없다. 벌레들이 어디서부터 이 고층까지 기어들어 오는지 그리고 무엇인지 알 수 없는 기분 나쁜 공기가 자신의 주변을 맴돌고 있는지에 대해서 이해할 수 없을 뿐만 아니라, 때때로 그것은 공포가 되어 엄습하기도 한다. 공포는 처음에는 아주 잠깐씩 그의 머릿속을 스쳐 가더니 지금은 꽤 오랜 시간 동안 사내의 주변에서 맴돈다. 거리에서 사람들 사이를 비집고 걸어갈 때 문득 보게 되는 어둠, 그 어둠 속에서 뻥 뚫린, 크기를 가늠할 수 없는 구멍이 아가리를 벌리고 자신을 향해 덤벼드는 기분이다. 그리고 구멍 속에서 쏟아져 나온 벌레들이 발아래로 꼬물대며 모여드는 것 같은 착각에 사로잡히곤 한다. 사내는 살충제를 샀다. 그러고는 퇴근하기가 무섭게 살충제를 열세 평의 작은 오피스텔에다 뿌려댄다. 시멘트벽에 구멍이 뚫린 것처럼 그래서 그 모든 구멍들을 살충제의 독성으로 메울 기세로 약을 뿌려대는 것이다.

 사내는 책상에 있던 신문을 집어 들고 현관을 나선다. 빠르게 현관문을 닫는다.

 사내는 생각들을 떨쳐버리기라도 하듯이 한 손으로 신문을 잡고 다른 한 손으로 신문을 빠르게 넘긴다. 복도 유리창과 벽면에 반쯤씩 몸을 기댄 채 신문의 27면을 편다. 그리고 찬찬히 들여다본다. 그는 늘 신문의 27면을 뒤로 접은 다음 28면의 머리글을 아주 천천히 읽는 버릇이 있다. 주로 그곳에는 컴퓨터의 새로운 정보나 유전인자에 관한 정보 기사들이 실린다. 오늘은 '아키온'이라는 머리글자가 시선을 잡아당긴다. 고딕체의 검고 커다란 활자 밑으로 제3의 생명체로 확인되었다는 기사가 실려 있다. "태평양 해저 섭씨 300도의 물이 분출하는 열수분출공(바닷속 분화구) 주변을 서식처로 하는 아키온은 섭씨 90도에서 가장 활발하게 번식하며…." 사내는 손으로 관자놀이를 한번 꾹 누른다. 28면의 놀라운 정보들은 사내를 늘 당황하게 만든다. 지금까지 생명체에 대해 알고 있던 정형화된 관념의 사고들이 한꺼번에 아키온의 서식처인 열수분출공 속으로 녹아들어 가는 것 같다. 그러고는 수많은 무정형의 사고들이 뇌리에서 넘쳐난다. 시간의 속도가 너무 빨라서 머릿속은 마치 바람이 지나간 자리에 생겨난 진공 상태 같다. 텅 비어버린 것 같은 의식 속으로 미미하지만 분명한 진동이 다가온다.

엘리베이터가 올라오는 진동을 느낀다. 그 진동은 차츰 사내의 귀로 전달되고, 이어 엘리베이터가 멈추면서 밀려오는 바람이 발등 위로 미세하게 스쳐 간다. 문이 열리자, 시선은 조건반사처럼 엘리베이터 안으로 향한다. 누군가의 눈빛과 마주친 것 같다. 순간 위로 날아오르는 작은 물체가 그의 시선을 획 잡아당긴다. 신경이 곤두선다. '파리다.' 생각과 동시에 목구멍을 치밀고 올라오는 이물감 때문에 사내는 얼른 고개를 숙인다. 속이 울렁거리고 머리가 어지럽기 시작한다. 마른침을 꿀꺽 삼킨다. 먹먹한 귓속으로 약간 쉰듯한, 말하기에 몹시 힘든 것 같은 소리가 들려온다.

사내는 신문의 활자 위로 고개를 박은 채 꼼짝하지 않는다. 아까보다 좀 더 커다란 소리가 목구멍을 넘어 나오려고 안간힘을 쓴다.

"아…녕하세요."

발음이 정확하지 않다. 사내가 신문 사이로 흘끗 쳐다본다. 2501호에 사는 청년이다. 사내가 살고 있는 원룸은 둥근 원 형태로 가운데 나선형의 계단이 있다. 나선형 계단은 철골조로 된, 공간이 비어 있는 형태다. 철골조라는 것이 믿어지지 않을 만큼 부드러운 곡선을 이룬다. 그 계단에 발을 올려놓으면 깊은 우물 속으로 사라져 버릴 것 같은 묘한 느낌을 준다. 그 나선형 계단을 빙 둘러 모두 여덟 개의 현관문이 서로 마주 보고 있다. 청년의 현관문은 사내의 현관문에서 왼쪽으로 두 번째다.

  사내는 천천히 신문을 접는다. 뾰족한 구두코가 사내의 눈앞으로 바싹 다가온다. 사내는 흠칫 놀라며 고개를 든다. 사내가 청년의 얼굴을 가까이서 보기는 처음이다. 청년의 나이는 스물둘이거나 셋쯤 되어 보인다. 여자보다 작고 얇은 입술로 그에게 무엇인가 말하려고 애쓰는 얼굴이 우스꽝스럽게 일그러져 있다. 아무렇게나 엉킨 머리카락과 도수 높은 안경, 하얀 얼굴이 주는 이질감 때문에 사내는 잠시 당황한다. 문득, 사내의 머릿속으로 어떤 날들의 햇살과 그 햇살 속에 서 있던 스무 살 무렵의 자신의 모습들이 떠오른다. 청년처럼 사내의 나이도 스물둘이거나 셋쯤이었을 것이다. 낡은 운동화에 청바지를 입고 처음으로 찾아갔던 공장 입구에서 자신을 쳐다보던 눈빛이 기억난다. '도서관에나 처박혀 있을 일이지.' 잔뜩 볼멘 목소리로 비아냥거리던 작업반장의 날카로운 눈빛에 주눅이 들어서 꼼짝없이 하루를 공장 한구석에서 보냈었지. 언제부턴가 자신이 어느 곳에서 무엇을 하는지조차 알 수 없을 만큼 자신에게 무뎌진 날들, 그날들 속에서 만났던 어린 여공의 얼굴이 떠오른다. 세고비아 기타와 몇 권의 책을 옆구리에 끼고 공장으로 가던 비포장도로와 그 위로 쏟아지던 여름날의 햇빛. 도로 가장자리에 바싹 붙어 있던, 사내가 살던 낡은 집은 강을 끼고 돌아가는, 도로의 심하게 굽은 굴곡 때문에 자동차의 브레이크 밟는 소리가 끽끽거리며 들려왔었다.
  기억들은 꼬리를 물고 연상 작용을 일으키며 어디론가 치닫는다.
  그 집은 늘 먼지가 자욱하게 덮여 있었지. 그 먼지를 고스란히 뒤집어쓴 채 슬레이트 지붕이 다닥다닥 붙어 있던 네모난 집은 마당을 중심으로 건물이 빙 둘러 있었고 그 건물 바깥으로 지붕을 내달아 지은 작은 쪽방에는 노파가 누워 있었지. 죽음의 마지막 숨을 몰아쉬던 순간 노파의 휑하게 뚫린 콧구멍 속으로 기어들어가던 파리가….
  "우욱" 사내는 들고 있던 신문으로 입을 틀어막고 급하게 현관문을 향해 뛰어간다. 청년이 손짓을 한다.
  "괜…찮으…세요."
  사내는 현관문을 밀어젖힌다. 현관문 닫히는 소리가 깊은 우물 속으로 가라앉듯이 복도의 나선형 계단 속으로 사라진다.
  사내는 변기를 끼고 오래도록 쭈그린 채 앉아 있다. 급작스럽게 시작된 구토가 멈출 기미를 보이지 않는다. 그러나 정작 목을 타고 넘어오는 것은 입안이 견딜 수 없을 만큼 쓴 물뿐이다. 벌레들이 이십오 층의 이 오피스텔까지 자신을 쫓아온다는 사실이 믿기지 않는다.
  사내는 불안한 눈빛으로 사방을 살펴본다. 거실에는 살충제 독성 때문에 숨쉬기조차 힘들다. 하루에도 몇 통씩 살충제를 뿌려대는 사내의 피부는 푸르다 못해 거무스름하다.

어둠이 느닷없다 느낄 만큼 사무실 안으로 밀려든다. 빼곡하게 들어찬 빌딩 숲 사이를 뚫고 서쪽으로 난 사무실의 유리창에 희붐한 어둠이 다다를 즈음이면 사내의 머릿속은 온갖 잡다한 업무 때문에 두통이 시작되는 시간이기도 하다. 재판 일정이 잡힌 사건들을 정리해서 서류를 준비하고 그 서류들을 다시 한번 검토한 다음 변호사의 책상 위에 갖다 놓고 돌아서니 창문 밖으로 도심의 불빛들이 하나둘 나타나기 시작한다.

창가에 붙어선 사내는 담배를 꺼내다 말고 주머니에 도로 집어넣는다. 건너편 사무실의 유리창에도 형광 불빛들이 하나둘씩 나타난다. 불빛들은 마치 휑한 공중에 붕 떠오르듯 현실감이 전혀 느껴지지 않는다. 희미한, 빛이라고 하기에는 뭔가 좀 석연치 않은 그런 이상한 느낌의 형광 불빛들이 칸막이를 사이에 두고 일정한 간격으로 늘어난다. 좁은 사무실 안에서 꼼지락거리는 사람들의 모습을 바라보는 사내는 오래도록 그들에게서 눈을 떼지 못한다. 검은 머리통과 하얀 와이셔츠와 검정 바지, 서로 다른 칸막이 속에 있는 사람들의 모습이 똑같아 보인다. 사내의 눈빛이 조금씩 움츠러든다.

사람들의 움직임이 점점 빨라진다. 몇몇 사람들이 좁은 공간을 벗어나고 있다. 사내는 자신의 시선을 벗어난 사람들이 지상으로 내려가기 위해 엘리베이터의 번호판을 누르고 있을지도 모른다는 생각을 한다. 생각만으로도 어지럼증을 느낀다. 사내는 익숙해지지 않는 엘리베이터의 수직상승 때문에 매번 심한 어지럼증을 느끼면서도 지금까지 잘 견디고 있다. 삼십이 층의 사무실과 이십오 층의 오피스텔을 기계처럼 오가는 일상, 엘리베이터는 사내를 궁중에 매단 채 땅으로부터 가장 빠른 속도로 그를 벗어나게 해준다. 그가 피해 달아나는 지상에는 언제나 그를 쫓아오는 것들이 있다. 시커먼 어둠 속에서 쉴 새 없이 기어 나올 것 같은 벌레들이다. 사내는 머리를 한번 세차게 털어낸다. 신경질적일 만큼 불안한 동작이다.

전화벨 소리가 아주 먼 곳에서처럼 들려온다. 명료하지 않은 의식 속으로 금속성의 높은 고음이 점점 멀어져 간다. 사내는 미처 깨어나지 못한 꿈속에서처럼 소리를 놓치지 않으려고 애를 쓴다. 하지만 전화벨 소리는 이내 끊어지고 만다. 사방이 온통 분명하지 않은 무엇인가에 휩싸여 가고 사내도 그 분명하지 않은 것들 속에서 무엇인가에 떠밀려 가고 있다는 생각이 들자 두 손으로 머리카락을 쥐고 손에 힘을 주어 쓸어 넘긴다. 다시 한번 머리를 세차게 흔들어 본다. 그러나 이미 사내는 어떤 기억의 강물 위로 휩쓸려 가고 있는 것이 분명하다.

세차게 소용돌이치는 황토색 강물 소리가 '웅웅' 울리며 끊임없이 기억 속, 스무 살이었던 시간 속으로 흘러간다. 사내의 의식도 그 기억을 따라 흐른다.

폐수가 흘러나오는 공장과 강 사이는 넓은 분지가 펼쳐져 있었다. 언덕에는 버드나무가 촘촘하게 들어서 있고 버드나무 사이로는 잡풀들이 무성했다. 그 잡풀 사이로는 언제나 공장에 다니는 가난하고 초라한 연인들의 수선스러움이 들려왔다. 공장 기계는 일 년 내내 하루도 쉬지 않고 돌아가고 창백한 얼굴의 어린 여공들은 규칙적인 기계음 사이로 한숨을 몰아쉬었다. 그 한숨을 삼키는 것은 잡풀 사이에 서서 들려오는 격정 소리였다. 그 소리와 함께 비릿한 체액 속에서 쏟아져 나온 무수한 종족의 씨알들은 풀벌레들의 분비물과 함께 쨍쨍한 햇빛 속으로 녹아 사라졌다. 사내는 그곳을 초원이라고 불렀다. 강물이 초원을 달리는 말발굽 소리처럼 끊임없이 언덕을 휘돌아 치며 흘렀다. 그 초원에서 사내는 어린 여공을 만났다.

어린 여공이 스무 살 사내의 눈빛을 가만히 올려다보았다. 그들은 줄 하나가 끊어진 세고비아 기타의 형편없는 연주에 맞춰 노래를 불렀다. 공장에서 야간작업을 끝낸 그들은 비포장도로 옆에 붙어 있는 먼지가 자욱한 집으로 돌아가는 것보다 잡풀이 가득한 언덕에 누워 강물이 흐르는 소리를 들으며 노래를 불렀다. 노랫소리를 들으면 조금은 행복해지곤 했다. 사내는 몽골의 초원으로 여행을 떠나는 꿈을 자주 꾼다고 말했다. 그곳은 하늘이 맞닿아 있는 곳이란다. 어린 여공은 그곳이 어디쯤인지 상상할 수조차 없지만 사내의 말을 듣고 있으면 마치 함께 여행을 떠나고 있는 것 같았다. 사내가 들고 다니는 세고비아 기타와 몇 권의 책들과 어눌하지만 사람들의 마음을 사로잡는 말은 여공의 마음을 들뜨게 만들었다. 초원은 언제나 그들을 안아주었다.

사내가 전율하듯이 몸을 뒤틀며 어린 여공의 허리를 움켜잡았다. 여공이 사내의 허리 위로 두 다리를 옭아맸다. 초원에 내려앉은 하늘이 사내의 눈앞으로 바싹 다가왔다. 사나운 폭풍이 사내의 온몸을 흔들었다. 머릿속은 하얗게 지워져 버렸고, 어린 여공의 자궁 속으로 사라지는 사내의 씨알들은 고통의 신음 소리를 내질렀다. 흐릿한 의식 속으로 아찔할 만큼 감미로운 순간이 밀어닥쳤다. 어린 여공의 숨죽인 신음 소리가 사내의 거친 숨소리에 묻혀버렸다. 축축하게 습기가 밴 풀들이 허벅지에 들러붙었다. 문득, 사내의 귀에 비릿한 풀 냄새에 묻힌 신음 소리 사이로 초원을 가로지르는 아이의 울음소리가 들려왔다. 환청인 줄 알면서도 사내는 고개를 번쩍 쳐들었다.

낮은 강 언덕, 가난한 연인들의 풀밭에는 돌아갈 곳이 없는 무수한 정자들이 쨍쨍한 햇살 속으로 녹아 사라졌다. 하지만 사내의 씨알은 어린 여공의 자궁 속에 둥지를 틀었다. 둥지를 잘못 튼 줄도 모르는 씨알은 지독한 공장폐수에도 아랑곳없이 가녀린 여공의 탯줄을 잡고 놓지 않았다.

어린 여공은 스무 살의 사내와 함께 있는 순간만을 느낄 뿐이었다. 뱃속에서 꿈틀대는 생명은 다가오지 않는 시간만큼 낯설었다. 마치 꿈을 꾸듯, 사내와 함께 있는 시간이 흘러갔다. 여공은 잠깐 아기 침대가 놓여 있는, 사내와 함께 있는 작은 방을 생각해 봤다. 그러자 이상하게 가슴이 쿵 내려앉았다. 목구멍이 꽉 메어 울음조차 삼킬 수 없었다.

사내는 자신도 모르게 넥타이를 풀어 헤친다. 담배를 다시 꺼내 든다. 창 아래 멀리 보이는 한강은 둔치까지 물이 차올라 가로등이 날개만 겨우 남아 있다. 며칠 동안 내린 폭우 때문이다. 사내는 문득, 시뻘건 황토물이 한강 변으로 넘쳐나는 착각에 사로잡힌다. 강물이 엘리베이터처럼 수직상승의 속도로 차올라 자신의 발아래로 넘실거리는 것 같다. 곧 그 황토물이 자신을 삼킬 것만 같다. 초원으로 내달려 가야 한다. 하지만 어디가 초원인지 알 수가 없다. 사내의 의식은 현실과 기억 속에서 길을 잃었다. 어린 여공의 자궁 속에 둥지를 잘못 튼 씨알이 어디선가 사내를 바라보는 것 같다. 사내가 불안한 얼굴로 주변을 두리번거린다. 또다시 어디선가 벌레들이 꿈틀거리며 나타날 것만 같다. 여공의 자궁 속에서 숨 쉬던 생명이 미처 열 달을 다 채우지도 못하고 세상 밖으로 기어나오던 광경이 선명하게 떠오른다. 사내의 목덜미가 뻣뻣하다. 마치 누군가가 목덜미를 낚아챌 것 같다. 지랄 맞게 햇빛이 쨍쨍한 날 푸르다 못해 흰빛이 도는 살점들이 폐수에 씻겨 나가던 곳, 그 강물 위로 사내의 기억들이 공포와 함께 소용돌이치며 흘러간다.

햇빛이 사내의 눈 속을 아프게 찔렀다. 셀로판지를 만드는 공장의 폐수 속에 섞여 강물로 흘러가는 유황 냄새가 지독했다. 폐수가 흐르는 개울 바닥은 은회색의 침전물들이 마치 석고처럼 깔려있었다. 사내는 그 석고같이 깨끗한 바닥 위로 투명할 정도로 말갛게 흐르는 폐수를 가만히 들여다보았다. 지독한 유황 냄새만 아니라면 폐수가 그 언덕을 흐른다는 사실이 믿기지 않았다. 언덕의 잡풀 사이로는 언제나 폐수만큼이나 믿을 수 없는 일들이 일어나곤 했다.

여공의 배는 꽁꽁 동여맨 복대 때문에 그다지 불러오지도 않았다. 생명이 세상에 태어나기에는 너무 빠른 시간이었다. 그러나 어린 여공은 산고의 고통을 시작했다. 사내와 여공은 무엇을 해야 하는지 알 수가 없었다, 처음 그들을 안아주었던 초원으로 가야 한다는 것만 알았다. 초원은 아무 말 없이 그들을 안아주었다.

언덕을 따라 흐르는 폐수의 물줄기 소리와 함께 꾹꾹 눌러 참는 여공의 울음소리가 비싯거리며 사내의 귓속으로 파고들었다. 가끔씩 꾹 눌러 다문 이빨 사이로 비어져 나오는 소리가 고통스러웠다. 스무 살의 사내는 아직 한 번도 들어본 적이 없는 낮고 무거운 신음 소리가 점점 빠르고 거칠게 이어졌다. 사내는 떨리는 가슴을 진정시키려고 주머니 속에서 커다란 나뭇잎에 둘둘 말려 있는 대마초 잎을 꺼냈다. 약간 비릿하면서도 뜬내 나는 대마초에 불을 붙였다. 손가락이 몹시 떨렸다. 날씨는 변덕을 부리며 햇빛과 빗줄기를 오락가락하게 만들었다. 사내는 붉은 싸구려 포도주를 한 모금 마신 뒤 맵싸하면서도 어딘지 싱거운 맛이 나는 대마초의 연기를 꿀꺽 삼켰다. 강물이 눈앞에서 아득하게 멀어져 갔다. 또다시 비릿한 강 내음 속에 묻힌 잔뜩 숨죽인 여공의 가녀린 울음소리가 가까워졌다 멀어지곤 했다. 온몸이 얼어붙는 것 같은 한기가 느껴졌다. 사내는 연거푸 잎담배 연기를 들이마셨다.

낮은 강 언덕의 잡풀 사이로 사내의 시선을 잡고 늘어지는 햇빛은 눈이 부셨다. 엎드린 채 소리를 죽이고 있는 어린 여공, 혼미한 사내의 머릿속으로 사물들이 둥근 원을 그리며 돌고 있었다. 그 원 안으로 속도를 가늠할 수 없이 빠르게 돌고 있는 시간들이 여공의 신음 소리와 함께 어지러웠다. 끝없이 돌고 있던 시간이 한순간 여공의 자궁 앞에서 멈췄다. 그 여공의 자궁 사이로 미어져 나오는 생명이, 아니 이미 생명을 떠나버린 살점이 작고 희끄무레한 물체가 되어 사내의 눈앞으로 불쑥 다가들었다. 붉은 점액들은 마치 아직도 살아서 꿈틀대는 생명체 같았다. 폐수가 침전된 그 깨끗한 석고 같은 바닥 위로 생명체가 뭉실뭉실 넘쳐났다. 그러고는 춤을 추듯 아주 천천히 강물로 흘러갔다. 자꾸만 놓아버리고 싶은 의식의 끈 사이로 쉴 새 없이 구토가 치밀어 올랐다. 견디기 힘든 역겨움과 상실감이 혼미한 사내의 의식을 흔들어 대기 시작했다. 지독한 유황 냄새가 뜬내 나는 풀 냄새에 섞여 사내의 내장을 휘저었다. 폐수 속에 넘쳐나던 붉은 점액들이 조금씩 줄어들었다. 붉은 점액이 다 빠져나간 살덩어리가 폐수 속에서 희다 못해 푸른빛을 띠고 있었다. 햇빛이 그 위로 쨍쨍 내리쬐었다. 여공이 가만히 사내를 가만히 건너다보고 있었다.

　어린 여공은 고통도 잊은 채 자신의 몸을 빠져나간 생명체를 바라보았다. 살점들 사이로 작고 앙증맞은 발가락이 살아서 꿈틀대는 것 같았다. 자신의 뱃속에서 꿈틀대던 느낌이 되살아났다. 두렵고 낯설었다. 두 눈을 꼭 감았다. 사내를 바라볼 수 없었다. 도망을 가야 한다. 몸이 물에 젖은 솜처럼 무거웠다. 풀밭 사이로 무수한 씨알들이 여공을 향해 달려들었다. 있는 힘을 다해 달아났다.

　얼마만큼의 시간이 지난 것인가. 어린 여공은 어디로 가버린 것일까. 사내의 눈앞에서 붉은 점액질이 다 빠져나가 희다 못해 푸르른 빛이 도는 살점들이 황산 냄새가 나는 폐수에 씻겨 나가고 있었다. 조금씩 떨어져 나가는 아기의 살점들, 사내의 비명은 목구멍을 넘어오지 못하고 꺽꺽거렸다. 의식의 밑바닥으로부터 솟구치는 두려움에 온몸의 털이 하늘을 향해 뻣뻣하게 얼어붙는다. "쐥…." 귓가를 가르는 날카로운 음향과 함께 청록색의 날개 끝이 반짝거리는 금파리가 물가에 놓여 있는 그 살점들 위로 쏜살같이 달려들었다. 두려움에 휩싸여 사내는 두 팔을 맹렬하게 휘둘렀다. 하지만 그의 몸은 사정없이 무너져 내렸다. 시내는 그 생명체를, 아니 살점들을 향해 달려들었다. 미끈거리는 생명체를 집어 강물로 던졌다. 강물은 생명체를 꿀꺽 삼켜버렸다.

　사내는 뭔가를 집어 던지듯이 두 팔을 휘두른다. 창밖으로 황토색 강물이 점점 차오른다. 손아귀에는 마치 그 살점들이 들러붙어서 떨어지지 않는 것 같다. 무수하게 날아드는 금파리 떼의 금속성 같은 소리가 사내의 귓속을 물어뜯는다. 물어뜯긴 귓속에 칙칙하게 감겨드는 울음소리가 구멍을 뚫고 저 깊은 땅속 마그마의 용암이 들끓으면서 내뿜는 소리 같다. 바로 곁인 것 같기도 하고 아주 먼 것 같기도 한 전화벨 소리가 사무실을 가득 메운다.

사내가 불안스러운 눈빛으로 사방을 둘러본다. 어디선가 끊임없이 기어 나오는 벌레들이 그를 둘러싸고 낄낄거리며 몰려들 것만 같다. 창가에 바싹 붙어 선 사내의 눈 속으로 좀 더 선명해진 형광등 불빛 속에서 꼼지락거리는 하얀 와이셔츠와 검정 바지를 입은 인간들이 넘쳐난다. 그들이 한꺼번에 사무실의 유리창 밖, 세차게 흐르는 강물 속에서 기어 나와 자신을 들여다보며 낄낄거리고 웃어댄다면, 견딜 수 없는 공포가 사내를 사로잡는다.

몸을 잔뜩 웅크린 채 창가에서 뒷걸음질 치던 사내가 소화기를 집어 든다. 유리창을 향해 소화액을 뿌려대는 사내의 얼굴이 공포에 질린 채 번질거린다. 좁은 사무실이 금세 뿌연 소화액으로 꽉 찬다. 고함 소리가 들린다. 사무실을 막 나서던 변호사가 가방을 팽개치고 사내를 향해 뛰어온다. 사내를 덮친다. 소화기 통을 꽉 움켜잡은 채 넘어진 사내가 변호사를 향해 소화액을 뿌려댄다. 사내의 희번덕거리는 눈알이 뿌연 액화 속에서도 광채를 뿜는다.

갈색 초원이 끝없이 펼쳐진다. 하늘도 땅도 모두 갈색이다. 낮은 초목 사이로 바람이 불어온다. 사방을 둘러보아도 나무 한 그루 보이지 않는다. 사람의 그림자도 없다. 이곳은 어디인가. 어디선가 울음소리가 들려온다. 저만치 풀섶 사이에 갈색 머리카락의 작은 아이가 울고 있다. 사내는 자꾸 숨이 답답해진다. 아이에게 한 발 다가가면 어떻게 된 일인지 아이는 저만치 더 물러가 있다. 아이가 뭔가 손으로 쫓고 있다. 자세히 보니 풀섶에 여자가 누워 있다. 누워 있는 여자의 얼굴 위로 아이가 손을 흔들며 뭔가를 쫓아내고 있다. 순간 어디로부턴가 빛 한 줄기가 아이를 향해 내리비친다. 아이가 맹렬하게 빛을 향해 두 손을 흔들어 댄다. 쌩, 귓가를 가르는 소리, 빛줄기를 타고 날아드는 수많은 파리 떼, 아이의 자지러질 것 같은 울음소리가 초원을 가로지른다. 하얀 구더기가 풀섶 사이로 꾸물대며 기어 나온다. 갈색 초원은 금방 구더기로 넘쳐난다. 그 구더기가 사내의 몸뚱이로 기어오른다. 살점들이 조금씩 뜯겨 나간다. 숨이 멎을 것 같다. 도망치려 해보지만 움직일 수가 없다. 갈색의 풀섶에 누워 있는 여자의 긴 머리카락이 사내의 발목을 잡고 늘어진다. 끔찍한 공포가 밀려든다. 누군가를 소리쳐 부른다. 아무도 와주는 이가 없다. 맹렬하게 휘두르던 팔이 갑자기 툭 하고 땅으로 떨어진다.

 흐릿한 빛이 사내를 둘러싸고 있다. 얼마 동안이나 이런 상태로 지낸 것인지 알 수가 없다. 온몸은 땀으로 범벅이 되었다. 사내는 희미한 빛을 휘저을 듯이 허공으로 손을 내밀어 본다. 그러나 손은 힘없이 아래로 미끄러져 내린다. 사내는 자신이 누워 있다는 사실을 곧 깨닫는다. 커튼 사이로 햇살이 사선을 그으며 사내의 얼굴 위로 비친다. 밤은 지난 것이다. 또다시 꿈을 꾸었다. 언제나 똑같은 꿈이다. 사내는 여자가 왜 그 갈색의 초원에 누워 있는 것인지 생각을 더듬어 보려고 애쓴다. 그리고 그 끔찍한 파리 떼들은 어디서부터 그렇게 날아와서 여자의 콧속으로, 입속으로 마구 들어가는 것일까. 등줄기의 신경이 팽팽하게 당겨진다. 작은 사내아이의 울음소리를 들으면 왜 오금이 저리는지도 알 수가 없다. 사내는 늘 꿈에서 깨어날 때마다 가슴이 답답하다. 현실도 기억도 아닌 그 무엇으로부터 끊임없이 도망치고 있는 기분이다.

아주 먼 곳에서 들려오는 것 같은 시계 초침 소리가 사내의 머릿속으로 각인된다. 마치 처음 들어보는 소리인 양 머릿속을 두드리는 규칙적인 반복음이 점점 그의 의식을 채운다. 그러나 이상하게도 그 모든 사실들이 자신과는 아주 무관한 것처럼 느껴진다. 무엇인가가 자신으로부터 떠나버린 것 같은, 아니면 자신이 그 무엇으로부터 떠나온 것 같은 느낌이다. 주변은 무섬증이 일만큼 정적이 감돈다. 정신을 집중해 보려고 애쓰는 사내의 의식 속으로 기억의 단절음처럼 들려오는 소리가 있다. 소리가 귓바퀴를, 아니 느낌 위를 굴러간다. 사내는 그 소리들을 집요하게 쫓는다.

소리는 노파의 휑하게 뚫어진 콧구멍 주위를 맴도는 금파리의 날개 사이에서 커졌다가 잦아들곤 한다. 스무 살의 사내가 살았던, 열두 가구가 살고 있던 그 집의 바깥 쪽방에 노파가 누워 있다. 노파의 흰 머리카락 위로 황토색 흙벽이 닿을 듯이 붙어 있다. 노파의 위로 치켜뜬 눈은 그 황토색 흙벽을 뚫어져라 쳐다보는 것 같다. 하지만 노파의 동공은 텅 비어서 아무것도 보고 있지 않다.

아무도 없는 그 방문 앞에서 사내는 서울로 가는 버스를 기다리고 있었다. 어디선가 금파리가 하나둘 날아들었다. 파리 떼는 노파의 콧구멍 주위를 뱅뱅 돈다. 노파의 힘없는 눈꺼풀이 꿈쩍하고 한번 움직인다. 트럭이 먼지를 일으키며 노파의 방문 앞을 바싹 스쳐 간다. 뿌연 먼지가 휙 방 안으로 쏠려 들어간다. 플라타너스 잎사귀들이 축 처져 있고 날씨는 찌는 듯이 무덥다. 바람 한 점 없는 곧 깨져버릴 듯한 불안한 고요다. "쌩…." 귓가를 가르는 금속성 같은 소리, 순간 노파의 얼굴 위로 날아드는 금파리와 소리가 동시에 노파의 콧구멍 속으로 사라진다. 얼른 노파의 눈을 쳐다본다. 얼어붙은 사내의 시선 속으로 노파의 눈동자가 서서히 열리는 것처럼 보인다. 검은 노파의 눈동자가 뜨거운 한낮에 일렁이던 삼 잎사귀의 그림자같이 어지럽게 일렁이고 있다는 착각이 일어난다. 그러고는 노파의 눈동자가 확대경 저편에서 다가오는 거대한 구멍처럼 밀려온다. 모든 것이 일순간에 멈춰버리고 단지 크기를 가늠할 수 없는 구멍만이 사내의 눈앞에 다가와 있다.

그 시커먼 구멍이 아가리를 벌리고 사내를 삼키려 든다. 갈색 초원에서 울부짖는 아이의 울음소리가 귀청을 찢어놓을 것만 같다. 견딜 수 없는 악취와 숨 막히는 더위, 단백질이 부패하며 쏟아내는 냄새와 함께 여자의 기다란 머리카락 사이에서 끊임없이 기어 나오는 벌레들이 사내를 향해 다가온다. 아! 어머니, 사내의 목구멍을 넘어오는 절규가 마치 어둠 속에 숨어 있는 벌레들이 기어 나오는 것처럼 쉭쉭거리기만 한다. 아무도 없는 마른 풀섶에서 주검으로 떠나버린 어머니의 몸뚱어리, 그 구멍 속으로 끊임없이 날아드는 금파리 떼가 사내의 숨통을 조여온다. 그 어머니의 몸뚱어리에서 끊임없이 기어 나오던 벌레들이 금방이라도 사내를 물어뜯을 것만 같다. 사내의 축축하게 젖은 등허리에서도 벌레들이 꿈틀대며 기어 나올 것 같다. 내장을 휘젓는 고통에 사내의 얼굴이 뒤틀린다. 사내가 고함을 지른다. 사내의 괴성이 십육 밀리 유리창의 두꺼운 벽에 부딪혀 오피스텔의 내부를 뒤흔든다.

'불을 질러!'

'벌레를 불태워 버려!'

사내는 주저 없이 커튼에 불을 붙인다. 거센 불길이 붉은 혓바닥을 널름거리며 사내를 둘러싼다.

초원을 태우는 불길이 훨훨 날아오른다. 사내는 어머니와 여공과 푸른빛이 도는 살갗으로 태어난 아기의 손을 잡고 불길을 따라 훨훨 날아오른다. 이제 수많은 종족들이 쏟아놓은 씨알들을 향해 날아들던 금파리 떼도 끊임없이 기어 나오던 구더기도 더 이상 사내를 괴롭히지 못한다. 고통으로 일그러진 사내의 입 가장자리로 웃음이 번진다. 순간 "쌩" 귓가를 가르며 무엇인가 불 속을 뚫고 날아오른다. "아!" 사내의 입에서 짧은 탄식이 튀어나온다. 금파리다. 불빛을 받아 청록의 날개 빛이 더 아름답다. '푹' 사내의 무릎이 맥없이 무너진다.

"라라라라라라 라라랄" 툭 하고 불거지듯 울리는 차임벨 소리가 혼미한 사내의 의식을 뚫고 들어오려고 안간힘을 쓴다. 2501호에 사는 청년이다. 인터폰의 모니터 속에서 균형 잡히지 않은 청년의 얼굴이 화면을 가득 채우며 흔들린다. 사내의 의식도 모니터의 화면처럼 흔들린다. 차임벨 소리는 도무지 끝날 것 같지 않다. 굴절

된, 청년의 벌어진 입 사이로 목구멍이 시커먼 아가리를 벌린 채 흔들리고 있다. 그 시커먼 구멍 속으로 나선형의 계단이 선명하게 떠 있다. 섭씨 90도의 열이 분출되는 청년의 항문을 향해 세포들이 꾸역꾸역 밀려 나간다. 사내의 의식도 그 항문을 지나 지하로 연결된 끝이 보이지 않는 나선형 계단의 통로를 따라간다. 커다란 구멍 속에서 기어 나와 사내의 발아래로 모여들던 벌레들, 살갗을 뚫고 끊임없이 기어 나오던 구더기, 뜨거운 불길 속에서도 날아오르던 무서운 생명들이 마그마가 들끓는 열 공 주변에 모여 축제를 벌이고 있다. 거대한 우주 공간을 채울 듯이 넘쳐나는 죽음의 전이들, 그 생명의 축제를 바라보는 사내의 의식이 이상하리만치 명료하다.

"마스크 속에서 숨 쉰다."라고 쓴 나이트클럽 간판 밑을 지나간다. 왼쪽으로 돌아서 세 번째 길이다. 상점들은 아직 문을 열지 않았다. 유리창 안 쇼윈도에 서 있는 마네킹이 입을 활짝 벌린 채 웃고 있다. 맑은 풍경 소리와 함께 바람이 어깨 위를 살짝 스쳐 간다. 저만치 검은 양복을 입은 사내와 눈이 마주쳤다. 사내의 목에 감긴 머플러가 공중에서 흐느적거리는 것처럼 보인다. 불빛이 내 긴 손가락 사이를 빠져나간다. 광장으로 들어선다.

나는 가끔씩 착시현상에 시달린다. 그러다가 종종 길을 잃어버린다.

이곳에서 길을 잃어버렸을 때는 가던 길을 되돌아 나와야 한다. 그렇지 않으면 똑같은 모양으로 된 열두 개의 길을 미로처럼 헤매게 된다. 길은 열두 색상의 불빛들로 구분한다. 예민하지 않으면 실수를 하기 쉽다. 불빛 색상이 비슷비슷해 보이기 때문이다. 둥근 원형으로 된 이 지하의 광장을 중심으로 열두 개의 길은 열두 색상의 불빛들 속에서 가늠할 수 없는 소실점처럼 길고 아득하다.

빨간 불빛을 따라간다. 열대 길이다. 길이 끝나는 곳에서 에스컬레이터를 타고 한 층을 더 내려가면 영화관이다.

에스컬레이터를 중심으로 마치 깊은 우물 속처럼 움푹 꺼져 있는 극장에서는 청색 불빛이 입구를 비춘다. 거대한 원이 땅속으로 가라앉은 것 같은 입체감은 사람들을 함몰시킬 듯이 시커먼 아가리를 벌리고 있다.

나는 에스컬레이터에 발을 올려놓는다. 문득 어둠 저편으로 한 발을 밀어 넣으면 내 존재는 흔적도 없이 사라져 버릴 것 같은 생각이 든다. 두려운 만큼 이상한 유혹이 내 가슴을 두근거리게 만든다. 기억 저편으로 바싹 마른 바람을 따라 사라져 가던 어둠 속의 길, 잊힌 사막처럼 납작하게 엎드려 있던 기억이 내 앞을 가로막고 머릿속을 탕탕 두드린다. 가늠할 수조차 없는 어둠 속 어딘가에서 모래알처럼 작은 점으로 다가오던 불빛, 아무도 없는 캄캄한 숲속에서 들려오던 징 소리, 그 소리가 맞닿은 곳으로 퍼져 나가던 불꽃들이 마치 살아 있는 사물처럼 내 기억을 되살린다.

나는 에스컬레이터를 벗어나서 얼른 빛 속으로 한 발을 내디딘다.

극장 맞은편, 컴퓨터 사이트 전용 전시실이다. 시뮬레이션 게임에서 나오는 괴성이 내 귓전을 날카롭게 스친다. 텅 빈 공간 한가운데 있는 지구본이 눈에 띈다. 지구본의 받침대가 바뀌었다. X자 두 개를 서로 엇갈리게 세운 모습이다. 어디선가 많이 본듯하다.

기분이 좋지 않다. 이 공간을 지나 안쪽으로 깊숙이 들어가면 내가 근무하는 '나만의 방송'이라는 스튜디오가 나온다. 인터넷 카페 한 귀퉁이에 자리한 스튜디오는 보잘것없이 작은 무대와 세 대의 카메라, 컴퓨터로 연결된 동선들과 조명등, 그리고 턱없이 커다란 스크린이 전부다. 어쩐지 불협화음을 내는 악단 같은 느낌이 든다.

밝은 빛 속을 막 지나온 탓인지 눈앞이 약간 흐릿하게 보인다. 스크린이 칙칙한 어둠을 뿜어낸다. 라이트를 켜자 색색의 불빛들이 금방 스크린 위에서 활기를 되찾는다. 그 위로 내 그림자가 마치 기하학무늬처럼 흔들린다.

카페 안은 블루마운틴 커피 향이 가득하다. 나는 세 대의 카메라 앵글을 스크린을 향해 맞춘다. 그리고 모니터를 켠다. 아홉 시 삼십 분, 시계의 초침이 아주 빠른 속도로 달려가는 것 같은 착각이 든다. 마음이 바쁘다. 오전 오후 스케줄이 빡빡하다.

갑작스럽게 주변이 어수선해진다. 전시실 직원들의 샌드위치 씹는 소리, 커피향, 낮게 흐르는 음악, 웅성거림들이 카페를 지나 스튜디오까지 가득 찬다. 윤 기자가 컴퓨터 앞에서 오늘 스케줄을 점검한다. "오전에 둘, 오후에는 셋." 짧은 비명처럼 들리는 말소리가 내 머릿속을 공명한 채 떠돈다. 오늘 하루일과는 무척 버거울 것 같다. 무리한 스케줄인 줄 감독은 알고 있을 텐데 하는 생각이 들자 괜한 짜증이 인다. 나는 서둘러 장비들을 점검한다.

감독이 커피를 들고 카페를 가로질러 온다. 방송을 찍을 아이가 탈의실에서 나온다. 얼굴은 벌써부터 기대로 설레는 것이 눈에 보인다. 은색의 번쩍거리는 우주복 같은 복장에 어깨에는 로봇의 팔이 날개처럼 위로 뻗어 있는 모습은 늘 보아오면서도 익숙하지 않다. 아이는 자신의 모습에 스스로 도취된 듯 컴퓨터 앞에 버티고 앉는다. '픽' 하고 웃음이 나온다. 그래 얼마만큼만 지나 봐라 하는 심사다. 수없이 되풀이될 컷과 NG들, 몇 번씩이나 똑같은 장면을 찍어대면 아이들의 들뜬 기분은 짜증으로 변한다. 사이버 공간 속에서 자신의 멋진 한판 승부를 카메라에 담는 꿈을 꾸는 아이들은 어떻게 하든 견뎌보고 싶겠지만 쉽지 않다. 오늘은 가능하면 정신을 집중시키고 한 번에 끝낼 수 있도록 해야겠다. 커피를 급하게 한입에 틀어넣는다. 입천장이 화끈하게 달아오른다. '빌어먹을' 입속의 중얼거림에 윤 기자의 눈초리가 맵다. 서둘러서 될 일이 아니란 걸 왜 몰라 하는 눈치다.

  카메라 렌즈 속으로 내 모든 것들이 함몰되어 간다. 머리와 눈과 귀 내 모든 감각기능이 활발하게 움직인다. 컴퓨터 게임 속의 전사들과 함께 아이의 모습이 스크린 위로 떠오른다. 스크린 속은 빛의 도시다. 빛이 도시를 삼킨다. 그 빛의 포말이 도시를 덮는다. 도시를 둘러싼 거대한 성곽처럼 빛의 아우라가 푸른 섬광을 피워 올린다. 전쟁이 시작되었다. 아이의 전사들은 검은 독수리다. 독수리가 출정을 나간다. 너무 서두르는 느낌이다. 상대방인 빛의 전사들이 보이지 않는다. 독수리가 진지를 향해 빠르게 다가간다.

강물을 건넌다. 숨을 곳이 마땅치 않다. 작은 바위들 사이로 빛의 전사들이 나타난다. 독수리 전사들이 순식간에 쓰러진다. 윤 기자가 아이의 등 뒤로 손가락 두 개를 펼쳐 보인다. 윤 기자의 대각선, 카페 안에 있는 우빈이가 고개를 살짝 끄덕인다. 아이의 상대 전사는 우빈이다. 아이와 싸우던 빛의 전사들이 후퇴한다. 아이의 독수리 전사들이 재빠르게 빛의 전사들을 공격한다. 빛의 전사들 가슴에서 파란 피가 흘러나온다. 피가 모인다. 전사들이 되살아난다. 전사들의 모습이 이상하다. 몸이 점점 커진다. 전사들의 머리카락이 자라난다. 몸에서도 털이 자란다. 나는 한쪽 눈을 꽉 감고 다른 쪽 눈을 렌즈에 바싹 붙인다. 숲이다. 숲이 자라난다. 시선이 닿는 곳 어디든 나무가 빽빽하다. 내 모든 감각은 촉수를 세우고 숲을 향해 간다. 너무 빨리 달려가면 숲속을 살필 수 없다. 속도를 조절해야 한다. 하지만 멈출 수가 없다. 숲은 너무 어둡다. 길을 찾아야 한다.

  길이 보인다. 그 길 위로 엄마가 걸어간다. 숲이 술렁거린다. 두려움이 온몸을 조여온다. 내 감각의 촉수들이 기억 속으로 들어간다. 숲속의 그 먼 시간들을 따라간다. 두려움 속으로 내달아 가던 내 모든 촉각들은 건조한 대지에 달라붙는다. 예민한 더듬이처럼 긴장된 기억의 촉수들이 서걱거리는 상수리 나뭇잎 사이를 지나간다. 장승처럼 서 있던 노송이 휘위잉 한차례 깊은숨을 몰아쉰다. 비릿한 냄새가 난다. 어디쯤인지 바다가 느껴진다. 숲이 어둠 속에 묻혀 있던 갈색을 드러낸다. 두려움이 밀려가고 약간 가벼운 현기증이 찾아든다. 길은 한없이 뻗어 있다.

 내 속에서는 정제되지 않은 소리들이 조합을 이루지 못한 채 윙윙거린다. 모든 소리들은 목구멍을 타고 밖으로 달아나려고 아우성을 친다. 엄마의 기다랗고 하얀 손가락이 나를 낚아챌 것 같다. 손 등의 푸른 정맥들이 풍선처럼 부풀어 오른다. 어둠 속으로 뻗어 있는 희끗한 마사토 길을 밟고 걸어가는 발소리다. 바삭바삭 갈참나무 잎사귀 사이로 엄마가 스치듯이 지나간다. 허공으로 뻗어 있는 것처럼 신작로가 가없이 멀다. 그러나 엄마가 보는 곳은 길이 아니다. 그녀는 어둠 저편으로부터 실려 오는 빛의 방향을 따라가고 있다. "칭!" 어둠을 가로지르는 소리가 온통 숲속을 깨우고 있다. 숲이 일제히 일어서기 시작한다. 엄나무 잎사귀가 파들파들 떨리는 소리, 개옻나무 줄기가 광풍에 휩싸인 듯 무섭게 흔들리는 소리, "칭, 칭, 칭…." 짧고 격한 징 소리가 박달나무 줄기를 휘감고 멀리 달아난다. 달아나던 소리가 산등성을 넘지 못한 채 골짝을 타고 내려온다. 숲이 한꺼번에 운다. 두려움에 어둠 속을 달려가던 내 모든 촉수들이 곤두선다. 엄마는 여전히 타박타박 걸어간다. 신작로 길 위로 하얀 고무신이 빛처럼 반짝거린다. 이따금씩 소리들이 당단풍나무 줄기에 휘감기기도 한다.

 신작로는 끝이 나고 낮고 음산한 소로가 나타난다. 습한 공기가 한꺼번에 밀려와 엄마가 잠시 숨을 고르느라 멈추어 선다. 골짜기에서 몰려오는 축축한 공기와 잔뜩 긴장한 내 촉수를 스쳐 가는 바람 소리에는 나뭇가지가 서로 비벼대며 생채기를 내는 은밀한 살의가 숨어 있다. 엄마는 꿈이라도 꾸고 있는 듯이 상체를 살짝 수그리고 나뭇잎 부딪는 소리에 온 귀를 기울인다. 불빛이 조금씩 흔들리며 나타난다. 빛은 울창한 대나무 이파리 사이를 비집고 엄마에게 손짓한다. "챙, 챙, 챙." 낮고 작은 구멍을 뚫고 나오는 듯한 소리가 엄마의 발길을 따라 멈춘다. 순간 모든 숲이 적요 속으로 침몰한다. 순간이 마치 영원 같다. 그리고 영원히 깨어나지 못할 것 같은 순간들이 내 옆을 스쳐 간다.

대나무 숲으로 엄마가 미끄러지듯 들어간다. 엄마의 그림자가 긴 꼬리를 남기며 대나무 잎사귀를 덮는다. 얕은 떨림 같은 징 소리가 엄마의 뒤를 따라 숲속으로 사라져 간다. 까닭을 알 수 없는 안타까움이 나를 짓누른다. 숲은 그녀만을 위해 길을 낸다. 번질거리는 대나무 줄기의 마디 사이로 언뜻언뜻 스치는 엄마의 붉고 노랗고 파란 남색의 치마꼬리가 내 온 촉수를 얼어붙게 만든다. 하얀 버선발을 살짝 쳐들고 하늘을 날듯이 사뿐히 뛰어오른 엄마의 이마에는 칼날처럼 날이 선 파란 동맥이 나를 무섭게 노려보고 있다.

"으으…." 이상한 소리가 들려온다. 누군가 내 어깨를 탁 하고 친다. 잠시 흔들리는 렌즈 속에서 내 감각기능도 함께 흔들린다. 숲이 사라진다. 빛의 전사들이 재빠르게 후퇴한다. 독수리 전사들이 강을 건너간다. "으으…." 또다시 이상한 소리가 들린다.

"컷." 감독의 시니컬한 목소리가 렌즈 밖에서 들려온다. 내 눈은 여전히 렌즈에 박혀 있다. 아이가 나를 쳐다본다. 화면이 멈춘다.

"이 기자 왜 그래?" 윤 기자가 잔뜩 일그러진 얼굴로 나를 쳐다본다. 감독이 듣지 못하게 입술만 달싹거리는 작은 소리지만 목소리에는 가시가 돋쳤다. 내 감각기능들은 미처 렌즈 속을 벗어나지 못한 상태다. 멍한 표정으로 윤 기자를 바라본다.

"신음 소리를 왜 내느냐고?" 무슨 말을 하는지 알아들을 수가 없다.

"노처녀 히스테리냐?" 윤 기자가 히죽 웃는다. 기분이 묘하게 뒤틀린다. 신음 소리라니, 내가 언제? 정신이 번쩍 든다. 그 이상한 소리가 내 목구멍에서 나온 소리라는 거다. 윤 기자의 기분 나쁜 웃음보다 더 끔찍한 기분이 든다. 담배를 집어 들고 화장실로 향한다. 윤 기자가 등 뒤에서 한마디 더 보탠다.

"화장실 금연 구역 된 거 잊었냐?" 내 발이 주춤 멈춘다. 흡연 구역은 에스컬레이터를 타고 한 층을 더 올라가야 한다. 포기한다. 냉커피로 대신한다. 감독도 아이도 보이지 않는다. 컴퓨터 화면에서는 여전히 분주하게 움직이는 전사들과 제멋대로 날아가는 총탄 소리가 시끄럽다. 게임기를 집어 든다. 우빈이는 또 다른 게임에 빠져 있다. 카레이싱 게임으로 들어간다. 속도감이 좋다. 한쪽 바퀴를 살짝 들고 커브 길을 돈다. 이 게임에서 이길 수 있는 확률은 바로 커브 길이다. 스포츠카의 굉음이 귓속을 멍멍하게 만든다. 아무 소리도 들리지 않는다.

"웬 스포츠카? 이 도시에서."

사이버 공간 속을 비집고 들어오는 말투가 곱지 않다. 시속 20킬로미터로 달리는 스포츠카의 증폭 타이어가 질질 끌리는 소리만큼이나 내 신경을 거스른다. 나는 여전히 컴퓨터 화면 속을 벗어나지 못한 채 습관처럼 고개를 끄덕여 보인다. 갑자기 밝은 조명등이 무대를 비춘다. 감독이다. 두꺼운 근시 안경 너머에서 작은 눈이 씩 웃는다. 이질감이 묻어난다. 나는 스포츠카를 타고 어디로 도망치려 했던 걸까. 빛의 전사들이 자동차 보닛 위에서 나를 향해 사이버 총을 들이댄다. 고개를 돌려보니 우빈이가 한쪽 눈을 찡긋한다. 나는 모른 척 고개를 돌린다.

다시 촬영이다. 자꾸 NG가 난다. 감독이 나를 힐끗 쳐다본다. 앵글을 돌리고 있던 중이라 감독의 눈빛이 선명하게 잡혔다. 나는 얼른 앵글을 돌린다. 쉽게 렌즈 속으로 함몰되지 못한다. 렌즈 속에서 자꾸 숲이 되살아난다. 눈을 비비고 머리카락을 힘껏 쓸어 올린다. 아이와 우빈이가 동시에 나를 쳐다본다. 다시 렌즈를 맞추고 앵글을 조종한다. 이번에는 한 번에 끝내야 한다. 빛의 전사들을 따라간다. 전략이겠지만 오늘따라 우빈이가 너무 느긋한 것 같다. 독수리 전사들에게 일방적으로 당한다면 긴장감이 떨어진다. 생동감 있는 아이의 표정을 잡아야 하는데 초점이 잘 맞지 않는 걸까. 나는 온 신경을 집중하여 카메라의 초점을 맞춘다. 초파리 현상 같은 이상한 물체가 아까부터 렌즈의 중심에서 내 시선을 따라 움직인다. 신경이 몹시 거슬린다. 눈을 감았다 뜬다. 순간 내 눈의 망막 속으로 점이 들어온다. 점점 커진다. 사방으로 퍼져간다. 희뿌연 물안개 같다. 뿌연 물안개가 피어오른다. 물안개 속으로 작은 섬 하나가 떠오른다. 그 섬이 저만큼 물안개와 함께 흔들리고 있다. 나는 섬을 향해 다가간다. 내가 다가가자 섬이 물안개 너머로 사라지려 한다. 내 온 기억들은 그 섬을 향해 달려간다. 어두운 숲길, 늘 똑같은 기억 속의 숲길이 내 앞을 가로막는다. 나는 그 기억의 숲길로 무엇인가 홀린 듯 들어간다.

좁은 숲길을 향해 나 있는 하얀 마사토 길이다. 낮은 언덕 너머 녹슨 종탑 꼭대기에 매달린 종이 바람에 흔들리는 소리다. 엄마가 저만치 앞서간다. 나는 안간힘을 다해 엄마를 따라간다. 엄마는 뒤도 돌아보지 않은 채 빠른 걸음으로 언덕을 오르기 시작한다. 나도 엄마를 따라 언덕을 오른다. 그러나 나는 자꾸 미끄러져 내린다. 마사토가 흘러내리는 언덕을 오르기에는 난 너무 어리다. 간신히 한 발을 올려놓으면 다른 한쪽 발이 주르륵 미끄러져 그대로 땅바닥에 주저앉고 만다. 엄마는 그런 나를 아랑곳하지 않은 채 이미 언덕을 넘고 있다. 까만 머리 뒤로 한 묶음으로 묶여 있는 머리카락이 바람에 날려 언덕 꼭대기로 살짝 나타났다 사라진다. 언덕을 기어오르는 내 무릎에는 금세 붉은 피가 배어 나온다. 가파른 내리막길 양옆으로 갈댓잎이 슥슥 소리를 낸다. 손이 닿지 않는, 높은 교회의 현관문 손잡이는 또 다른 절벽처럼 그곳에 버티고 서서 나를 조롱하듯 내려다본다.

찌그러진 문 틈새로 안을 살펴본다. 교회 안은 아주 작다. 마룻바닥이 삐걱대는 거리는 소리가 나는 것 같다. 낡은 책상 같은 단상 하나가 보인다. 그 단상 너머 벽에는 천정에 닿을 듯이 팔을 벌리고 서 있는 벌거벗은 사람의 형상이 달려 있다. 까맣게 그을린 형상은 고개가 곧 땅바닥으로 떨어질 것 같다. 왼팔이 잘려 나간, 가슴 한편의 근육이 금방이라도 튀어나올 것 같다. 엄마는 그 형상 앞에 엎드려 오래도록 고개를 숙인 채 낮은 목소리로 중얼거린다. 도무지 끝날 것 같지 않은 엄마의 음산한 목소리에 묻어나오는 퀴퀴한 나무 냄새와 햇살이 들지 못하도록 쳐놓은 붉고 두꺼운 커튼이 주는 두려움이 내 시선을 막아버린다. 나는 문 옆에 쭈그리고 앉아서 아주 오래도록 누군가를 기다리며 문이 열리기를 기대한다.

　나는 종탑 꼭대기로 다람쥐처럼 잽싸게 올라간다. 햇살은 뜨거운 종탑을 달구고 내 온몸을 달구고 바람마저도 말려버렸다. 바람 한 점 없는 여름 한낮, 엄마는 나를 까맣게 잊어버린 것이다. 울음이 목구멍을 넘어오지 못하고 꺽꺽거린다. 길고 지루한 시간이 교회의 낡은 창문에 머문다. 멀리 드문드문 보이는 녹슨 양철 지붕들이 납작하게 엎드린 산허리로 하얀 마사토 길은 끊어질 듯하다가 다시 이어진다. 어디선가 요란한 까치 소리가 여름 한낮 적막을 깬다. 엄마가 하는 것처럼 나는 고개를 길게 빼고 동네 밖 산등성 멀리까지 뻗어 있는 꼬불꼬불한 산길을 찬찬히 살펴본다. 그러나 하얀 마사토 길은 텅 빈 채 햇살 속에서 빛처럼 반짝거리고 있다. 바람이 한차례 골짝을 타고 시원스레 밀려온다. 바람이 대숲을 지나오는 소리가 소란스럽다. 교회 뒷산 중턱, 대나무 숲이 운다. 그 너머 서낭당의 날렵한 기와지붕 모서리에 매달린 풍경 소리가 까치 소리만큼이나 이물스럽게 들려온다. 숲은 깊은 초록색 속으로 침몰하는 배 같다.

나는 무료하게 머무는 햇살과 바람 속에서 시들은 초록색처럼 종탑 꼭대기에 기댄 채 아무런 생각도 없이 길만을 쳐다본다. 사람의 그림자라고는 없는 산이 어두운 산그늘을 드리운 채 내 시선을 피해 돌아눕는다. 고개를 돌려보지만 사방으로 둘러 있는 푸른 초록색만 여전히 내 시선을 붙든 채 함께 침몰할 기세다. 그런데 교회 언덕 너머 마사토 길로 누군가 걸어오는 것이 느껴진다. 양철 지붕에 가려 보이지 않는 그 언덕길로 분명히 누군가 오고 있다. 억새풀 사이로 내딛는 무거운 구둣발 소리다. 키가 크다. 검은 양복이 햇빛과 함께 움직인다. 사내가 교회 문 앞으로 성큼 다가설 때까지 내 머릿속은 혼란스럽기만 하다. 사내는 조금도 망설임 없이 교회 문을 휙 잡아당긴다. 그러고는 커다란 구둣발로 성큼 올라서더니 이내 문을 탕 하고 닫아버린다. 철탑 모서리를 꽉 움켜잡은 손을 타고 올라온 뜨거운 열기가 내 머릿속을 후끈하게 달군다.

나도 모르게 숨을 크게 내쉰다. 전사들의 승부가 치열하다. 숲은 여전히 렌즈 속에 살아 있다. 물안개가 다시 뿌옇게 눈앞으로 밀려온다.

내 의식 속으로 들어온 기억과는 아무 상관 없이 카메라의 필름에는 아이의 모습들이 여러 각도로 잘 잡힌다. 눈두덩이가 불에 덴 것처럼 화끈거린다. 너무 오랫동안 카메라 렌즈 속을 들여다보고 있다고 경고하는 것이다. 자동 시스템으로 렌즈를 맞추고 돌아서서 담배를 빼어 무는 윤 기사의 얼굴에 독이 잔뜩 오른 표정이다. 감독이 오늘따라 집요하다. 고객이 대개 중고등학생이라 일이 그렇게 힘든 건 아니다. 감독이 예술 운운할 때만 아니면. 하지만 오늘 사정은 좀 다르다. 나름대로 각본도 짜맞추고 그 각본대로 되지 않으면 몇 번이고 다시 찍기를 요구하는 아이는 당찬 느낌을 넘어서 한 대 쥐어박고 싶은 심정이다. 그러나 감독은 흔쾌히, 아니 신이 나서 다른 스케줄도 취소한 채 카메라에 매달리는 것이다.

윤 기사가 말 한마디 없이 카페 밖으로 휑 나가버린다. 감독이 머쓱한 표정으로 윤 기사를 쳐다보다가 나를 돌아본다. 점심시간은 좀 이르다. 감독도 카페를 나가버린다. 스튜디오와 바깥 사이에 카페의 존재가 새삼스럽게 커 보인다.

불빛이 낮게 드리운 카페 안은 모든 테이블이 각각 유리된 느낌이다. 공간을 나누는 장치는 아무것도 없다. 카페 안에 앉아 있는 사람들 역시 서로 마주 앉아 있지만 각각의 공간 속에 존재하는 것처럼 느껴진다. 나는 그런 공간의 통로를 가로질러 가야 하는 출입구가 늘 부담스럽다. 나무 기둥에 달랑 꽂혀 있는 인디언 깃털 같은 시곗바늘이 열한 시 삼십 분을 가리키고 있다. 극장 입구를 가득 메우며 쏟아져 나오는 사람들의 무리가 보라색 광선속에서 둥둥 떠가는 것 같다. 어두운 발밑은 보이지 않고 가슴께로 비쳐 드는 빛 속에서 얼굴이 어깨 위에 동그마니 얹혀 있다. 사람들의 물결 위를 떠가는 수많은 눈과 입과 코, 그리고 어울리지 않을 만큼 생동감 있는 입술들, 내 의식들도 그 입술과 함께 떠간다. 깊은 우물 속 같은 바닥에서 올려다보는 에스컬레이터의 느린 움직임과 막 출입구를 벗어나 빛 속으로 빨려 들어가는 사람들의 뒷모습에 현기증이 인다.

길이 아득한 소실점이 되어 빛 속으로 명멸하듯 꼬리를 감춘다. 그 빈 공간으로 도시가 떠오른다. 엄마와 내가 남자를 찾아가는 길은 검은 아스팔트와 빌딩이 숲의 나무처럼 빽빽하게 들어차 있다. 계단을 내려간다. 광장이다. 커다란 원이 내 둘레를 빙빙 돌고 있는 기분이다. 그 원은 거미줄처럼 잘 짜인, 균형 잡힌, 아름다운 미로 같다. 나는 천천히 그 미로 속을 걸어간다. 사방에 촘촘히 박혀 있는 장밋빛 삼파장 불빛 사이로 바람이 분다. 무심코 걸어가는 내 무릎 사이로 시린 바람이 다시 한차례 지나간다. 머릿속이 맑아지는 느낌이 든다. 파란색 계단이 마치 어디선가 갑작스럽게 나타난 것처럼 저만치 보인다. 엄마가 내 손을 끌고 빠른 걸음으로 다가간다. 계단 위, 아득한 어둠이 똬리를 틀고 내려다보고 있다. 엄마가 조심스럽게 발을 계단 위로 내디딘다. 나도 엄마를 따라 계단에 한 발을 올려놓는다. 가슴이 쿵쾅거리고 다리가 후들거린다. 엄마의 얼굴이 잔뜩 굳어 있다. 엄마와 나는 온 힘을 다해 계단을 오른다.

계단 입구가 밝다. 맞은편 아파트 사이로 하늘이 파랗게 떠 있다. 그 파란 하늘 한가운데 달이 오도카니 떠 있다. 조각구름이 막 달 사이로 빠르게 흐른다. 시선이 머물 수 없을 만큼 길고 검은 도로를 따라 나트륨 가로등이 즐비하게 서 있다. 노란 불빛과 함께 검은 벨벳 융단 같은 도로 사이로 물안개가 모여든다.

"푸더덕!" 은행나무 잔가지 사이로 밤새 한 마리가 날아오른다. 머릿속은 마치 뜨겁게 달구어진 여름 한낮 땡볕 속에 서 있는 느낌인데, 눈앞으로는 도시가 물안개 속으로 조금씩 가라앉는 모습이 출렁거리는 파도처럼 흔들린다. 가로등이 불빛 두 개를 공중에 매단 채 꿈을 꾸고 있는 것 같다. 푸르스름한 달빛이 그 날갯짓을 따라 이상한 빛을 뿜어댄다. 도시는 안개 위로 달처럼 오도카니 떠오르고 도시의 불빛 위로 이방인처럼 떠 있던 달은 어느새 저만치 물러나 있다. 황금색을 띤 나무 잎사귀들이 바람결에 일렁거린다.

우리는 잔디밭을 지나 검은 벨벳 융단 같은 도로를 가로질러 고층 아파트의 빨간 피뢰침 불빛을 따라 걷는다. 등 뒤로 노란 나트륨 불빛이 점점 멀어진다. 헐렁한 바지 밑으로 짧은 다리가 우스꽝스럽다. 그림자 옆으로 또 그림자. 휙 한 바퀴를 돌아본다. 그림자는 눈길이 닿는 곳 어디에나 있다. 우리는 그림자를 따라 걷는다. 엄마가 걸음을 멈춘다. 아파트의 출입문이 눈앞에 있다.

엄마가 내게 말한다. "인사를 공손하게 해." 나는 남자에게 한 번도 인사를 한 적이 없다. 어느 날 나를 번쩍 안아 올려서 남자의 얼굴과 바싹 붙었을 때는 도망가고 싶었던 기억만 난다. "어쩌면 절을 해야 할지도 몰라." 엄마는 앞뒤 말을 다 잘라먹는다. 하지만 엄마의 촌스러운 블라우스 차림은 아파트 정문에서부터 제재를 받는다. 엄마는 아무 말도 하지 못한다. 남자가 엘리베이터에서 내리는 모습이 아득하게 보인다. 남자가 나를 번쩍 안아 올린다. 기분이 좋다. 아마도 꿈일 거야. 나는 남자의 머플러를 살짝 만져 본다. 실크의 보드라운 감촉에 내 손끝이 움찔 놀란다. 남자가 머플러를 벗어 내 목에 걸어준다. 하지만 남자는 우리를 안으로 데려가지 않고 큰길로 나온다. 엄마는 남자의 뒤를 따라온다. 그러니까 내 뒤를 따라오는 것이다. 도시는 소음도 들려오지 않는다. 달빛이 꽁무니를 바싹 따라붙는다.

 푸르스름한 빛이 사방에 퍼져 있다. 에스컬레이터가 텅 비었다. 윤 기자와 감독이 나란히 계단 위에 나타난다. 감독이 멈춰 선다. 감독은 에스컬레이터 공포증이 있다. 검은 벨트가 감겨 들어가면 그곳으로 빨려 들어갈 것 같다고 늘 불안해한다. 윤 기자가 감독을 슬쩍 민다. 엉겁결에 감독과 윤 기자가 벨트 위로 올라선다. 어쩌면 저들이 정말 벨트와 함께 감겨들어 갈지도 모르겠다는 생각이 든다.

 감독과 윤 기자가 촬영 준비를 하는 동안 나는 샌드위치 한 조각을 시킨다.

 "이 기자 오후 스케줄 빡빡한데 샌드위치 갖고 되겠어?" 윤 기자가 어쩐 일로 부드럽게 나온다.

 "왜 카페 안에서 뱅뱅 도는 건데?" 그러면 그렇지. 부드러움은 윤 기자와 거리가 멀지. 나는 아무 대꾸 없이 샌드위치를 입안으로 밀어 넣는다. 윤 기자가 카메라 위치를 바꾸느라고 쿵쾅거린다. 고개를 돌린다. 맛이 느껴지지 않는다. 우걱우걱 입안으로 밀어 넣으면 입은 그걸 어떻게 하든 삼켜줄 것이다. 체중이 눈에 띄게 줄었다. 지하의 빛 속에서 시들어 가는 관엽수처럼 내 세포들도 하나둘씩 시들어 간다. 햇살이 보고 싶다. 햇살 속으로 걸어오던 남자의 큼직한 구둣발이 성큼 내 앞으로 나타날 것 같다.

언덕 위 낡은 교회, 높은 손잡이는 여전히 내 기억 속에서 절망스럽게 버티고 있다.

나는 교회 문 앞에 오래도록 쭈그린 채 앉아 있다. 안에서는 아무런 소리도 들리지 않는다. 어느새 해는 서쪽으로 설핏 기울어지고, 골짜기 사이로 바람이 기다란 소리를 내며 가로질러 간다. 구름이 산등성 너머로 몰려온다. 산이 울기 시작한다. 나는 문 틈새에 손가락을 넣고 힘을 준다. 하지만 문은 쉽게 열리지 않는다. 어둑한 마룻바닥의 방석 끝자락이 어슴푸레 보인다. 검은 양복 자락과 여인의 노란 치맛자락도 보인다. 뱀이 쉭쉭 소리를 내며 수풀 속을 지나가는 것 같은 소리가 문 틈새로 밀려 나온다. 나는 있는 힘껏 문 틈새를 비집고 안으로 시선을 밀어 넣는다. 내 검은 눈동자를 가득 채우며 다가오는 엄마의 풍선처럼 부풀어 오른 정맥들이 오금을 저리게 한다. 궁중으로 붕 떠오를 듯이 들린 엄마의 허리와 칼날처럼 날이 선 이마 위의 푸른 정맥들 사이로 초점을 잃은 듯이 나를 바라보고 있는 눈빛, 하지만 엄마는 나를 보고 있지 않다. 신음 소리와 함께 무너지듯 내려앉는 엄마의 몸뚱어리 너머로 뒤틀린 근육의 고통 때문에 일그러진 남자의 이마에는 굵은 땀방울이 맺혀 있다. 그리고 금방이라도 그들을 향해 튀어나올 것 같은 십자가 위의 형상이 무섭다. 두려움과 분노가 동시에 일어난다. 때가 새까맣게 낀 손가락 마디는 감각이 사라진 지 오래다. 두려움보다 분노가 머릿속에서 이글거린다. 내 손가락은 날카로운 칼날처럼 문 틈새를 긁어댄다. 피가 손가락을 타고 흐른다. 나는 손가락에 온 힘을 실어 문을 잡아당긴다. "텅" 하는 이상한 소리와 함께 교회 문이 활짝 열린다. 머릿속인지 눈앞인지 갑자기 모든 것이 하얗다. 날이 선 칼날 같은 정적이 떠돈다. 엄마와 남자가 나를 바라본다. 하지만 그 눈빛은 나를 넘어 먼 곳으로 날아간다. 내 어깨 뒤로 그림자가 내려앉는다. 뒤를 돌아보는 순간 할머니의 쪽진 머리카락이 잔광에 번질거린다. 그보다 더 번질거리는 눈빛이 교회 안, 엄마와 남자에게 꽂혀 있다. 하얗게 비어버린 머릿속으로 엄마의 엄마인 할머니의 눈이 박제된 눈알처럼 와 박힌다. 나는 획 돌아선다. 마사토 언덕길을 내달린다. 몸이 땅바닥 위로 구른다. 무릎에서는 피가 나고 흙먼지가 입안 가득 퍼석거린다. 벌떡 일어서서 달린다. 신작로 길 위를 달려간다. 남자보다 먼저 버스정류장에 도착해야 한다. 버스가 오지 않게 해달라고 처음으로 교회 안 십자가 사내에게 빌어본다. 남자가 떠나면 다시는 돌아오지 않을지도 모른다. 그러면 엄마도 떠날지 모른다. 할머니와 함께 남는 건 너무 싫다. 동네 사람들도 할머니를 좋아하지 않는다.

날카로운 눈매와 찌르듯이 내뱉는 말 속에는 가시가 돋쳐서 찔리면 고름이 줄줄 흘러내릴 것 같다. 할머니의 말은 사람들의 심장을 갉아먹는다. 텅 빈 그 심장에서는 영혼도 사랑도 남아 있지 않다. 하지만 사람들은 할머니의 말을 거역하지 못한다. 엄마는 그런 할머니를 떠나고 싶어 한다. 할머니는 엄마를 놓아주지 않는다. 할머니처럼 엄마도 언젠가는 사람들의 마음속으로 들어가서 그들의 심장을 갉아 먹게 될지도 모른다. 달린다. 산이 우렁우렁 내 뒤를 따라오며 소리를 지른다.

  기억 속을 빠져나오기도 전에 자동차의 헤드라이트 빛이 눈 속으로 맹렬하게 달려든다.
  자동차 한 대가 쏜살같이 나를 향해 달려온다. 미처 피할 사이도 없이 자동차 앞 범퍼가 내 옆구리를 치고 저만치 절벽 같은 어둠 속으로 내닫는다. 내 몸은 비상하듯이 공중으로 붕 떠오른다. 금속이 부딪치는 싸늘함이 온 신경을 타고 흐른다. 순간, 마음은 이상하리만치 편안해진다.
  검붉은 피가 바닥에 납작하게 달라붙은 채 미끄러지고 있다. 레이저 광선처럼 빛을 쏟아내는 라이트 불빛이 내 눈 속을 파고들고, 자동차 바퀴의 마찰음이 폭풍처럼 귓전을 때린다. 머릿속이 하얀 빛으로 가득하다. 빛이 머릿속으로 깊숙이 파고들어 똬리를 튼다. 사방에서 들려오는 웅성거림, 조합되지 않는 언어들이 굴러다니고 감각되지 않는 내 몸은 빛 속으로 사라져 가는 느낌이 든다.

내 모든 감각기능들은 희미한 기억같이 내게서 자꾸 사라져 간다. 그러다 이따금씩 아주 선명하게 들려오는 소리들이 나를 깜짝 놀라게 만든다. 자동차 바퀴가 요란한 굉음처럼 들려온다. 스포츠카의 증폭 타이어와 아스팔트의 마찰음은 자동차가 아주 낮은 속도로 달리고 있다는 것을 알 수 있다. 짜증 섞인 여자의 고음 속으로 다급하게 내 가슴을 짓누르는 손길도 느껴진다. 여자의 옆모습이 보인다. 좁은 앞가슴에는 턱없이 커다란 젖무덤이 출렁거린다. 짙은 커피색 입술에는 냉소가 번져 있다. 가느다란 목덜미 위로 짧은 머리가 몸통보다 훨씬 커 보인다. 펑키 스타일로 자른 머리카락은 몇 가닥씩 서로 다른 색상들이 하늘로 쭈뼛 서 있다. 나를 흘끗 돌아보는 여자의 눈 가장자리로 아이새도가 눈물처럼 반짝거린다. 명치 끝으로 묵직한 통증이 올라온다. 레드도어 향수가 환각을 일으킬 만큼 강하다. 엘리자베스 아덴이다(기억의 연결고리).

코끝을 스쳐 가는 향수 냄새, 눈 속을 찌를 듯이 다가들다 사라져가는 빛과 소리들이 점점 내게서 멀어져 간다. 손끝으로 만져지는 차가운 감촉만이 내 감각기능을 예민하게 한다. 뱀의 몸통처럼 미끄러운 가죽제품의, 여자의 재킷은 느낌이 차다. 여자가 나를 슬며시 돌아본다. 여자의 동공이 깊은 숲처럼 어둡다. 바람이 그 숲을 흔든다. 자동차가 심하게 요동친다. 고통이 어디랄 것도 없이 온몸을 전율하게 만들고 두려움은 온몸을 조여온다.

나는 길 위를 걸어가고 있다. 그런데 이상한 것은 시속 20킬로미터로 달려가는 스포츠카의 증폭 타이어가 질질 끌리는 소리도 여전히 희미하게나마 들려온다는 것이다. 레드도어 향수 냄새도 여전하고 짜증 섞인 여자가 자동차 클랙슨을 요란스레 눌러대는 손짓도 보인다. 그러나 또한 분명한 건 보도블록에 수북이 쌓인 은행나무 잎사귀의 바삭거리는 감촉이 나를 기분 좋게 만드는 것이다. 나는 길 위를 걷고 있다. 그리고 동시에 자동차 속에 갇혀 있다. 혼란스럽기도 하고 아주 평화롭기도 하다. 온몸이 마치 공기처럼 가벼운 느낌이다. 나는 흐르는 물처럼 거리를 걸어간다.

빛의 도시 한복판, 사람들의 움직임이 분주하다. 자동차의 헤드라이트 불빛이 꼬리를 물고 살아 있는 생명체같이 어딘가로 밀려가고 밀려온다. 그러나 내 귀에는 아무 소리도 들리지 않는다. 나는 사람들을 지나고 자동차 사이를 지나고 건물 사이를 지나간다. 빛은 어느 곳에서나 나를 따라붙는다. 그리고 지치게 만든다. 나는 빛을 피해 지하 계단으로 내려간다.

나는 유리알처럼 맑은 대리석 바닥 위를 걸어간다. 군데군데 기하학무늬가 모자이크되어 있는 길 가운데로 기다란 손가락을 흔들며 걸어가는 내 모습이 낯설다. 검은 양복을 차려입은 한 사내가 나를 손짓으로 부른다. 넥타이 대신 목에 두른 스카프가 바람도 없는 공중에서 흐느적거리는 게 퍽 인상적이다. 나는 발걸음을 재촉한다. 하지만 내 걸음의 속도는 이상하리만치 더디다. 나는 걷고 있는 게 아닐지도 모른다는 생각이 든다. 모든 것이 순간처럼 흐른다.

검은 양복을 입은 사내의 눈이 깊은 어둠처럼 나를 들여다본다.

빛은 사라지고 없다. 어딘가 낯익은 얼굴이다. 구레나룻 사이로 단아하게 다문 입술은 뭔가 내게 할 말이 있는 듯하다. 깊은 어둠처럼 나를 들여다보고 있는 눈이 몹시 슬퍼 보인다. 온몸을 감싸는 숨결이 호수 위를 달려온 부드러운 바람처럼 나를 쓰다듬는다. 갈릴래아 호숫가. 예수 그리스도. 마사토 길을 타박타박 걸어가던 여인과 사내. 여인이 무릎을 꿇고 간절한 표정으로 올려다보던, 십자가 위의 벌거벗은 사내. 그 사내가 나를 들여다보고 있다. 더구나 사내에게서 바람처럼 다가오는 향기는 내 온 마음을 사로잡는다. 엘리자베스 아덴이다. 언덕 너머 낡은 교회의 높은 손잡이가 저만치 보인다. 머릿속이 하얗게 비어버린 속으로 시뻘겋게 타오르던 불빛 속에서 귀청을 찢어놓을 듯이 들려오던 징 소리가 가득하다.

할머니는 어머니에게 한마디도 하지 않는다. 서쪽 하늘에 노을이 싸늘한 빛을 띠어가고 밤이 길게 꼬리를 내린다. 들녘은 텅 빈 채 바람만 마른 억새풀 사이를 헤집다가 산등성으로 성난 파도처럼 밀려가곤 한다.

노란 저고리와 남색 치마 그 위에 걸쳐 입은 붉은 쾌자가 바라기의 불빛 속에서 유난히 붉다. 할머니는 봉황새 깃털이 꽂힌 모자를 깊숙이 눌러쓰고 끈을 질끈 동여맨다. 서낭당 숲속에는 마을의 남정네들이 모여 있고 상 위에는 음식이 가득하다. 당제를 지내기 위해 모여든 사람들의 표정이 조심스럽게 불빛을 따라 흔들린다. 가만가만 바람을 깨우듯이 징 소리가 들린다. 할머니는 춤을 추기 시작한다. 불빛이 대나무 줄기에 부딪혀 온 숲이 술렁거린다. 징 소리가 점점 산을 흔든다. 할머니는 교회 안에 오래도록 머무는 어머니를 위해 치성을 드린다. 십자가 위에 그 벌거벗은 사내에게 그만 자신의 딸을 놓아달라고 간절한 마음으로 빈다. 할머니의 어머니와 그 어머니의 어머니, 자신의 조상신께도 딸을 위해 빈다. 천지신명의 명을 어기지 않도록 어머니가 자신의 신딸이 될 수 있도록 해달라고, 마을의 당제를 지내기에 앞서 그 간절한 치성을 드리는 할머니의 눈빛은 어디론가 점점 멀어져 간다.

문득 할머니가 멈추어 선다. 징 소리도 따라서 멈춘다. 천천히 X 모양으로 만들어진 나무 받침대 위에서 타고 있는, 단 한 번도 꺼진 적이 없는 서낭당을 밝히는 불바라기 속의 불을 향해 다가간다. 손에 들고 있던 마른 대나무 잎사귀에 불을 붙인다. 불빛에 비친 할머니의 눈빛이 무섭게 빛난다. 손에는 불을 붙인 대나무를 들고 빠르게 한 바퀴를 돌더니 미친 듯이 숲으로 내닫는다. 순식간에 어둠을 가르는 불줄기가 하늘로 솟아오른다.

온 산과 마을이 시뻘건 불길에 휩싸인다. 하지만 할머니는 서낭당 그 불길 속에서 이마 위의 파란 동맥을 끊어놓을 듯이 춤을 추고 있다. 천지를 뒤흔드는 징 소리와 함께 불길 속을 훨훨 날아오른다. 기름이 반지르르하게 흐르던 까만 머리카락이 바람도 없는 불길 속에서 흐느적거릴 때마다 어머니는 외마디 소리를 내지르며 숲속을 뛰어다닌다. 할머니가 내 머릿속을 공명한 채 떠돈다.

챙챙챙, 낮고 음산한 징 소리는 할머니가 어머니를 부르는 것처럼 불타버린 서낭당 대숲에서 바람 소리를 타고 흐른다. 그녀는 그럴 때마다 깜짝깜짝 놀라며 귀를 틀어막는다. 마을 사람들은 하나둘씩 마을을 떠나간다. 어머니는 사람들이 떠나간 텅 빈 마을에서 차츰 나를 잊어간다. 나는 깜깜한 어둠 속에서 혼자 기다림에 지쳐 잠이 든다. 그럴 때마다 나는 무서운 공포 속에서 어둠 속을 벗어나기 위해 미친 듯이 내달린다. 숲을 벗어나고 어둠을 벗어나고 어머니의 텅 빈 눈을 벗어나서 언덕을 달려 들판을 가로질러 간다. 어둠이 내려앉는 골짜기가 우렁우렁 소리를 내지르며 바싹 뒤따라온다. 들판이 어느새 검은 숲으로 변해가고 바람이 그보다 더 빠른 속력으로 나를 앞질러 간다.

나는 빛의 도시를 만난다. 어둠을 조금씩 사르고 서서히 그 베일을 벗겨내던 대나무 숲속의 불바라기, 그것은 이제 빛이 아니다. 빛은 어둠을 사르는 것이 아니라 오로지 빛만으로 존재하며 그 빛은 내게 아주 많은 것들을 제공한다. 밤도 낮도 어둠이 주는 두려움도 없다. 그 빛 속을 목적지도 없이 어디론가 끊임없이 흐르는 물처럼 나 또한 흐른다. 그러나 나는 여전히 지하 몇십 미터, 한정된 공간의 빛 속을 맴돌고 있다는 사실을 깨닫지 못한다.

저만치 느릿하게 움직이는 에스컬레이터 위로 하얗게 탈색된 빛이 폭포처럼 쏟아지고 있다. 넓은 광장 한복판, 사람들은 사라지고 빛의 전사들만이 모여든다. 빛의 화살촉이 내 심장을 향해 날아든다. 빛은 내 심장을 갖가지 색깔로 갉아먹는다. 내 안에 숨어 있던 어두운 숲, 낡은 교회와 꿈을 꾸던 여인의 눈빛, 누군가 찾아와 줄 희망의 꿈을 꾸던 가엾은 내 영혼, 이 모든 관계들이 고름처럼 줄줄 흘러내린다. 나는 이제 꿈을 꿀 수가 없다. 빛의 도시를 선택했을 때 내게서 어둠은 사라지고 죽음도 함께 사라졌다. 그리고 꿈도 함께 사라져 버렸다. 그 대가로 내게 주어진 '영원히'라는 낱말, 그 '영원히'라는 낱말과 함께 있는 사내, 검은 양복을 입은 그 사내가 저만치 서서 나를 향해 두 팔을 벌린다.

 어디선가 향기가 난다. 레드도어 향수다. 촉수가 낮은 불빛들이 향기 속에서 은은하게 퍼져 나온다. 국화꽃 한 다발을 가슴에 안고 있는 여자, 빨간 스포츠카를 몰고 있던 턱 없이 큰 젖무덤이 꽃다발 사이에서 출렁거린다. 주위가 아주 조용하다. 하지만 이곳에는 많은 사람들이 모여 있다는 걸 알 수 있다. 어울리지 않을 만큼 침울한 표정의 감독과 윤 기사, 조심스럽게 들려오는 한숨 소리들, 습한 공기 속에 묻혀 있는 체온들, 높다란 천정만큼이나 높이 매달린 스테인드글라스의 창문을 통해서 들어오는 빛의 굴절.

 검은 양복을 입은 사내가 막 단상 위로 올라선다. 그 단상 너머로 가슴을 드러낸 채 두 팔을 벌리고 서 있는 사내, 헝클어진 머리카락 사이로 고단한 듯 반쯤 감은 두 눈이 십자가 위에서 나를 바라본다. 등줄기를 타고 흐르는 싸늘한 냉기, 여인, 그녀는 어머니다. 내 온몸이 터질 듯이 부풀어 오른다. 여인의 붉고 노랗고 빨간 치마 위로 남색의 쾌자를 걸쳐 입은, 봉황새 깃털이 꽂힌 모자 밑으로 깊은 음영이 진 눈동자는 나를 보고 있지만 여전히 그 눈빛은 내가 다가갈 수 없는 세계를 향한 채 열려 있다. 여인은 이제 막

꿈에서 깨어난 듯, 비상을 위해 온 힘을 끌어모은 듯, 고개를 약간 숙이고 몸을 살짝 웅크린 채 곧 튀어 오를 것 같은 자세로 사내의 옆에 서 있다.

검은 양복을 입은 사내가 십자가 위의 그 고단한 사내를 향해 돌아선다. 순간 여인이 한 발을 살짝 쳐들고 하늘을 향해 뛰어오른다. 낮은 구멍을 뚫고 땅속 깊은 곳에서 울려오는 징 소리와 대숲을 흔드는 바람 소리, 어둠을 밝히는 불빛이 번질거리는 대나무 줄기에 부딪혀 숲이 온통 금빛으로 번쩍거린다.

여인은 여인의 어머니처럼 반쯤 타고 남은 대숲, 서낭당 앞에서 춤을 춘다. 불바라기에서 타오르는 불빛을 등지고 그녀는 온 땅의 기운을 끌어들이고 있다. 까만 머리를 쪽진 가르마가 마치 하얀 마사토 길처럼 이마 위를 가로지른다. 그 너머 아무도 알 수 없는 세계로 여인의 가르마는 사라지고, 검은 양복을 입은 사내가 그 가르마 위로 조심스럽게, 묵직한 구둣발을 내디딘다. 여인이 휘청거린다. 하지만 여인의 눈빛은 황홀한 신비에 싸인 채 사내의 무거운 구둣발의 무게를 정성스럽게 받아들인다. 그러고는 질끈 동여맨 가느다란 허리가 튀어 오른 버선발과 함께 허공을 가른다. 목구멍 사이로 꺼이꺼이 밀려 나오는 울음을 삼키며 여인의 입술 사이로 밀려 나오는 이름, 그 사이사이로 천지신명을 부르는 여인의 눈빛이 간절하다. 여인은 여인의 어머니처럼 천지신명께 나를 위해 빈다. 대숲이 나를 부른다. 걷잡을 수 없는 분노가 내 가슴을 휘젓는다. 내 안에 숨어 있던, 교회를 태우고 사내를 태우고 숲을 태우고 서낭당을 태우고 온 도시를 태워버릴 불꽃들이 내 손아귀를 틀어쥔다. 질러라, 질러라, 바라기 속에서 타오르던 한 점 불꽃으로 세상을 태워 까만 어둠으로 덮어버릴 불을 질러라. 내 안에서는 무서운 아우성이 일고 있다.

내 가슴 위로 묵직한 통증이 지나간다.

사방에서는 웅성거림이 일어나고 까맣게 옻칠을 해놓은 윤이 나게 반질거리는 관 속에 누워 있는 내 모습이 보인다. 검은 정장 차림에 하얀 와이셔츠 깃이 내 턱을 바싹 치켜올려 놓았다. 어쩐지 어울리지 않는 차림새다.

내가 열두 잡가를 완창하기 위해 여덟 시간이나 무대 위에 서야 한다고 했을 때 운니동 사람들은 그저 해본 말이려니 하고 생각하는 것 같았다. 소리를 하는 사람들에게서조차 잊히고 있는 가락들을 굳이 그것도 완창한다는 게 무슨 의미가 있는지 이해할 수 없어 했다.

생각했던 것보다 관객들이 많다. 긴장되는 만큼 힘이 된다. 몇몇 아는 얼굴들이 객석 속에 점처럼 박혀 있다. 손 기자와 윤 기자의 얼굴도 보인다. 나는 심호흡을 한번 크게 한 다음 숨을 고른다. 수선스럽던 객석이 일순간 조용해진다. 날숨으로 첫음절에 힘을 실어 가락을 뽑는다. 머릿속이 어찔하다. 앞줄 첫머리에 앉아 있는 할아버지의 모습이 멀어졌다가는 가까워지곤 한다. "받으시오, 받으나시오. 이 술 한 잔을 받으시오, 이 술은 술이 아니라 먹고 노자는 동백주라. 이 술 한 잔을 받으시면 천년만년을 살고 지고." 난지도를 에돌던 아버지의 쨍쨍한 고음이 내 목소리를 타고 사람들의 가슴속으로 내려앉는다.

전동차가 당산철교 위를 천천히 지나간다. 덜컥거리는 바퀴 소리와 함께 빛을 잃어가고 있는 늦가을 햇살이 구름 사이로 나타났다가는 사라지곤 한다. 저 멀리 서쪽 강어귀에 햇살을 등지고 있는 언덕이 보인다. 난지도로 가려면 합정역에서 전동차를 갈아타야 한다.

유월은 온 나라가 붉은 물결로 뒤덮였다. 사람들은 '꼬레아'를 외치고 텔레비전 속에서는 상암 월드컵 경기장이 로고송과 함께 화면 첫머리를 가득 채웠다. 그날도 오늘처럼 전동차가 이 당산철교 위를 아주 천천히 지나가고 있었다. 전동차 안에는 월드컵 경기장으로 가려는 사람들이 온통 붉은 물결처럼 출렁거렸다. 서쪽 강물 위로 해가 잔광을 남기고 막 사라지고 있었고 그 잔광을 무심히 쳐다보고 있던 내 눈이 시큰하게 아리고 머릿속이 어지럽기 시작할 때쯤 귓속으로 쇳소리같이 날카롭고 건조한 소리가 툭 튀어 들어왔다.

"월드컵 경기장 옆에 있는 난지도에는 신원을 알 수 없는 시체들이 둥둥 떠다녔대."

앞뒤 두서도 없이 튀어 들어온 말이 빠르게 머릿속을 회전하고 있었다.

'난지도', 어디선가 많이 들어본 듯한데 한편으로는 아주 낯선 낱말이었다.

 낱말이 주는 여운 때문인지 난지도는 지도 위에 그려진 조그만 섬일는지 모른다는 생각을 잠깐 해보았다. 아니면 지도에는 나와 있지 않은 그저 사람들의 입으로만 전해져 오는 어떤 은유의 장소일 것 같다는 생각이 들기도 했다.

 "이상한 건 그 시체들이 대개 내장이 깨끗이 비어 있었다는 거야. 얼굴도 미처 부패하기 전에."

 말소리를 듣는 순간 내 머릿속으로 무엇인가 찰나적일 만큼 빠르게 스쳐 갔다. 커다란 얼굴과 두툼한 입술, 그 입술이 움직일 때마다 꾹꾹 가슴으로 눌리던 말, 난지도, 난지도 쓰레기 더미 위에서 그 노인이 죽었다고 손 기자가 말했었다.

 '지금은 그곳이 하늘공원이래.' 킬킬거리던 웃음소리가 마치 방금 전이었던 것처럼 생생하다. 명치끝이 먹먹한 것이, 씹지 않은 음식을 그대로 삼킨 것 같은 체증이 가슴을 조여오는 듯하다. 앞가슴을, 엄지손가락에 힘을 주어 쓸어내린다. 아버지의 과거들이 끈적한 타액처럼 묻어 나온다.

 전동차가 미끄러지듯 움직인다. 합정역이라고 쓴 간판의 글씨 위로 지나가는 사람들의 그림자가 조금씩 겹친다. 서서히 사물들이 시선 안으로 밀려든다. 하얀 치아를 드러내며 다가오는 아버지의 중절모의 윤곽이 마치 살아 있는 사물처럼 내 머릿속을 가득 채운다. 지하차도의 어둠이 역사의 불빛 밖으로 밀려나고 낡은 중절모가 만들어 놓은 이미지의 영상들이 추상화를 그려놓은 것처럼 차창에 어려 있다. 빛바랜 군청색 코트 자락이 전동차가 남긴 바람에 커다란 원을 그리며 날아오르는 것 같기도 하다. 비틀린 한 손에 낡은 중절모를 벗어 들고 길 한복판에 서서 지나가는 사람들을 무심히 바라보고 서 있는 아버지, 흘러내린 오줌에 젖은 바짓가랑이가 뻣뻣하게 얼어붙어도 아무런 감각이 없어 보이는 동공이 뻥 뚫려버린 아버지의 허기, 그 아버지가 내게 비칠비칠 다가와서는 동전 몇 닢과 빛바랜 난초꽃을 내밀 것만 같다. 목이 탄다. 왜 아버지만 생각하면 조갈증이 나는지 알 수가 없다. 전동차 안으로 사람들이 밀려든다. 그제야 나는 얼른 자리에서 일어선다. 사람들을 밀치고 밖으로 나온다.

마을 어귀에는 늙은 느티나무가 그대로 서 있고 건너편 산에도 아름드리 소나무가 짙은 그림자를 드리운 채 서 있다. 허물어져 가는 얕은 담장 너머로 붉은 감들이 가지게 휘게 매달려 있다. 문득 낯설기만 하던 고향이라는 단어가 단절된 시간을 훌쩍 넘어와 내 앞에 그대로 멈춰 선다. 내가 겨우 걸음을 뗄 수 있었던 어느 날 어머니의 손에 이끌려 들어서던 이곳에 지금처럼 저 늙은 느티나무가 무섭게 버티고 서 있던 기억이 난다. 땅바닥에 닿을 듯 납작한 지붕들도 여전하다. 어쩌면 이곳은 시간이 그대로 멈추어 버렸는지도 모른다는 생각이 나를 두렵게 한다. 저만치 서 있는 커다란 개는 낯선 사람을 보고도 짖지 않은 채 멀뚱히 바라보고 있다. 저 개처럼 사람들은 낮은 흙벽 담 구멍 사이로 나를 바라보고 있을지도 모른다는 생각이 든다. 서둘러 내가 어릴 적 살던 집으로 발길을 옮긴다. 너무 조용한 탓인지 등허리로 진땀이 배어나고 머리가 어지러워 자꾸 발길을 멈춘다. 아버지의 높고 쩽쩽하던 고음의 노랫가락들이 동네 골목길을 내달아 저만치 앞서간다. 난지도에서 가져온 구절초 한 송이가 햇살 속에서 보라색 자태를 한껏 뽐낸다. 이 꽃을 우리가 살던 집 한구석에 심으려면 서둘러야 할 것 같다. 문득, 왜 나는 이 구절초를 이곳, 집에다 심겠다고 생각했을까 하는 생각에 발길을 멈춘다. 여기는 내가 돌아올 집이라고 생각하지 못한 곳, 고향이라는 말도, 집이라는 말도 내게는 낯설기만 하다. 그러나 내 발걸음은 어서 집으로 가야 할 것처럼 다시 바쁘게 움직인다. 길거리에는 여전히 아무도 없다. 사람들을 만나지 않은 게 오히려 다행인 것 같다.

대문도 없는 집은 안채가 훤히 들여다보인다. 여기저기 가을걷이 곡식들이 널려 있는 마당 한복판에 미동도 없이 납작하게 엎드린 둥근 공 같은 물체는 자세히 보니 노인이다. 누굴까. 비로소 시간의 단절이 느껴진다. 잠시 머릿속이 혼란스럽다. 그러면서도 눈앞의 풍경들은 현실 같지 않다. 마치 붙박인 정물화의 한 장면처럼 어린 날 기억들이 마당 가득 차오른다.

아버지가 이 집에서 사라진 것은 아홉 살 때였어. 아마 그럴 거야, 그렇지. 나는 자신에게 확인이라도 하듯이 중얼거린다. 나는 어렸지만 기억들은 아주 선명하다. 내 기억 속에 아버지가 사라지던 봄날은 햇살이 몹시 따가웠다.

약간 누런빛이 도는 명주 적삼에 조끼를 받쳐 입은 아버지가 거울 앞에 서서 머리를 빗고 있고 나는 활짝 열려 있던 안방 문 앞 봉당에 쪼그리고 앉아 있다. 햇빛은 내 머리 위로 뜨거운 열기를 쏟아붓고 그 햇빛을 고스란히 받으면서도 봉당을 떠나지 않는다. 거울 속에 있는 아버지를 가끔 훔쳐본다. 여자처럼 고운 입술이 발장단에 맞춰 달싹거린다. 아버지도 나를 곁눈질로 슬쩍 쳐다본다. 가슴이 시큰해질 만큼 따가운 햇살이 온몸 안으로 퍼져 들어오고 나는 오줌을 질금거리면서 그 햇살을 받아들인다. 아버지는 머리를 곱게 빗고 작은 버선발로 봉당을 내려서려다가 내 몸을 살짝 건드리며 웃는다. 하얀 치아가 햇살을 받아 반짝거린다. 아버지가 집 모퉁이를 돌아서자 조금 서운한 생각이 든다. 아버지는 많은 날들이 지나도 돌아오지 않는다.

아버지가 봉당을 지나 마당을 지나 사립문을 나선, 하얀 버선발이 꼬리를 감춘 뒤에도 나는 해마다 봄이 되면 이 집으로 달려와 봉당에 쪼그리고 앉아 그렇게 햇살을 받아들이면서 아버지를 기다렸다. 그러다 보면 차츰 기다린다는 것은 잊어버린 채 눈깔사탕만큼 큰 행복이 나를 감싸고 아버지가 사라진 마당에는 대신 가늘고 높은 장구 소리에 가락을 맞추는 아버지의 쨍쨍한 목소리가 가득 찼다. 남자의 발이라고 하기에는 아주 작은 하얀 버선발이 장단에 맞춰 달싹달싹 움직일 때마다 무릎에 앉아 있던 내 몸도 함께 달싹거렸다. 여자들의 깔깔거리는 웃음소리가 한데 어우러지고 긴 목덜미를 드러낸 채 머리를 틀어 올린, 어머니의 풀린 눈빛은 초점이 흐려진 채 술잔에는 하나 가득 술이 따라졌다. 그러다가 어디선가 난데없이 고함이 날아들었다. 큰 키에 수염을 기른 할아버지가 대문 앞에 버티고 서 있었다. 그러고 나면 아버지는 큰댁으로 돌아가야 했다. 집은 깊은 침묵 속으로 가라앉았다. 어머니는 밤낮 없이 잠을 잤다. 깨어 있는 시간에도 그녀의 눈빛은 먼 어딘가로 향해 있었고 내 존재는 안중에도 없었다. 하지만 나는 그 시간이 좋았다. 늘 떠들썩하게 들떠 있는 알 수 없는 불안감, 신열이 오른 듯이 어지럽게 돌아가는 어머니의 치맛자락을 놓치지 않으려고 안간힘을 쓸 필요가 없다는 것도 기분 좋은 일이었다.

뭔가 움직임이 느껴진다. 노인이 삐죽 뒤를 돌아보고 있다. 두건으로 반쯤 가려진 얼굴에는 검버섯이 짙다. 고개를 드는 내 시선 속으로 대각선 모양의 커다란 막대를 덧대어 놓은 문짝이 들어온다. 비바람에 삭아서 문 창호지는 다 떨어져 버렸고 문살도 군데군데 부러진 것이 금방이라도 허물어져 내릴 것 같다. 안채에 비해 턱없이 낮은 지붕 때문에 그 존재감마저도 느껴지지 않던, 하루 온종일 햇볕 한번 들지 않던 구석방으로 어머니와 나의 삶의 흔적들이 유폐되던 곳, 나는 갑자기 둔기로 머리를 한 대 얻어맞은 것 같다.

모든 시간들이 되돌아 멈추어 서서 나를 바라보는 것 같다. 저 방에는 어머니와 내가 쓰다 남은 몇 가지 물건들과 어머니가 유난히 아꼈던, 그곳에는 어울리지 않는 전기다리미와 중국제 같은 받침대가 화려하게 장식된 꽃병 한 개가 방구석에 놓여 있을 것이다. 무엇 때문인지 할아버지는 아주 꼼꼼하게 그런 것들을 챙겼다. 그러고는 자물쇠로 방문을 채우고 그 위에 나무 막대를 대각선 형식으로 덧대고는 커다란 대못을 꽝꽝 박았다. 나는 그 광경을 멀찍이 서서 바라보았다. 늦여름 햇살이 기울어지고 그 어두운 방이 더 깊은 어둠 속으로 가라앉고 있는 것 같았다. 어머니의 기억들도 그렇게 저 방의 어둠 속으로 지워져 버렸다.

　겨울밤 신열에 시달리던 어머니가 흔적도 없이 떠나버렸다. 나는 그다지 놀라지 않았다. 언제인가는 어머니가 떠나리라는 걸 알고 있었다. 하지만 내 기억 속에서 아버지는 그냥 사라져 버렸다. 그래서인지 나는 늘 아버지를 기다렸다. 언젠가 불쑥 나타날 거라고 믿었다. 아버지가 떠난 그 한여름을 고집 세게 이 집에서 혼자 견디었던 것도 아마 그래서였을 것이다.

　어머니와 아버지, 그들이 모두 떠나간 그 집에서 할아버지 손에 이끌려 큰댁으로 가던 날은 내 나이 아홉 살 때였다. 큰 키에 수염이 많은 할아버지는 겨울만 되면 한 차례씩 무섭도록 앓아누웠다. 끙끙 앓는 소리를 내며 방문을 활짝 열어놓은 채 대문을 잠그지 말라고 신신당부하면서도 아버지라는 말만큼은 입에도 올리지 못하게 하던 할아버지의 노여움은 나를 불안에 떨게 만들었다. 꽉 다문 할아버지의 입술 사이로 비어져 나오는 신음 소리는 오장을 긁어내는 것 같아 나는 늘 귀를 틀어막고는 했다. 그렇게 내 나이가 열아홉 살이 되던 겨울 어느 날 나는 큰어머니에게 용기를 내어 물어보았다. 아버지가 소리꾼이었냐고. 그러자 큰어머니는 고개를 홱 돌려버렸다. 큰어머니의 이마에는 파란 정맥이 금방이라도 튀어나올 것 같았다. 쳇소리를 내며 혼잣말로 중얼거렸다. '소리꾼은 무슨 계집년 가랑이 찢어지는 소리나 내지르면서.' 그 말 속에는 오래도록 삭인 분노가 짙게 배어 있었다.

나는 그날, 할아버지의 손에 이끌려 큰댁으로 가던 날로부터 꼭 십 년이 흐른, 내 나이 열아홉 살이 되던 겨울밤에 할아버지의 사랑채 궤짝 속에 넣어둔 가을걷이 돈을 몽땅 들고 아버지처럼 거울 앞에 서서 머리를 빗고 낡은 운동화를 신고 내가 갈 수 있는 가장 먼 거리의 기차표를 끊었다. 아버지가 사라지고 난 뒤 낯선 사내들이 구둣발로 들이닥쳐 붙여놓은 붉은 딱지들을 보고 쑥덕거리던 동네 아낙들의 말이 귓전을 맴돌았다. "세상에 그 많은 전답을 조합에 거의 다 잽혀서 기집년 따라 서울로 갔다네, 쟈 아버지가. 한 집안 망하는 거 잠깐일세." 그 말들이 꼬리를 물고 놓아주지 않는 것 같아 뒤도 돌아보지 않고 열차를 탔다. 망할 놈의 잡끼는 대를 이을 참인가보다고 내가 어쩌다 입속으로 흥얼거리는 노랫소리에도 화를 버럭 내던 할아버지의 말이 생각났다.

내 입가에서는 웃음이 비실비실 새어 나오고 눈에서는 눈물이 질금거린다. 멈추어 버린 시간이 노인의 어둔한 몸놀림만큼이나 내 마음을 무겁게 한다. 노인은 내 기척을 알아차리지 못했는지 눌러쓴 수건 위로 쏟아지는 햇살을 고스란히 받은 채 몸을 조금씩 움직여 옆으로 옮겨 앉는다. 그 모습이 마치 무성영화의 한 장면처럼 느껴진다.

날씨가 쌀쌀한 탓인지 버스 속이 따뜻하게 느껴진다. 월드컵 경기장을 지나올 때만 해도 햇살이 제법 살가웠는데 해가 벌써 난지도 언덕 너머로 기울어지고 있다. 몇몇 승객이 더 타고 한참이나 지난 듯한데 난지도로 가는 셔틀버스는 출발할 기미가 없다. 잠시 후 문 앞에서 실랑이를 벌이는 소리가 들린다. 기사가 버스 문을 반쯤 닫을 때, 행색으로 보아 노숙자이거나 약간 정신이 이상한 듯한 사내가 그 문을 잡은 채로 버스가 부르릉거리며 앞뒤로 조갈증이 난 것처럼 몇 바퀴씩을 굴러다닌다. 사내도 끈질기게 문짝을 잡고 버스를 따라 두 발이 질질 끌린 채 따라다닌다. 기사의 얼굴이 점점 일그러져 간다. 사내는 그럴수록 비실비실 웃으며 문짝을 잡고 놓지 않는다. 그 웃음을 보는 순간 내 안에서 모멸감이 확 치민다. 얼른 고개를 돌려버린다. 나는 난지도에서 만났던 노인에게서 저런 웃음을 본 순간 돌아서 버렸던 기억이 되살아난다. 가슴 한쪽이 휑하게 뚫려버리는 것 같다.

버스에서 내려 큰길을 건넌다. 평화 공원이라는 표지판이 세워진 대리석을 지나 억새가 막 피어난 둔덕을 오르자, 나무로 된 계단이 아득하게 올려다보인다. 이곳이 쓰레기 매립지였다는 사실이 도무지 믿어지지 않는다. 어디에도 그런 흔적은 없다. 그저 산처럼 높은 난지도의 둔덕에 자생으로 생겨났다는 잡목과 잡풀들만 친근하게 느껴질 뿐이다. 계단을 오르는 발걸음이 둔하다. 기억하고 싶지 않았던 것들이 하나둘 떠오른다. 사실 나는 서울로 올라오고 몇 년 후 한여름의 막바지에 이곳으로 밤낚시를 왔었다.

서울이라는 도시는 내가 생각했던 것보다 훨씬 크고 넓었다. 그만큼 막막하기도 했다.

무작정 서울에만 오면 아버지를 만날 수 있을 것 같다는 생각이 얼마나 어리석은 치기였는지 시간이 지날수록 가슴은 더 무겁기만 했다.

어느 날 관악산을 오르다 만난 한 여인으로부터 운니동 이야기를 듣게 된 것이 우연이라고만 말할 수는 없을 것이다. 그리고 그 운니동 골목길로 들어서던 날 묵직한 통증처럼 들려오던 노랫가락들, 어쩌면 그곳은 시간을 거슬러 내 어린 날들의 기억 속에서처럼 여인들의 화사한 웃음소리에 섞인 한숨과 지분 냄새, 그만큼의 구구한 사연들을 담고 있는 얼굴들이 있을 것 같았다. 그리고 그때, 나는 어쩌면 다시는 그 골목을 되돌아 나오는 길을 찾을 수 없을 것 같다는 생각을 했다. 마치 무엇인가에 떠밀려 가듯이 좁은 골목길을 한참 에돌아 여인이 내민 명함 속의 장소를 찾아냈다. 그곳에서 여인은 소리를 가르치는 사설 학원을 운영하고 있었다.

쭈뼛거리며 들어서는 내게 여인은 다짜고짜 한 소절 해보라고 했다. 미처 생각지도 못한 일이었다. 장구채를 잡은 여인의 눈빛이 단호해 보였다. 나는 엉겁결에 아버지에게서 듣던 '권주가'를 불렀다. 순간 여인의 눈빛이 변하더니 장구채를 딱딱 두드리며 혀를 껄껄 찼다. 그러더니 고개를 갸웃하면서 "이상하네, 아직 애들인데. 그것도 남정네가, 어디서 권주가는 배웠을꼬, 허 참." 하는 것이었다. 나는 무엇을 잘못하다 들킨 사람처럼 주눅이 들었다.

운니동은 서울이라는 거대한 도시의 한복판에 떠 있는 작은 섬이다. 사람들로부터 잊힌 가락들과 함께 가끔은 세상으로부터 잊히고 싶은 사람들이 모여 사는 곳이다. 판소리나 민요를 가르치는 사설 학원이 많은 그곳에서 나는 처음으로 아버지가 부르던 노랫가락이 '권주가'라는 사실과 그 권주가가 열두 잡가 중의 하나라는 사실도 알게 되었다. 그곳에서는 가끔씩 굿판의 소리까지도 들을 수 있지만 사람들은 한사코 '권주가'는 모른다거나 부를 수 없다고 손을 내젓는다. 그럴 때마다 어쩐지 그들의 모습이 슬퍼 보였던 것은 나만이 느낀 것인지도 모른다. 하지만 나는 차츰 알게 되었다. '권주가'나 타령들은 그곳에 모여든 사람들의 사연 속에 묻힌 아픔들만큼 다시는 떠올리고 싶지 않은 기억들도 함께하고 있다는 것을, 옛날 기방에서나 부르던 권주가를 부른다는 것이 그들에게는 수치심 같은 아픈 기억이었을 것이다. 하지만 나는 그 잡가들이 좋았다. 손 기자가 '권주가'를 취재하기 위해 그곳에 들렀을 때 쉽게 말을 트고 지낼 수 있었던 것도 아마 그래서였을 것이다. 내가 열두 잡가를 완창할 수 있게 도와준 것도 손 기자였다. 그만큼의 시간이 그 운니동 골목길에서 사라져 간 것이다. 작은 섬처럼 떠 있는 골목골목들, 아버지를 만나고 싶었던 열망만큼 그 골목길을 벗어나고 싶었던 시간들, 그 속에서 아버지의 권주가는 내 발목을 잡고 놓아주지 않았다.

바람이 제법 차다. 옷깃을 잔뜩 여미고 계단을 오른다. 해가 떨어지기 전에 난지도에 올라가야 될 것 같다. 언제나 돌아가야 할 시간을 놓치고 마는 내 인생처럼 어쩌면 아버지도 집으로 돌아가야 할 시간을 놓쳐버렸을 것이라는 생각에 서둘러 계단을 오른다. 숨이 차다.

그 여인을 만난 몇 년 후 나는 손 기자를 따라 이곳 한강 변으로 밤낚시를 왔었다. 손 기자가 처음 밤낚시를 가자고 했을 때 사실 나는 망설였다. 그곳에 가면 '권주가'를 아주 잘하는 한 노인을 만날 수 있다는 말을 하지 않았다면 아마 나는 그날 밤낚시를 가지 않았을 것이다.

밤낚시를 가던 날은 날씨가 맑았다. 며칠 동안 억수같이 퍼붓던 장맛비가 그치고 그 때문에 한강 물이 범람하여 서울의 낮은 지역들이 물에 잠겼다. 내가 경의선 열차를 타고 수색역에 내려서 한참을 기다렸을 때 손 기자가 다른 사람과 함께 택시에서 내렸다. 손 기자가 소개한 사람은 사회부의 윤 기자라고 했다. 말씨가 약간 어눌해 보였다. 물이 빠져나간 역사에는 미처 치우지 못한 쓰레기가 남아 있었다. 우리는 물에 잠겼던 철길을 따라 버스도 다니지 않는 길을 오래도록 걸어갔다. 한 시간이 지날 무렵 멀리 강둑 너머로 넘실대는 강물에 저녁 햇살이 부서지는 광경이 장관을 이루고 있었다. 그 광경을 바라보던 윤 기자가 손 기자에게 한마디 했다. "엄주영이라는 노인인데, 노인의 노랫가락은 여자보다 높고 쨍쨍한 고음이…." 손 기자가 뭐라고 하는 말이 들렸다. 갑자기 내 발이 허공을 밟고 가는 것처럼 몸이 허청거렸다. 엄주영이라는 단어가 머릿속을 둥둥 떠다녔다. 아버지의 작은 버선발이 장단을 따라 자꾸 달싹거리는 것만 같았다. 아버지와 같은 이름은 얼마든지 있을 수 있다고 애써 나 자신을 진정시켰다. 윤 기자의 말들이 가까워지다가 멀어지곤 했다.

우리가 강가에 도착했을 때는 저녁 해가 막 지고 있었다. 아무리 둘러보아도 주변에 인가라고는 보이지 않고 불어난 강물은 잡초가 우거진 강둑까지 차올라 있었다. 어둠이 순식간에 강둑으로 밀려들었다. 카바이드등을 켜고 한참이 지나도록 둘은 낚시 준비로 여전히 분주했다. 강물이 다 줄어들지도 않았는데 고기가 잡히겠냐고 묻는 내게 그들은 그저 한 번씩 웃기만 했다. 나는 손 기자가 사 오라고 하던 막걸리를 꺼내놓았다. 안주라고 해야 통조림 몇 개가 고작이었다.

여름의 막바지였다. 주변은 쥐 죽은 듯이 고요하고 풀벌레 소리만 요란했다. 달빛이 어느새 물가로 강둑으로 둔덕으로 퍼져 있었다. 강둑 너머 낮은 언덕 위에는 아카시아나무들이 드문드문 서 있고 그 사이로는 달맞이꽃과 보라색 난초꽃이 흐드러지게 피어 있었다. 강가는 조용하다 못해 적막마저 감돌았다. 손 기자가 낚싯대 설치를 다 끝내고 오래도록 강물을 들여다보고 있는 동안 나는 한마디도 하지 못한 채 자꾸 주변을 두리번거리기만 했다. 이곳에 오면 노인을 만날 수 있다고 한 말이 도무지 믿어지지 않았다.

윤 기자가 익숙한 솜씨로 끓인 찌개를 안주 삼아서 우리는 소주를 마셨다. 가져온 막걸리 두 통은 그대로 둔 채였다. 달은 빠르게 중천으로 떠올랐다. 밤이 꽤 깊었다는 생각이 들자, 내 마음이 괜히 조급해지기 시작했다. 이러다 노인은 만나보지도 못하는 게 아닌가, 아니 이미 만나기는 틀린 것 같았다. 둘은 소주잔을 주거니 받거니 하면서 시국 이야기에 열을 올렸다. 시계를 들여다보는 나를 보더니 윤 기자가 "이 청년도 노인이 기다려지는 모양이지?" 하고 한마디 했다. 그러고는 그 노인이 오고 가는 건 알 수 없는 일이니 그저 기다리는 수밖에 없다고 했다. 안되면 내일 날 밝는 대로 저 뒤쪽 천막으로 가봐야 할 거라고도 했다. 그곳은 난지도에서 쓰레기를 뒤지며 사는 사람들이 모여 산다는 말도 덧붙였다. 나는 열심히 찌개 국물을 떠서 입안에 밀어 넣었다. 매운지 뜨거운지 감각이 없었다.

풀숲을 헤치고 노인이 바로 코앞까지 다가오고 나서야 우리는 인기척을 느꼈다. 윤 기자가 벌떡 일어서더니 노인의 손을 잡아주었다. 앞이 잘 보이지 않는지 더듬거리는 노인이 불빛 가까이 왔을 때 나는 노인이 내 상상처럼 멋진 소리꾼도, 하얀 이를 드러내며 웃는 그런 모습도 아니라는 걸 알았다. 깃이 낡은 중절모를 벗어 든 노인의 허연 머리카락이 커다란 머리둘레에 듬성듬성 달라붙어 있었다. 군청색 바바리코트 자락이 바람이 불 때마다 날아오르면 그 사이로 다 해진 구두가 힘겨운 듯 두 다리를 떠받치고 있는 것이 보였다. 카바이드등에 비친 두 눈에는 백태가 하얗게 끼어 있었다. 그 무기력한 눈빛 사이로 퍼뜩 권태로움 같은 게 지나갔다.

윤 기자가 가져온 막걸리를 따랐다. 이것저것 안주를 권하는 눈빛이 무척 따사로운 것이 노인과는 퍽 오랜 세월 알고 지내온 듯했다. 노인은 몹시 목이 말랐던지 술잔을 연신 비웠다. 초라한 행색과는 달리 선이 고운 얼굴 윤곽이 하얀 달빛 속에서 애잔하게 보였다. 말없이 몇 잔의 술을 연거푸 마시던 노인이 이내 취한듯 했다. 그러더니 느닷없이 어디서 그런 기운이 나왔는지 벌떡 일어나 춤을 추기 시작하는 것이었다. 윤 기자가 당황한 듯 같이 일어섰다. "이 양반의 노랫소리는 여자도 흉내 내기 힘들 만큼 높고 쨍쨍한 고음이야." 윤 기자가 변명이라도 하듯이 한 말이 자꾸 허공을 맴돌았다. 노인의 자그마한 몸이 한 바퀴 빙 돌아갔다. 노인이라고는 믿어지지 않을 만큼 빠르고 힘 있는 동작이었다. 느린 듯 빨라지고 빠른가 하면 이내 느려지는, 손끝으로 치음새와 내림새의 장단을 맞추면서 높고 쨍쨍한 고음과 함께 어우러지는 노인의 노랫가락은 내 가슴을 먹먹하게 했다.

      바람아, 불지 마라~ 휘어진 정자~ 나뭇잎이 다 떨어진다…. 세월아, 가지 마라~ 옥빈홍안이~ 공로로다…. 인생이 부득항소년이니~ 아니 놀고~ 어이하리….

오래 참았던 울음이 목구멍으로 꺽꺽거리며 올라올 것 같았다. 마당 한가운데 쨍쨍하게 울리던 아버지의 노랫소리가 내 온몸을 타고 밀려오는 것 같았다. 자꾸만 도망가고 싶었다. 그러나 나는 일어설 수가 없었다. 오금이 저렸다. 어느새 손 기자도 노인의 가락에 장단을 맞추고 있었다. 달빛이 강물 위로 눈부시게 쏟아져 내리고 있었고 내 귓속은 먹먹해지면서 모든 소리들이 달아나 버렸다. 안간힘을 써봐도 내 귀에는 아무 소리도 들리지 않고 노인의 작고 여린 몸뚱이만 눈 안으로 가득히 들어왔다. 엄주영이라는 글자들이 허공 속으로 떠올랐다가는 지워지곤 했다.

 노인의 소리는 끝날 것 같지 않았다. 모두 함께 흥겨운 가락에 취한 듯이 보였다. 그러다 어느 순간 노인의 소리가 흐느낌처럼 들려왔다. 끝내 그 가락은 울먹임이 되었고 꺼이꺼이 우는 노인의 바짓가랑이 사이로는 오줌이 줄줄 흘러내리는 소리가 내 귓속으로 폭포수 소리처럼 쏟아져 들어왔다. 알 수 없는 분노와 함께 모멸감이 내 가슴속을 마구 휘저었다. 백태가 하얗게 낀 눈을 들어 강 건너 먼 곳을 바라보던 노인이 나를 향해 비실비실 웃었다. 그 순간 나는 벌떡 일어나 둑길로 내달았다. 잡풀이 발목에 휘감겨 수없이 엎어지면서도 나는 쉬지 않고 달렸다. 노인의 노랫가락과 하얀 눈동자가 나를 쫓아오는 것만 같았다. 난초꽃이 흐드러지게 피어 있는 둔덕을 돌아 얼마큼을 내닫다가 풀섶에 엎어진 채 먹은 것을 다 게워냈다.

 계단에 올라서니 저만치 경기장과 한강이 한눈에 내려다보인다. 주변은 놀라울 만큼 깔끔하다. 난지도 뒤쪽으로 아무렇게나 널려 있던 그 많은 천막집들은 다 어떻게 된 것인지, 개천을 중심으로 시멘트 바닥과 주변으로 조경된 나무들이 빽빽하게 들어서고 그 건너편으로는 고층 아파트가 한창 공사 중이다. 하늘공원 가는 길이라는 표지판에 화살표 방향이 그려져 있다. 저만치 보이는 둔덕으로 난 길 위에는 보도블록이 가지런하다. 그 길 양옆으로 난 지도의 사진전이 열리고 있다. 쓰레기를 매립했던 모습들, 그 쓰레기 더미를 뒤지면서 살던 사람들, 군용 천막들이 즐비하게 늘어선 곳 옆에서 담배를 피우고 있는 노인, 나는 애써 사진을 외면한 채 빠른 걸음으로 난지도, 아니 하늘공원을 향해 간다. 공원은 시야가 확 트인 넓은 분지 같다. 시선이 닿는 곳 어디나 이제 막 피어난 억새가 저녁 햇살을 받아 하얗게 나풀거린다. 강바람이 매섭게 불어오고 그 바람결을 따라 일제히 한곳으로 치닫는 억새의 물결이 강물에 반사된 저녁노을만큼이나 장관이다. 저 억새의 뿌리 밑으로 인간들이 내다 버린 수많은 폐기물 중에는 신원을 알아낼 수 없었던 인간들조차 버려져 묻혀 있을지도 모른다. 저 깊은 땅속을 울리는 노랫가락이 아직도 솟구치는 메탄가스의 불빛을 타고 하늘로 솟아오를 것만 같다. 아버지가 남긴 그 테이프에서 들려오던 말들이 내 귓전을 타고 난지도를 휘도는 바람을 따라 흐른다.

윤 기자와 밤낚시를 다녀온 그해 여름은 내게 끔찍했다. 가을이 가고 겨울이 막 지나고 봄이 오도록 나는 운니동 구석 집에서 한 발짝도 움직일 수 없었다. 노인이 살고 있다는 난지도 옆의 개천 뚝방에 늘어서 있는 군용 천막들을 들추고 그 노인을 찾아봐야만 할 것 같았다. 하지만 나는 다시 그곳을 가볼 수가 없었다. 봄비가 추적거리던 어느 날 손 기자를 만났을 때 나는 이미 때를 놓쳐버렸다는 사실을 알게 되었다. 노인은 죽은 지 열흘이 지나서야 난지도의 쓰레기 더미에서 발견되었다는 것이다. 그동안 손 기자는 노인의 노랫가락들을 취재하느라 몇 번을 더 갔었다는 말도 덧붙였다. 그리고 지나가는 말처럼 노인은 무연고자인 줄 알았는데 알고 보니 고향에 처자식이 있더라고 그래서 그쪽으로 연락을 취했는데 결국은 화장을 할 수밖에 없었노라고, 괜스레 입맛을 쩍 다시면서 끝말을 흐렸다. 나는 귀가 번쩍 뜨였다. 고향이 어디라던가요. 반사작용처럼 내쏘는 말에 손 기자가 잠시 나를 쳐다보았다. 한참 후에 그가 한 말에 나는 그냥 주저앉고 말았다.

그날 술에 취해 몸조차 가눌 수 없는 내 호주머니 속에 손 기자가 넣어준 테이프를 며칠이 지나서야 꺼내어 보았다.

꿀꺽, 술이 목구멍을 타고 넘어가는 소리가 텅 빈 방 안에 공명하듯 울렸다. 테이프가 지직거리는 소리인지 노인의 숨소리가 거친 것인지 말소리는 몹시 느리고 힘겨웠다. "사실 소리야 나보다 그 여자가 더 좋았지. 그 여자가 내게 소리를 가르쳐 줬거든." 나는 온 신경이 곤두섰다.

"논 전답 다 다 잽혀서 그 여자 뒤를 쫓아 서울로 올 때는 아무 생각도 나지 않았어. 그 여자는 시골 동네서 살 사람은 아니었거든, 처음에는 좋았지. 제법 그럴듯한 권번을 차리긴 했는데 결국 그 여자는 그기서도 또 어디론가 도망치고 말았어. 나는 그 여자를 찾아서 여기저기 떠돌기 시작했지. 이상하게도 그 여자가 없으면 내 노랫가락은 힘이 나질 않았어. 딴 사람들하고는 장단이 맞질 않아. 근 십여 년 그렇게 돌면서 나는 비로소 내가 그 여자를 찾는 게 아니라 소리에 취해 있다는 걸 알았지. 사람들은 내 노랫가락을 들으면 내가 남자라는 사실을 아주 신기하게 여기기도 했고 때로는 경멸하는 사람도 있었어."

'꿀꺽', 술이 넘어가는 소리가 마치 긴 터널을 지나는 것처럼 오랜 시간 동안 방 안을 떠돈다.

"어느 날 뒤틀린 내 손안에 누가 동전 하나를 놓았어. 그러고는 그 동전 위로 떨어지는 다른 동전 소리가 들려왔어. 나는 그저 가만히 보고만 있었지. 손 위로 떨어지는 동전을 보면서 그제사 집 생각을 했어. 그리고 그 집에 있는 조그만 사내아이도 생각났어."

"아드님이군요."

손 기자의 굵은 목소리가 스피커 사이에서 우렁거렸다. 피식하고 웃는 소리가 들렸다.

"그 아이가 보고 싶었어. 그 여자의 아들이야."

흡, 나는 한 손으로 입을 틀어막았다. 입속에서 뭔가 마구 쏟아져 나올 것 같았다.

"그럼 고향집으로 가시지 그랬어요."

손 기자의 목소리가 많이 가라앉아 있었다. "아서." 손사래를 치는지 마이크 부딪는 소리가 요란했다.

지지직거리며 테이프 돌아가던 소리가 생생하게 귓전을 맴돈다. 시큼한 막걸리 냄새가 억새밭 사이로 밀려올 듯하다.

억새밭이 끝나는 곳에 이르자 잡풀들로 가득한 난지도의 모습들이 보인다. 말라버린 망초대 사이로 키 작은 보라색 구절초가 피어 있고 이름 모를 들풀들이 때늦은 갈바람에 잔뜩 움츠리고 있는 모습이 애처롭다. 아직도 보라색 난초꽃이 어딘가 흐드러지게 피어 있을 것만 같다. 이곳까지 오는 데 너무 오랜 시간이 걸렸다. 그 긴 세월 동안 아버지의 노랫소리는 언제나 내 실핏줄을 타고 흐르는데, '그 여자의 아들이지.' 기억조차 지워진 어머니, 어쩌면 그녀는 처음부터 내게는 존재하지도 않는 사람이었는지도 모른다. 이상하게도 망할 놈의 잡끼는 대를 이을 참인가 보다고 하던 할아버지의 고함이 내 가슴을 뜨겁게 달구었다는 걸 아버지는 알고 있었을까. 누가 뭐래도 나는 아버지의 아들로 살아왔었다는 걸 말할 기회가 없었다. 아버지가 사라져 버린 그 마당 한복판에서 늘 아버지를 기다리던 그날들, 그 속에서 아버지를 닮아가던 내 모습들이 나를 행복하게 했었다는 걸 아버지께 말해주고 싶다. 살아생전에 돌아갈 수 없었던 아버지의 고향으로 아버지의 소리와 함께 돌아가고 싶다. 내 실핏줄을 타고 흐르는 아버지의 높고 쨍쨍한 고음의 가락들과 함께 시간이 흐르지 않아도 좋은 곳. 모든 것이 머무는 그곳에서 언제나 떠돌기만 했던 내 인생도 아버지의 영혼과 함께 머물고 싶다.

　월드컵 경기장, 지붕 꼭대기에 남아 있는 붉은 잔광 속으로 "대~한민국!"을 외쳐대던 엇박자의 환희가 되살아나는 것 같다. 아버지의 가락들인 그 엇박자, 사람들이 때로는 비웃기도 했던, 그러나 우리들의 저 깊은 가슴 밑바닥에서 솟구쳐 오르던 소리들. 잊혀졌다고 생각했던 그 가락들이 아무도 흉내 낼 수 없는 아버지의 쨍쨍하던 고음으로 되살아나 이곳에서 오래도록 나를 기다렸을 것만 같다. 그랬다. 이곳은 누가 뭐래도 아버지의 난지였다. 흐르지 못하는 더러운 물속에 길게 자란 잡풀들, 그 사이에서 부르는 아버지의 노랫가락이 점점 높아진다. 신원을 알 수 없었던 이들의 영혼도 그 소리에 함께 하늘로 풀풀 날아오른다. 내장이 텅 비어버려 가벼워진 그들은 이제 견디기 힘들었던 삶의 무게를 벗어버리고 아버지의 노랫소리에 자신들의 영혼을 싣고 높이 날아오른다. 쓰레기 더미가 하늘 높이 쌓인 하늘공원에 이제 아버지도 무거웠던 삶의 무게를 벗어놓고 나와 함께 고향으로 돌아가 쉴 수 있을 것 같다.

"여기는 하늘공원입니다. 오늘 하루 이곳을 방문해 주신 여러분 감사합니다. 이제는 돌아가야 할 시간입니다." 보라색 난초꽃이 지천으로 널려 있는 난지도에는 쨍쨍한 햇빛이 쏟아져 내리고, 축축하던 땅들은 뽀송한 흙먼지를 일으키며 여자의 감미로운 속살거림에 귀를 기울인다. "여기는 하늘공원입니다."

노인이 몸을 일으킨다. 나는 노인과 문짝을 번갈아 쳐다보다 문 앞으로 성큼 다가간다. 녹이 새빨갛게 난 돌쩌귀가 손에 잡혀 힘없이 떨어진다.

"누고?"

노인의 음성이 뜻밖에도 크고 우렁우렁하다. 가슴이 쿵쾅거리고 숨이 가쁘다. 뒤를 돌아보고 싶지만 마음뿐이다. 두건을 쓰고 있던 노인의 얼굴, 검버섯이 눈앞에 어른거린다. 그럴 리가 없어, 세월을 가늠해 볼 수가 없이 내 머릿속은 어지럽기만 하다. 할아버지가, 어떻게, 손에 든 구절초가 가늘게 떨린다. 뒤로 돌아서라고 내 안에서는 아우성치지만 내 몸은 그대로 굳어버린 것 같다. 내장을 긁어대듯 끔찍하게 들려오던 할아버지의 신음 소리가 들려올 것만 같아 나는 눈을 질끈 감아버린다. 어디선가 가늘고 높은 고음이 들려온다. 보라색 난초꽃으로 장식된 꽃상여 위에서 아버지가 노래를 부른다. 상여는 우리들이 함께 살던 이 집, 대문 앞에서 멈추어 선다. 대문을 가로막고 서 있는 사람들 사이로 큰어머니의 성난 얼굴과 대청마루에서 서성이는 할아버지의 안타까운 얼굴이 보인다. 실랑이를 벌이던 상여가 바람처럼 휙 돌아서더니 들판을 가로질러 강물이 넘실대는 난지도 언덕으로 내닫는다.

"니 섭이가?"

뭔가 털썩 떨어지는 소리.

"왔구마…. 이제사."

목울대를 아프게 치밀고 꺽꺽 올라오는 울음을 삼킬 수가 없다. 난 이곳에 올 수가 없었어. 이곳으로 오는 길을 아무도 내게 가르쳐 주지 않았어. 아버지의 쩽쩽한 고음이 언제나 들려오는 곳, 기차를 타고 버스를 타고 얼마큼만 가면 있다고 해도 사람들은 막무가내로 모른다고만 했어. 그래서 난 막걸리를 샀어. 그때 억수같이 쏟아지는 빗속을 뚫고 아버지의 하얀 버선발을 보았어. 아버지의 발장단에 무릎에 올라앉은 내 몸은 저절로 장단을 맞추었어.

노인은 굽은 허리를 펴지도 못한 채 내 손을 그러안는다.
 할아버지는 아버지가 무연고자인 채 화장장으로 들어간 것을 알고 있었을까. 큰어머니의 완강한 거부로 아버지는 결국 죽음으로도 이 집으로 돌아오지 못했다.
 할아버지의 얼굴은 이승의 사람 같지 않다. 주름진 얼굴과 반쯤 감긴 눈꺼풀과 구부러진 허리만큼 작아진 모습, 그렇게 무섭도록 앓던 할아버지가 지금까지 어떻게 살아 있는 것인지, 무엇이 할아버지를 이렇게 살게 하는지 생각들이 머릿속을 어지럽혀서 할아버지의 얼굴을 바라볼 수 없다. 고개를 외로 돌렸다. 할아버지는 누군가를 오래도록 기다려 온 것인지도 모른다. 세월이라는 시간은 까맣게 잊어버린 채. 할아버지가 기다린 그 누군가는 아버지이겠지, 생각하다 어쩌면 나를 기다린 것이 아닐까 하는 생각을 잠시 했다. 문득 "그 여자의 아들이야." 하고 말하던 아버지의 목소리가 내 목덜미를 낚아채며 얼른 모른 채 돌아서라고 재촉하는 것 같다. 그렇지. 이곳을 그리워하는 건 내가 아니라 아버지, 그 사람이었는데. 그러나 내 마음 안에서 강하게 아니라고 하는 소리가 들린다. 이곳은 너의 고향이고 너의 집이고 너의 아버지와 할아버지가 대대로 살아온, 살아가야 할 곳이라고 목울대를 치밀고 올라오는 소리가 들린다.
 "할아버지. 네, 저 섭이예요."
 노인은 눈물도 없는 마른 눈물 때문에 앞이 보이지 않는지 연신 눈을 훔친다. 마른 콩깍지가 터지듯 갈라진 목소리로 "아이고, 아이고."라고 하는 말이 목구멍 안에서 맴돌기만 한다. 한강 물 위로 둥둥 떠가던 꽃상여가 집 안마당으로 들어서고 있다. 아버지의 쨍쨍한 고음이 마당 가득 차오른다. 선이 고운 아버지의 얼굴이 꽃상여 위에서 활짝 웃고 있다. 아버지가 당신의 아버지를 향해 큰절을 올린다. 술 한잔을 따라서 올리고 '권주가'도 함께 올린다. 할아버지도 이제는 아버지의 저 마음을 받아줄 수 있지 않을까. 아니면 아직도 할아버지는 아버지라는 이름을 입에 올리지 못한 채 그를 기다리고 있을까. 할아버지의 눈에도 저 꽃상여가 보이면 좋겠다.

나는 난지도에서 캐 온, 조금씩 시들어 가고 있는 보라색 난초꽃을 할아버지에게 내민다. 할아버지는 영문도 모르고 그 꽃 무더기를 받아 쥔 채 내 얼굴을 만져보려 구부러진 허리를 애써 편다. 나는 무릎을 구부리고 할아버지의 얼굴 앞에 내 얼굴을 바싹 들이민다. 아버지 때문에 망해버린 집의 가을걷이 돈을 몽땅 훔쳐서 달아났던 나를, 내가 용서 할 수 없던 날들을 할아버지는 바싹 야위고 뜨거운 손으로 어루만져 준다. "잘 왔데이. 잘 와꾸마." 할아버지의 말소리가 독백처럼 내 주위를 떠돈다. 오랜 시간 삭여온 말을 꺼내놓은 할아버지의 얼굴이 한결 편안해 보인다.

객석에 앉아 있는 할아버지의 눈에서 보이지 않는 마른 눈물이 뚝뚝 떨어진다. 높고 쨍쨍한 고음의 노랫가락이 객석을 휘돌아 내 가슴속으로 밀려 들어온다. 그 아버지의 아들이구먼, 객석에서 들려오는 수군거림에 여자보다 고운 내 노랫가락은 힘이 실린다.

노인은 날마다 조금씩 살이 붙는다. 벌써 두 달째 단백질을 섭취한 결과다. 그래서인지 마비됐던 얼굴이 제법 돌아온 느낌이다. 하지만 몸의 동작은 점점 더 둔해진다.

　여자가 밥상을 차린다. 두부와 채소를 섞어 만든 찜과 꼬리곰탕이 오늘의 메인 요리다. 냄새를 맡은 노인이 한쪽 발을 끌며 문지방을 넘으려 한다. 노인의 눈길은 이미 밥상으로 달려왔지만 몸은 여전히 문지방을 넘지 못했다. 흔들거리는 한쪽 발을 들어 올리려고 안간힘을 쓰고 있는 노인의 얼굴이 시뻘겋게 달아오른다. 여자는 모른 척 돌아서서 하얀 쌀밥을 밥그릇 가득 담는다. 단백질의 고소한 맛 속에 숨어 있는 냄새가 노인을 유인하도록 여자는 꼬리곰탕이 든 국솥 뚜껑을 활짝 열어젖힌다.

　노인이 왼쪽 발을 끌며 벽을 따라 걷는다. 눈은 여전히 여자가 차린 밥상 위에 머물러 있다. 밥상 위에는 노인의 단백질 흡수를 도와줄 요플레도 있다. 요즘 들어 노인은 유난히 요플레에 집착한다. 장 속에서 배출되지 못하고 딱딱하게 굳어가는 단백질은 노인의 기운을 북돋아 주는 반면 변비로 고생을 시킨다. 그 단백질을 분해해 줄 유산균을 찾는 건 본능일 것이다. 하지만 여자는 아주 가끔씩만 노인을 위해 요플레를 준비한다.

　노인이 여자를 향해 씩 웃으며 급하게 몸을 놀려 주방으로 다가온다. 먹이를 향한 노인의 본능은 여자와 음식을 하나로 인식하는지도 모른다. 여자는 얼른 밥상을 들고 거실 한복판으로 옮겨 간다. 노인이 멈춰 서서 밥상이 아닌 여자의 얼굴을 뚫어져라 쳐다본다. 노인이 식사를 하던 주방은 한쪽 손으로 벽을 짚고 따라가면 식탁으로 다가갈 수 있다. 하지만 거실 한복판까지 혼자 걸어오기에는 무리다. 육십오 평 아파트의 거실과 주방 사이가 건널 수 없는 강만큼이나 멀어 보일 것이다. 잠시 멈춰 섰던 노인이 눈을 내리깔고 입술을 꽉 다문 채 벽을 따라 그대로 주방으로 가서 식탁 의자에 엉덩이를 들이밀고 앉는다.

　여자와 노인은 각각 거실과 주방에 앉아서 서로 버틴다.

　노인에게로 고개를 돌리던 여자의 눈길이 거실 한복판 벽을 차지하고 있는 가족 사진 위에 머문다. 처음 여자가 요양보호사로 노인을 방문하던 날, 거실로 들어서던 여자는 벽 한가운데 시선이 멈춘 채 움직일 수가 없었다. 저 사진 때문이었다. 사진 속에서 매부리코의 사내가 매서운 눈꼬리를 치켜뜬 채 여자를 내려다보고 있었다. 여자의 몸이 부르르 떨렸다. 뱃속 저 아래로부터 알 수 없는 뭔가가 밀고 올라왔다.

그날, 노인은 아내가 교통사고로 병원의 시체 안치실에 있다는 사실조차 모른 채 여자를 향해 '밥'이라는 말을 하려고 안간힘을 썼다. 여자가 밥상을 차리려고 냉장고 문을 열었을 때 눈에 띈 건 미역 줄기가 전부였다. 단백질은 보이지 않았다. 단백질의 고소한 맛 속에 숨어 있는 죽음의 냄새가 여자를 유혹했다. 단백질로 잔뜩 부풀어 오른 몸뚱이가 부패하며 쏟아내는 고약한 냄새가 어디선가 나는 것 같았다. 노인의 퀭하게 들어간 두 눈 속에 단백질을 듬뿍 쏟아 넣고 싶다는 생각이 마치 오래도록 꿈꾸어 온 욕망처럼 여자의 마음을 흔들어 놓았다. 섬뜩한 희열에 소름이 오소소 돋았다. 여자는 자신도 모르게 냉장고 문을 꽝 닫았다.

시간이 꽤 흘렀다. 노인은 식탁 의자 위에서 여전히 꼼짝하지 않고 앉아 있다. 노인이 고집을 부리고 있는 것일까. 살의 같은 냉기가 여자의 온몸을 훑고 지나간다. 식은 두부찜이 흐물거리는 살피듬처럼 흉물스럽다.

밥상을 주방으로 들고 온 여자가 음식을 식탁 위에 올려놓는다. 노인이 기다렸다는 듯이 허겁지겁 다가앉는다. 밥알이 식탁 위로 흩어진다. 노인은 고개를 숙인 채 오로지 밥알을 입안으로 밀어 넣는 것에 온 정신이 팔려 있다. 여자가 노인의 밥숟가락 위로 두부 한 조각을 올려놓는다. 노인의 눈빛이 그 두부 조각에서 떨어질 줄 모른다. 둔한 손놀림을 따라 떨리는 숟가락을 입으로 가져가는 일이 만만치 않다. 온 신경을 곤두세운 노인의 집착이 그 두부 조각을 입으로 밀어 넣는 데 성공한다. "하!" 여자의 입에서 불쑥 감탄사가 튀어나온다. 잠시 노인의 시선이 느껴진다. 여자는 모른 척 다시 두부 조각을 집어 든다. 이제 얼마 가지 않아 먹은 음식물을 토하게 될 것이다. 단백질이 부패하면서 나오는 고약한 냄새가 금방이라도 코를 찌를 것 같아 여자가 숨을 멈춘다.

육십오 평 아파트의 난방 온도를 끝까지 높인다. 난방 온도계가 적색 신호를 보내온다. 뜨거운 물을 욕조 가득 틀어 놓고 노인을 발가벗긴다. 노인의 매부리코가 심하게 씰룩거리고 얼굴이 벌겋게 달아오른다. 여자는 모른 척 다 쭈그러진 고샅에 누렇게 달라붙은 피지들을 비누로 박박 문지른다. 물속에 머리통을 밀어 넣고 힘을 준다. 노인의 몸뚱이가 물 위로 붕 떠오른다. 허우적거리던 두 팔이 금방 물속으로 가라앉는다. 머리카락을 살짝 잡아당기자 얼굴이 물 위로 떠오른다. 노인의 앙다문 입술과 부릅뜬 두 눈이 잠시 흔들린다. 힐끗 쳐다보는 눈빛 사이로 분노와 무기력이 함께 스친다. 막무가내로 의사 표현은 하지 않는다. 대신 점점 표정이 굳어간다. 음식 앞에서만 아니면 노인의 표정은 근엄하기까지 하다.

당뇨로 썩어들어 가는 노인의 발등을 소독약으로 닦아낸다. 발등의 상처도 많이 아물었다. 인터폰 소리가 요란하게 울린다. 소리에 노인이 먼저 반응을 한다. 모니터에 커다랗게 흔들리는 얼굴은 노인의 아들이다. 모처럼 찾아온 아들이 노인의 상태를 보고 몹시 놀란다. 노인은 아들을 보고 매부리코를 씰룩거리며 웃기까지 한다. 아파트를 기웃거리며 돌아보던 아들이 신경질을 낸다. 여자는 속으로 픽 웃는다. 아들이 현관을 나서면서 생활비를 줄이겠다는 말을 툭 던진다. 여자가 혼잣말로 중얼거린다. "단백질은 노인의 주검을 재촉하는 가장 빠른 지름길인데." 아들이 여자를 힐끗 쳐다본다. 여자가 아들을 빤히 올려다본다. 잠시 두 사람의 눈빛이 허공에서 맞부딪힌다. 아들이 얼른 시선을 거두고 돌아선다. 현관문 닫히는 소리가 유난히 크다. 분명 아들은 여자의 말을 알아들었다. 당분간은 노인의 단백질 공급이 어렵지 않을 것이다. 암묵적인 시인을 받아냈다는 안도감에 여자의 기분이 잠시 들뜬다. 아니어도 괜찮다.

노인을 휠체어에 태워 바깥 베란다까지 밀고 간다. 거실 창이 쉽게 열리지 않는다. 거대한 벽처럼 버티고 서 있는 거실 창을 겨우 조금 밀어젖히자 미적지근한 봄기운이 들어온다. 여자가 코를 벌렁거리며 숨을 들이쉬다가 문득 뒤를 돌아본다. 짓무른 눈가로 흐느적거리는 노인의 시선이 여자를 보고 있다. 여자의 발걸음이 무엇에 이끌리듯 노인을 향한다. 여자의 두 손이 자신도 모르게 노인의 입을 틀어막는다. '콧구멍만 막으면 된다.'라고 생각한 순간, 콧구멍을 밀고 나오는 억세고 뜨거운 숨결이 여자의 손가락 사이로 빠져나간다. 여자가 퍼뜩 정신을 차린다. 두 손이 떨린다. 야릇한 열기가 온몸을 타고 흐른다. 여자는 얼른 한 발짝을 물러선다.

여자는 노인의 상태를 살핀 다음 일지를 쓴다. 소변 다섯 번, 대변 한 번, 그리고 먹은 음식들을 꼼꼼하게 적는다. 물의 섭취량은 800cc로 적는다. 노인들이 섭취하는 하루 평균 물의 양이 이 정도면 많은 편이다. 그리고 간식으로 과일과 요플레를 적어 넣는다. 센터에 제출해야 하는 서류다. 그런 다음 여자는 자신의 메모장을 꺼낸다. 오래되어 누렇게 변색된 작은 메모장에는 아라비아 숫자들이 빼곡하게 적혀 있다. 여자가 메모를 한다. 단백질 섭취량 2,000g, 물 300cc, 비타민 약간, 탄수화물 200g, 소변 한 번, 대변보지 않음, 오늘이 4일째, 요플레 하나. 몸무게 9kg 증가. 여자가 메모장을 덮는다. 내일부터는 탄수화물을 줄이고 단백질 함량을 좀 더 높일 생각이다. 메모장에는 여자가 숫자를 알고 난 뒤부터 매부리코 사내에게서 보내온 돈의 숫자와 날짜가 기록되어 있다. 노인을 방문한 다음 날부터 왜 이 메모장에 이런 기록을 하기로 마음먹었는지 자신도 알 수 없는 일이다.

바닷가에 하얀 말이 서 있다.

한쪽 다리를 쳐들고 위태롭게 서 있는 말의 잔등 너머로 만의 곡선이 깊다. 바람 한 점 없는 한 낮이다. 움직임도 없이 서 있는 하얀 말의 갈기 사이로 눈동자가 허공에 떠 오르듯 잠시 움찔거린다. 바닷물이 쏟아지는 봄볕을 삼켜버렸다. 낮게 나는 갈매기 떼의 울음소리는 아이를 불안하게 만든다. 하얀 말 잔등 위에 남자가 앉아 있다. 남자의 한쪽 팔은 잘려 나간 채 또 다른 한쪽 팔은 뒤로 묶여 있다. 말과 남자 모두 꽁꽁 묶여 있다. 바닷물이 기다란 말의 발목 밑으로 달려든다. 밀려갔다 밀려오는 바닷물이 말발굽 아래의 모래를 조금씩 삼킨다. 남자와 말은 여전히 그 자리에 붙박인 듯 서 있다. 바닷물이, 아니 모래가, 아니 말과 남자가 서로 조금씩 침몰한다. 아이가 마른침을 꿀꺽 삼킨다. 오줌이 마려운 듯 두 다리가 자꾸만 꼬인다. 하얀 파도가 말과 남자를 삼킨다. 아이의 울음소리가 목구멍에서 사라져 버린다. 엄마는 어디로 간 것일까. 아이 위로 검은 그림자가 다가온다. 아이가 고개를 든다. 작은 눈에 매서운 눈빛, 매부리코가 유난히 길어 보이는 한 사내가 아이를 뚫어져라 쳐다보고 있다. 짧은 머리카락이 바람에 곤두섰다. 아이는 알 수 없는 두려움에 도망가려 하지만 모래 속에 파묻힌 신발이 움직이지 않는다. 어디선가 소리가 들려온다. 갈매기 소리다.

발리섬의 추억, 휴대폰의 음악 소리가 오래도록 울린다. 커튼 너머로 미명이 어른거린다. 여자의 온몸이 물에 젖은 솜처럼 무겁다. 축축하게 젖은 목 줄기로 식은땀이 흘러내린다. 끊어졌던 음악 소리가 다시 요란하게 울린다. 간신히 참고 있던 요의가 급한 신호를 보내온다.

휴대폰의 폴드를 밀어 올리면서 화장실 문을 민다. "이제 그만 와도 됩니다. 가정간호사를 구했습니다." 수화기 너머에서 들려오는 말소리가 끝이 툭 잘려 나간다. 노인의 큰아들 목소리다. "뭐야." 여자의 말소리가 수화기 속에서 웅얼거린다. 일방적으로 전화는 끊기고 뚜뚜 울리는 신호음이 흐릿하던 의식을 깨운다. 순간 냉장고 위에 있던 비상키를 들고 왔다는 생각과 동시에 여자의 손에서 날아간 빨간 휴대폰이 거울을 박살 내버린다. "이런 빌어먹을!" 여자의 입에서 튀어 나간 말소리가 화장실 벽에 부딪혀 귀가 먹먹하다. 깨진 거울 속에서 노인의 일그러진 얼굴이 씩 웃는다. 암묵적 시인은 여자만의 착각이었는지도 모른다. 그렇지만 이제 여자는 노인의 단백질 공급을 중단할 수 없다. 조금만 더 있으면 매부리코를 통해 단백질이 부패하며 내뿜는 그 끔찍한 냄새를 노인은 맡게 될 것이다. 노인의 매부리코는 그 사내의 매부리코와 닮았다. 아니 어쩌면 정말 그 사내일지도 모른다.

여자는 누렇게 색이 바랜 작은 메모장을 꺼낸다. 아라비아 숫자를 알고 난 어느 날부터 매부리코 사내가 보내오는 돈의 숫자들을 적기 시작한 종이는 금방이라도 바스러질 것처럼 빛이 바랬다. 아이와 엄마가 살던 바닷가 작은 집에 까만 자동차를 타고 왔던 매부리코 사내의 얼굴도 점점 희미해져 간다. 여자는 라이터를 주머니에 넣고 메모장을 함께 넣는다. 마치 늘 그래왔던 것 같다.

북적거리는 도시의 골목길을 한참 돌아 나오면 흐릿한 안개 속에 갇힌 것 같은 아파트 입구가 나온다. 바람길이 막혀 매연이 빠져나가지 못한 건널목에서 여자는 한참을 서 있다.

늦은 밤의 고층 아파트는 통행이 드물다. 빼곡하게 서 있는 아파트에 비해 오가는 사람들이 많지 않은 게 여자는 늘 이상했다. 불빛도 그다지 많지 않다. 여자는 노인의 아파트 입구에서 오래도록 서 있다가 낯선 남자가 나타나자 뒤를 바싹 따라붙는다. 경비가 힐끗 여자를 쳐다보았지만 그뿐이다. 어쩌면 낯선 남자와 일행이라고 생각하는지도 모를 일이다. 낯선 사람이 여자를 쳐다본다. 잔뜩 경계하는 눈초리다. 손에 쥐고 있던 휴대폰의 폴더를 밀어 올린다. PM 11:00. 숫자가 선명하게 떠 있다.

현관 앞에서 여자는 잠시 망설인다. 노인의 가족 중에 노인과 함께 밤을 보낼 사람은 없다는 사실을 여자는 잘 알고 있다. 노인과 아내 둘만이 살던 아파트는 아내가 사라진 것 말고는 변한 게 없다. 노인을 돌보는 건 아들이지만 그 역시 아주 가끔씩 아파트를 찾아와서 노인의 주검을 점검할 뿐이다. 여자의 생각이 그런지도 모른다. 여자는 생각을 털어버리고 현관 열쇠 구멍 사이로 비상키를 밀어 넣는다. 손가락 사이를 타고 흐르는 미세한 떨림이 느껴진다. "철커덕" 조금 느릿한, 철제금속이 어긋나는 육중한 소리가 계단을 향해 치닫는다.

역시 집은 텅 비었다. 노인은 안방 침대 위에 누워 있다. 잠이 들었는지 여자가 방 안을 서성거려도 아무 반응이 없다. 어디선가 단백질의 역겨운 냄새가 난다. 노인이 단백질을 토했는지도 모른다. 단백질을 도로 쏟아 넣어야 한다. 매부리코 노인에게, 아니 바싹 마른 엄마의 몸속인가. 기억들은 무시로 여자를 괴롭힌다.

바다가 보이는 작은 창문 사이로 엄마가 창백한 얼굴을 내밀고 오래도록 서 있다. 엄마는 너무 말라서 바람에 날아갈 것만 같다. 좁은 방 안에서 아이는 엄마의 등만 바라본다. 창문에 매달린 엄마가 바다를 향해 자꾸 손짓을 한다. 엄마 말소리는 갈매기 소리에 묻혀버린다. "미친년." 매부리코 사내의 차가운 목소리가 방문을 뚫고 들어와 오래도록 떠돈다. 엄마는 미친 게 아니다. 아이는 엄마가 누구를 부르는지 알고 있다. 목마를 만들던 남자다. 매부리코 사내가 나타나고 목마가 파도에 휩쓸려 간 뒤부터다.

  엄마와 아이가 살던 작은 집 바닷가에 하얀 목마를 만들어 준 남자를 아이는 무척 좋아했다. 아이는 엄마와 함께 목마를 만들어 준 남자를 만나러 갔다. 오래도록 기차를 타고 가서 내린 곳은 몹시 추웠다. 앞이 보이지 않을 만큼 안개가 자욱한 도시에는 한낮인데도 가로등이 켜져 있었다. 그 가로등 불빛을 따라 엄마와 아이가 오래도록 걸어갔다. 그들이 도착한 조각공원에는 이해할 수 없는 기이한 형상들이 마치 살아서 움직이고 있는 것 같았다. 엄마가 안개를 뚫고 남자에게로 다가갔다. 남자는 한쪽 팔이 잘려 나가고 없었다. 나머지 한쪽 팔은 뒤로 묶인 채 십자가를 등에 지고 있었다. 뒤틀린 근육들이 금방이라도 튀어나올 것 같았다. 허공으로 내몰린 남자의 눈알이 텅 비어 있었다. 아이는 비명을 지르지도 못하고 고개를 돌렸다. 아이의 온몸은 안개비에 젖어 추웠다.

  엄마는 그 시커멓게 그을린 낡은 나무 조각상의 남자 앞에서 움직이지 않았다.

  사방에서 조각들이 마치 살아 있는 것처럼 꿈틀거리며 아이를 향해 다가왔다. 색색의 거미줄에 걸린 얼굴 없는 나체가 아이를 향해 손을 내밀었다. 아이는 공포에 질려 움직일 수가 없었다. 나체의 유두에 달라붙은 거미 떼들이 꿈틀거리며 젖꼭지를 빨고 있었다. 그 옆에는 벌거벗은 노인과 소녀의 몸뚱이가 한데 엉켜 있었다. 노인은 두 팔을 뻗어 소녀의 젖무덤을 간신히 움켜잡고 소녀는 그런 노인에게 무심한 듯 두 팔을 늘어뜨린 채 시선은 한쪽 팔이 잘려 나간 남자의 얼굴 위에 머물러 있었다. 그 소녀가 타고 있는 하얀 목마가 아이를 보고 살짝 웃었다. 순간, 햇살 한 줄기가 하얀 목마 위로 내리꽂혔다. 눈이 부셨다. 도무지 나올 것 같지 않던 햇살이 한 줄기 빛을 비추자 안개가 거짓말처럼 산허리로 치달아 올라갔다. 그리고 그 햇살 속에서 남자가 한쪽 팔을 벌리고 아이를 향해 활짝 웃고 있었다. 아이가 소리를 지르며 남자를 향해 뛰어갔다. 문득, 긴 그림자가 아이를 덮쳤다. 목덜미를 낚아채인 아이는 비명도 지르지 못했다.

두 달째 여자는 밤마다 큰아들 몰래 아파트를 들락거린다. 아파트로 들어갈 때마다 경비의 시선을 따돌리는 일이 쉽지 않다. 오늘은 두 시간이 넘도록 경비가 잠들기를 기다렸다. 텔레비전을 크게 틀어놓고 의자에 앉아 있는 경비는 잠이 들었는지 구분하기가 어렵다. 다행이라면 바깥이 안보다 어둡다는 것이다. 미적지근한 봄밤의 열기를 밀어내며 새벽이 짙은 안개를 몰고 온다. 현관문이 열리는 소리가 유난히 크다. 여자의 손에 들린 비닐봉지가 손가락 사이에서 바스락거리는 소리에 신경이 곤두선다.

 노인의 발가락이 다시 심하게 썩어들어 간다. 노인에게서는 등창이 난 것 같은 고약한 냄새가 난다. 온 집 안에서는 그보다 더 고약한 소독약 냄새가 진동을 한다. 노인은 꼼짝하지 않고 누워 있지만 시선을 느낄 수 있다. 그 시선이 집요하게 느껴질 때도 있다. 큰아들이 눈치채지 못하게 단백질을 공급하는 일이 쉽지 않다. 소고기 완자는 부드럽게 만들었다. 여자는 닭가슴살을 잘게 찢는다. 문득, 노인은 어쩌면 이 모든 일을 알고 있을지도 모른다는 생각이 든다. 시간을 더 이상 끌 수는 없을 것 같다. 야위어 가는 노인의 몸뚱이를 그대로 둘 수는 없다. 단백질로 부풀어 오른 몸뚱이가 주검으로 돌아가면 오래도록 벌레에게 먹힌다. 여자의 기억 속에서 조금씩 성장해 온 살의가 이빨을 드러내며 노인을 향해 미소를 짓는다.

여자가 휠체어를 노인의 침대 밑에 바짝 들이댄다. 창문으로 비치는 어둑한 불빛 속에서 여자가 노인의 상체를 일으켜 세운다. 노인이 몸을 버틴다. 여자와 노인 사이에 암묵적 관계가 형성될 때까지 여자는 잠시 기다린다. 노인이 힘을 뺀다. 여자의 온몸이 땀으로 범벅이 된다. 그동안 노인의 몸속으로 들어간 단백질의 무게만큼 힘이 더 든다.

여자는 소파 위에 엉덩이를 내려놓고 오래도록 노인의 등을 지켜본다. 숨소리조차 들리지 않는다. 노인이 서서히 휠체어를 돌려서 여자를 쳐다본다. 어둑한 거실에서 노인과 여자의 눈이 마주친다. 노인이 마른침을 꿀꺽 삼킨다. '미친년'이라는 말이 똑똑하게 들린다. 여자의 팔에 소름이 오소소 돋는다.

엄마는 미친 게 아니었다. 단지 말을 하지 않을 뿐이었다.

아이와 엄마를 방 안에 가둔 매부리코 사내가 뒤도 돌아보지 않고 문을 잠가버렸다.

사내가 가져오는 음식은 단백질이 대부분이다. 엄마는 단백질을 삼키지 못하고 토한다. 그 토사물 위로 벌레들이 기어든다. 물병은 텅 비었다. 단백질이 상하면서 나는 냄새 때문에 숨쉬기조차 힘들다. 아이도 음식을 삼키지 못한다. 곰팡이가 핀 두부를 삼키다 그대로 토한다. 엄마가 그런 아이를 쳐다보며 자꾸 웃는다. 아이는 엄마와 남자와 함께 먹던 사과를 떠올린다. 숨을 쉬고 싶다. 아이가 문고리를 흔들어 본다. 문은 안에서도 밖에서도 모두 잠겼다. 잔뜩 웅크린 채 숨을 죽인 아이의 볼 위로 눈물과 음식 찌꺼기가 말라붙었다. 갈퀴처럼 말라비틀어진 엄마의 손아귀는 창문에 매달린 채 꿈쩍도 하지 않는다. 마치 서 있는 미라 같다. 아주 가늘게 엄마의 입술 위로 김이 서린다. 아이가 참았던 숨을 내쉰다.

창문에만 매달려 있던 엄마의 얼굴이 공포로 일그러진다. 손아귀의 푸른 정맥들이 튀어나온다. 엄마가 돌아선다. 시뻘건 눈알이 금방이라도 튀어나올 것 같다. 무엇을 본 것일까. 엄마가 방문을 향해 돌진한다. 고무공이 튕겨 나오듯 엄마의 몸뚱이가 방바닥에 널브러진다. 다시 일어선다. 그리고 또다시 문을 향해 몸을 날린다. 한 번, 두 번, 우지끈거리는 소리와 동시에 철거덕 자물쇠가 비틀리는 소리가 들린다. 눈이 부시다. 천지가 우르릉거리는 소리와 감당할 수 없는 햇살이 갑작스럽게 방 안으로 들이친다. 바람이 거세게 불고 있고 햇빛은 미친 듯이 파도를 훑고 있다. 전부가 미쳐가고 있다.

 미친년이 바닷가를 달려가고 있다.

 엄마가 맨발로 뛰어가고 있다. 엄마의 입에서 끼룩거리는 갈매기 소리가 터져 나온다. 엄마가 바다를 향해 미친 듯이 두 팔을 흔들며 소리를 지른다. 하얀 포말이 밀려왔다 밀려가는 파도 위로 달빛이 푸르다 못해 검은빛을 띤 채 괴괴하다. 엄마의 목구멍을 넘어오려고 안간힘을 쓰고 있는 그 말을 아이는 알고 있다. 엄마는 목마를 만들어 준 그 남자를 부른다. 하지만 목마와 그 남자는 이미 바닷속으로 사라진 지 오래다. 아이는 그 모습을 보았지만 엄마는 보지 못했다. 왜 남자가 그 목마에서 내려오지 않았는지, 내려올 수 없었는지 아이는 안다. 엄마에게 말해주고 싶지만 아이는 말을 할 줄 모른다. 매부리코 사내도 알고 있을 것이다. 엄마는 바다를 향해 달려간다. 바람이 한차례 매섭게 불어온다. 달려가던 엄마가 모래밭에 얼굴을 처박는다.

 엄마가 움직이지 않는다. 반듯하게 누워 있다. 꼭 감은 눈자위로 검고 긴 숱 많은 머리카락이 연꽃잎처럼 쫙 퍼져 있다. 엄마의 바싹 야윈 얼굴이 환하게 피어난다. 마치 처음부터 피어 있던 꽃이거나 한 것 같다. "미친년." 아이는 입으로 가만히 엄마를 불러본다. 하지만 엄마에게 다가가지 않는다.

 여자는 음식을 준비한다. 불빛이 새어 나가지 못하도록 주방의 보조등만 켠다. 이 음식이 노인에게 최후의 만찬이 될지도 모른다는 생각이 든다. 노인이 이 만찬을 기꺼이 받아들여 준다면 감사할 것 같다. 어쩌면 노인도 이런 날을 기다리고 있지는 않았을까. 노인은 단백질의 역겨운 냄새를 참아내야 한다. 소고기 완자와 계란 흰자위로 만든 찜을 전자레인지에 넣고 데운다. 노인의 입안으로 들어가기 위해서는 최선을 다해야 한다. 문득, 뭔가 흔들리는 느낌에 여자가 고개를 든다. 노인의 몸이 앞뒤로 흔들린다. 끼륵, 이상한 소리가 노인의 목구멍을 넘어온다. 노인의 얼굴은 보이지 않는다. 노인의 온몸이 다시 한번 경련을 일으키듯 떨린다. 어깨가 심하게 흔들린다. 꺽꺽거리는 소리다. 울음을 삼키고 있는 것 같다. 갑자기 여자의 숨이 턱에 찬다. 가슴이 울컥 치민다. 여자가 숨을 천천히 내쉰다. 입술 사이로 비어져 나온 날숨소리가 거실을 굴러다닌다.

여자가 노인에게 다가산다. 노인이 몸을 웅크린다. 여자가 소고기 완자를 내민다. 노인은 고개를 돌려버린다. 여자가 노인의 입안으로 완자를 밀어 넣는다. 노인의 입술은 꽉 다문 채 열리지 않는다. 여자는 다시 노인의 입에 완자를 욱여넣는다. 여전히 완강하다. 여자는 끈질기게 입안으로 음식을 밀어 넣는다. 거실 바닥에 떨어진 소고기 완자가 삶과 죽음의 간극을 벌려놓는다. 먹는다는 것이 곧 죽는다는 것을 노인이 안 것일까. 떨어진 완자 조각을 다시 주워 노인의 입을 벌리고 집어넣는다. 입술을 꽉 쥐고 턱을 누른다. 여자의 손가락 위로 벌레가 기어가는 것처럼 이물스럽다. 노인이 음식을 씹어 삼킨다.

노인의 등 뒤로 미명이 어른거린다. 새벽이 창밖을 기웃거린다.

아이는 엄마가 죽은 뒤 시설에 맡겨졌다. 아주 가끔씩 매부리코 사내가 다녀갔지만 아이는 그때마다 숨어서 나오지 않았다. 아이가 숫자를 알게 된 다음부터 통장을 받았다. 그 숫자를 작은 메모장에 옮겨 적었다. 매달 숫자가 꼬박꼬박 적어나갔다. 함께 있던 친구들은 아이를 부러워했지만 아이는 그 통장의 숫자보다 가족이 부러웠다.

여자는 한쪽 벽면을 차지하고 있는 노인의 가족사진 속에 자신을 그려 넣어본다. 사진 속사람들은 마치 자신의 영역을 지키기 위해 촉각이 곤두선 사자의 무리 같았다. 문득, 그 사진의 여백을 채우며 다가오는 그림자가 여자를 향해 손짓했다. 어두운 눈자위에 어려 있는 웃음이 무척 쓸쓸해 보였다. 그 그림자가 사진의 여백 속을 서성인다. 엄마를 저들의 무리 속에 끼워 넣는다면 여자도 그들의 무리 속에 속할 수 있을까. 하지만 사진 속 노인의 싸늘한 눈빛은 여자의 생각을 몰아낸다. 여자가 천천히 시선을 거둔다.

바스락거리는 비닐봉지 소리가 유난히 크게 들린다. 노인이 소파 위에 있던 비닐봉지 속에서 요플레를 꺼내려고 한다. 노인의 행동이 뚜렷이 보일 만큼 거실이 밝아졌다. 여자는 그런 노인을 지켜본다. 노인이 떨리는 손으로 요플레를 꺼낸다. 여자가 요플레 병을 잡는다. 노인의 아귀힘이 생각보다 세다. 여자의 손에도 힘이 들어간다. 또다시 여자의 머릿속을 팽팽하게 채우며 살의가 일어난다. 노인의 집착은 대단하다. 여자가 요플레 병에서 손을 뗀다. 또다시 여자의 머릿속을 팽팽하게 채우는 살의가 일어난다.

 여자가 라이터를 꺼낸다. 메모장을 꺼내 들고 거실을 오래도록 걸어 다닌다. 어딘가 불이 잘 타오를 수 있는 곳을 찾는다. 카펫과 커튼 사이? 아니면 노인의 침대 시트? 아니면 서재? 바싹 마른 종이 몇 장이 타오르는 시간을 채워줄 장소가 여전히 떠오르지 않는다. '징, 징, 징' 금속성의 날카로운 소리가 작지만 칼날처럼 곧바로 여자의 머릿속으로 날아와 박힌다. 현관문이 덜거덕거린다. 거실 창으로 새벽 여명이 환하게 밝았다. 노인의 휠체어 바퀴의 금속이 번쩍거리는 것도 선명하다. 또다시 빠르게 번호 키를 누르는 소리가 다급한 느낌마저 든다. 여자는 그제야 너무 오래 아파트에 머물렀다는 사실을 깨닫는다. 하지만 이상하게 여자의 마음이 차분해진다. 보조키를 잠갔으니 쉽게 문을 열지는 못할 것이다. 노인의 시선은 여자가 움직이는 대로 따라서 움직인다. 현관문을 쾅쾅 두드리는 소리가 요란하다. 노인이 현관문을 쳐다본다. 여자가 천천히 걸어서 거실 커튼 사이로 다가간다. 문짝이 부서져 나갈 만큼 요란하게 현관문을 흔들어 대며 소리치는 아들의 목소리에도 노인은 멀건 눈으로 여자만 쳐다본다. 여자가 라이터를 꺼낸다. 그리고 천천히 메모장을 꺼낸다. 라이터에 불을 켠다. 여자가 노인을 힐끗 돌아본다. 노인의 얼굴이 곧 터질 것처럼 시뻘겋다. 휠체어를 붙잡고 낑낑거리며 엉덩이를 쳐든다. 단백질이 부패하며 쏟아내는 고약한 냄새가 거실을 가로질러 여자가 서 있는 창가까지 날아온다. 노인의 얼굴이 일그러진다. 웃는 것인지 우는 것인지 알 수가 없다.

　노인이 휠체어를 밀고 여자에게로 다가오려고 안간힘을 쓴다.

　여자는 어디론가 도망을 가야 한다. 엄마를 부른다. 오래도록 목구멍을 넘어오지 못한 엄마라는 말이 바다 위로 내달아 간다. 기억이라는 거대한 스펙트럼 속에서 더 이상 자랄 수 없는 아이와 성숙한 여자의 몸이 팽팽하게 맞선다.

나는 300년이 넘는 시간 동안 이곳에 서 있다. 숲이었던 이곳이 도시로 정비되면서 내 밑둥치에는 족쇄처럼 쇠로 된 망이 씌어져 있다. 사방 일 미터의 넓이다. 이 망은 시멘트와 아스팔트로부터 나를 보호해 준다. 하지만 흙은 내 몸을 지탱하기에 충분하지 않다. 뿌리가 뻗어나가는 아스팔트 밑으로는 지하철 소리가 요란하다. 잠을 잘 수가 없다. 불면의 밤은 내 몸체를 쇠락시킨다. 사람들이 내 병든 이파리들을 흘끗 쳐다보며 눈살을 찌푸린다. 시선은 때때로 살의가 느껴지기도 한다. 베어버리지 않을까 염려도 된다.
 예전에는 내가 가장 두려워했던 것이 폭풍우다. 낮은 산, 숲의 가장자리에서 태어난 나는 벌판으로부터 불어오는 바람 속에서 자라났다. 폭풍우는 피할 수 없는 삶의 지류였다. 몇 번의 거센 폭풍우 속에서 몸의 한쪽 부분을 잃기도 했다. 그러나 자연은 치유가 아주 빠르다. 온몸을 날려버릴 듯이 몰아치던 비바람만큼 그다음의 햇살은 내 몸을 따뜻하게 감싸주었다. 부러진 가지들과 시든 이파리들은 기회를 놓치지 않고 생명을 위해 최선을 다한다. 그 결과는 놀랍다.

이제 도시의 건물들은 거센 바람으로부터 나를 보호해 주고 추운 겨울을 나는 데도 무리가 없다. 하지만 시간이 흐를수록 그 대가는 생각보다 혹독하다. 어둠이 사라지고 밤낮을 구분할 수 없는 빛은 내 이파리들을 고단하게 만든다. 바람은 도시의 빌딩에 부딪혀 흔적도 없이 사라져 버린다. 내 뒤로 서 있는 빌딩 숲에는 자동차의 배기가스가 자욱한 안개처럼 깔려 있다. 때때로 내 몸이 깊은 강물 속으로 끌려들어 가는 느낌이다. 아니면 시커먼 강물이 내 몸으로 차오르는 것 같기도 하다. 오늘 같은 날이 특히 그렇다.

내가 서 있는 곳에서 마주 보이는 건널목 너머로 골목길이 반듯하게 나 있다. 햇살이 좋은 날은 마치 웨딩 카펫을 깔아놓은 것처럼 하얗게 보일 때도 있다. 그러다 갑자기 시선이 뚝 끊어지는 지점, 막다른 골목의 끝에는 높다란 담장과 청동으로 된 대문이 시선을 가로막는다. 도시가 정비되기 전, 그러니까 이곳이 숲이었을 때부터 300년이 넘는 시간을 나는 이곳에 서 있다. 저 청동 대문 역시 나와 같은 시간의 역사를 가지고 있다. 어쩌면 나보다 더 먼저 그곳에 있었는지 모른다. 지금은 골목이 된 저곳에는 커다란 나무들이 서 있었다. 바람이 심하게 부는 날이면 그 나무 사이로 언뜻언뜻 스치듯 보게 되는 건물은 경이롭기까지 했었다. 그러다

내가 첫 열매를 맺게 되었을 때 바람을 타고 날아온 포자들이 저 담장 너머 숲속에서 온 것이라는 사실을 알게 됐다. 저곳은 아직 숲의 향기가 그대로 남아 있다.

　내가 하루 종일 마주하고 있는 청동 대문은 언제나 굳게 닫혀 있다. 담장 안에는 뾰족지붕으로 된 높은 건물이 서 있고 그 너머는 숲이다. 대리석으로 된 세 개의 뾰족지붕이 하늘을 향해 두 팔을 벌리고 서 있는 형태다. 가운데 지붕은 종탑이다. 종은 하루에 세 번 정확한 시간에 울린다. 날씨가 흐린 날은 그 종소리가 땅속으로 꺼질 것처럼 무겁게 들린다. 마침, 내 발밑을 지나가는 지하철의 울림과 함께 어우러지면 온몸이 심하게 흔들린다. 소리는 내 몸을 휘감고 어둠 속으로 곤두박질치다가 그 힘에 의해 갑작스럽게 하늘로 솟구친다. 몸이 떨리고 몸에 붙어 있던 이파리들은 몸서리를 친다. 마치 고통과 환희가 반복되는 느낌이다.

　그러다가도 아주 가끔씩 바람이 이쪽으로 불어올 때, 해가 막 지고 서쪽 하늘에는 아직 햇살의 잔광이 남아 있는 시간, 담장을 넘어오는 소리를 들을 때가 있다. 그 소리를 들을 때면 세상의 온갖 소음들이 내게서 사라지고 삶의 고단함도 잊게 된다. 아주 오래전, 어딘가로부터 내가 시작되었던 그곳으로 되돌아가는 길, 그 길 위에 서 있는 느낌이다. 높낮이가 거의 없는, 그 소리는 음악 같기도 하고 긴 서사시를 낭송하는 것 같기도 하다. 그러고 보니 소리를 들은 기억이 무척 오래된 것 같다. 바람이 부는 날이 줄어들면서 골목길은 여전히 안개에 싸여 있다. 점점 더 안개가 짙은 날들이 많아진다. 굳게 닫힌 대문은 열린 지 오래되었다. 골목길로 들어가는 사람도 없다.

　최근에 내게는 또 다른 괴로움이 생겼다. 한, 노파가 내 밑둥치에 자리를 잡았다. 번쩍거리는 알루미늄 깔판을 깔아놓고 그 위에 물건들을 늘어놓고 판다. 물건들은 도무지 이 도시에서 팔 수 없을 것 같은 것들이다. 몇십 년 전에나 볼 수 있었던, 팬티에 들어가던 노란 고무줄, 손톱깎이, 무명실, 바늘쌈, 아! 나도 그곳에 눈길을 준 것이 있다. 바늘귀를 꿰는 물건이다. 실보다 가는 알루미늄 줄로 된 그 작은 물건이 돋보기로도 어려운 바늘귀에 실을 꿰어준다는 사실이 놀랍다. 노파는 그 물건으로 실을 꿰어 하루 종일 수를 놓는다. 하얀 배냇저고리의 앞섶에 빨간 수실로 수를 놓은 장미꽃이 금방이라도 피어날 것 같다. 나는 은근히 노파가 활짝 핀 장미꽃을 수놓지 않을까 기대해 본다. 기대는 점점 부풀어 오르지만 늘 빗나간다. 노파의 정신은 온통 수를 놓는 것에만 팔려 있다. 늘어놓은 물건을 팔겠다는 것은 핑계 같다.

　오늘은 노파가 많이 늦는다. 안개 탓인지도 모른다. 축축한 안개가 걷힐 줄을 모른다. 요즘 들어 흐릿해진 시야가 오늘따라 더 희뿌옇다. 건너편 청동 대문이 윤곽만 보일 뿐이다. 사람들의 발길도 뜸하다. 큰길에서 벗어난 이 건널목 사거리는 자동차도 드물게 지나간다. 규칙적으로 지나가는 지하철 소리가 아니면 도시라고 하기에는 아주 한적한 곳이다.

　이파리가 우수수 떨어진다. 찬바람이 가지 사이로 맵싸하게 불어온다. 노파가 골목길에서 허리를 꼿꼿이 세우고 걸어 나오는 게 보인다. 건널목 오른편에서 세 번째 골목이다. 처음 노파가 내 밑둥치에 자리를 잡을 때는 괴로웠지만 언제부턴가 나는 노파를 기다리는 습관이 생겼다. 지루할 만큼 한산한 거리에서 하루 종일 노파의 거동을 살피는 것도 나쁘지 않다. 언제나 불쑥 골목길에서 나타나는 순간부터 나는 노파의 발걸음을 세기 시작한다. 자로 잰 듯, 일정한 보폭과 속도로 내딛는 발자국이 내 시선을 끌었다. 내가 있는 곳까지 오백사십 보다. 하얀 머리카락과 뽀얀 피부가 주는 이질감 때문에 노파의 나이를 가늠하기란 쉽지 않다.

노파가 나를 올려다본다. 백태가 끼어 허연 눈동자가 초점을 맞추려고 애를 쓴다. 눈꼬리만큼은 실팍하다. 은행 열매가 노파의 눈두덩으로 떨어진다. 순간 노인의 눈빛에 광기가 도는 것 같다. 나는 모른 척 청동 대문 쪽을 쳐다본다. 안개가 골목을 벗어나 종탑 꼭대기에 머물러 있다. 하늘은 여전히 희뿌옇다.

노파가 깔개를 깔고 내 둥치에 자리를 잡는다. 밤새 떨어진 노란 은행잎이 깔개 주변으로 잔뜩 흩어져 있다. 마치 한 폭의 그림 같다. 고즈넉한 느낌마저 든다. 온몸이 나른하다. 밤새 불면에 시달렸다. 규칙적인 지하철 소리, 규칙적인 것은 어쩌면 잔인한 것과 동일한지도 모른다. 끊임없이 반복되는 규칙은 감성을 마비시키고 타성에 젖게 만든다.

노파가 바늘귀에 실을 꿴다. 노파의 시선이 건널목 너머 먼 곳을 바라본다. 무료한 시간이 흐른다. 건널목에는 사람의 그림자조차 보이지 않고 시야는 여전히 흐리다. 조금만 움직여도 이파리들이 힘없이 떨어진다. 나는 최대한 온몸을 웅크리고 햇살을 기다린다. 불면의 밤만큼 졸음이 순간순간 나를 괴롭힌다. 문득, 뭔가 나를 졸음에서 깨운다. 향수 냄새다. 아주 익숙한 냄새다.

노파의 시선이 움직인다. 노파의 눈앞에 서 있는 누군가의 발 등이다. 나도 노파의 시선을 따라간다. 굽이 높은 하이힐을 지나 긴 다리 위로 얇은 블라우스로. 을씨년스러운 느낌이다. 날씨가 몹시 축축해서 몸까지 저리다. 햇살은 도무지 따뜻해질 기미가 없다. 순간 노파의 시선을 놓쳤다. 다시 노파의 입술로 되돌아온다. 노파의 입술이 달싹거린다. 노파의 시선이 머무는 얼굴로 내 시선도 옮겨간다. 신애다. 얼굴이 납덩이가 누르고 있는 듯 어둡고 창백하다. 이른 새벽도 아닌데 무슨 일일까. 그녀의 귀가 시간은 언제나 새벽이다. 신애가 노파의 손놀림을 쳐다본다. 신애의 시선이 빨간 장미꽃 위에서 움직이지 않는다.

이 건널목을 건너다니는 사람은 드물다. 그것도 새벽녘에 움직이는 사람들은 거의 한정돼 있다. 노란 띠를 두른 청소부 박씨, 술에 취해 비틀거리며 나타나는 신애, 그리고 술에 취해 비틀 거리는 신애를 부축하고 건널목을 건너는 한 청년이다. 대부분 그렇다, 늘 그런 것은 아니지만 대부분 그들은 같은 시간에 이 건널목을 건너간다. 아직은 여명이 밝아오기 전, 어슴푸레한 어둠 속에서 술에 취해 불쑥 나타나는 그녀는 매번 나를 놀라게 한다. 청년은? 순간 내 기억의 회로가 엉킨다. 청년은 어디서부터 나타났는지 알 수가 없다. 매번, 그냥 이곳에 서 있던 것일까. 언제부터 그 청년이 나타난 것일까. 잠시 기억을 더듬어 본다. 알 수가 없다. 청년은 늘 아무 말도 하지 않고 비틀거리는 신애를 부축해서 건널목을 건넌다. 신애는 그런 청년을 의식조차 못 하는 것처럼 보였다. 내 밑둥치에다 오물을 쏟아놓을 때면 청년이 등을 토닥거려 주는데도 신애는 자꾸 내 몸통을 끌어안고 중얼거린다, 미안하다고. 오늘은 청년이 보이지 않는다. 그렇지. 지금은 새벽이 아니다. 청년은 새벽에만 나타난다는 사실을 새삼스럽게 깨달았다.

 신애는 저녁이 되면 건널목을 건너온다. 그녀는 내가 서 있는 뒤쪽 골목 세 번째 집으로 들어간다. 골목 안에는 통유리 문으로 된 가게들이 죽 늘어서 있다. 이상하게 저 골목길은 어둡다. 가로등이 없다. 유리문 안의 불빛은 붉거나 너무 하얗다. 여자들이, 아니, 정확하게는 여자아이들이 유리문 안에 마네킹처럼 서 있다. 얼굴은 표정이 없다. 하품을 할 때만 그들이 살아 있다는 사실을 깨닫는다. 여자들의 실크 드레스가 유난히 불빛에 번질거린다. 그 틈에 신애도 있다. 신애는 아마도 여자아이는 아닌 것 같다. 밤이 깊어가면 여자들은 하나둘 통유리에서 사라진다. 거리는 무서울 만큼 조용하다. 그러나 보이지 않는 날카로운 시선들이 곳곳에 숨어 있다. 나는 그들을 구석구석 살필 수 있다. 쓰레기 더미를 밟고 서서 얼른 담배 한 모금을 빨고 뒤쪽으로 손을 감추는 사내들, 그들은 사냥꾼이자 포식자다. 고개가 담장 밖으로 들락거린다. 먹이를 보면 가차 없이 포획한다. 단숨에 낚아챈 먹이를 유리문 안으로 밀어 넣는다. 유리문 안으로 들어간 먹잇감은 더 이상 내 눈에 띄지 않는다. 먹잇감은 다시 포식자가 되어 아가씨들을 사냥한다. 그 먹잇감이 들어가면 여자들이 하나씩 사라진다는 사실로 미루어 짐작한다. 밤은 먹잇감과 사냥꾼과 여자들의 공생 관계를 묵인하면서도 어둠만이 줄 수 있는 수혜를 최대한 베풀어 준다. 만약 밤이라는 어둠이 없다면 저들은 어떻게 공생의 관계를 만들어 갈까 하는 생각을 가끔씩 해본다.

신애는 대부분 혼자 늦은 시간까지 유리문 안에 남아 있다. 그녀는 가끔씩 밖으로 나와 나를 쳐다본다. 긴 속눈썹에 가려진 그녀의 눈빛은 볼 수가 없다. 표정 없는 얼굴로 건널목 너머 골목을 바라본다. 어둠이 웅크린 골목으로 빨려들듯이 꼼짝도 않고 긴 시간을 서 있다. 침묵은 때로 말보다 더 간절하게 느껴질 때가 있다.

신애가 배냇저고리 하나를 집어 든다. 노파가 말없이 그런 신애를 물끄러미 쳐다본다. 신애는 꼼짝도 하지 않고 장미꽃을 들여다보고 있다. 파란 신호등이 벌써 몇 번째 바뀌었다.

신애는 하얀 배냇저고리에서 막 피기 시작한 장미꽃을 신기한 듯 바라보다가 노파의 시선과 마주쳤다. 신애가 얼른 시선을 거두려는데 노파가 말했다. "가져." 신애는 노파와 장미꽃을 번갈아 보다가 문득 나무를 올려다봤다. 그 순간 신애는 분명히 들었다. '괜찮아.' 순간 신애는 자신의 몸이 어디론가 사라져 버린 느낌이 들었다. 처음에는 온몸의 감각이 사라지고 어느 순간 소리도 사라져 버렸다. 냄새도 사라진다. 보이는 것조차 사라져 버린다. 그런데도 여전히 자신은 그 모든 것을 알 수 있다. 이상하다고 느끼기도 한다. 남자들이 자신의 몸을 탐하고 있다. 자신은 그 몸으로부터 슬며시 빠져나와 그런 그들을 바라본다. 욕망으로 일그러진 그들의 얼굴이 우스꽝스럽다. 쾌락에 빠져 있는 그들의 얼굴은 온통 일그러져 있다. 온몸의 근육은 씰룩거리고 얼굴은 시뻘겋게 달아올라 금방이라도 숨이 멎을 것 같다. 오래도록 내장에서 발효된 단내는 썩은 고기 냄새가 난다. 욕망으로 가득 찬 들숨은 그들의 영혼을 좀 먹는 기생충들로 득실거린다. 어쩌면 그들은 날숨을 쉬지 못해서 그녀를 찾아오는 건지도 모른다. 날숨을 쉬고 나면 그들은 행복할까. 신애는 다시 자신의 몸으로 돌아가고 싶지 않다. 작고 앙증맞은 하얀 배냇저고리 속으로 숨고 싶다. 점점 작아져서 마침내 자신을 찾을 수 없었으면 좋겠다. 청년이 자신을 찾을 수 없는 곳으로 숨고 싶다. 엄마를 만나러 갔던 그곳에서 신애는 그 청년을 만났다.

 요양소 언덕길은 가팔랐다. 엄마를 만나러 가는 길이었다.
 날씨가 너무 더웠다. 산부인과 병원을 다녀온 다음 날이어서 그런지 숨이 차고 걷기가 힘들다. 햇빛은 마음도 몸도 지치게 만든다. 어둠에 익숙한 그녀로서는 한낮의 언덕길은 마치 죽음을 향해 가는 만큼이나 힘겹다. 땀을 너무 흘린 탓인지 눈앞이 흐리고 정신이 아득하다. 자신의 몸이 텅 빈 것 같다. 산부인과 병동에서 나는 특유의 냄새가 몸에 달라붙어 있다. 다시는 병원을 찾고 싶지 않다. 마음뿐이다. 늘 그랬다. 이번이 마지막이라고.

엄마가 부탁한 물건들을 양손에 들고 요양원 문을 들어섰다. 잘 가꿔진 넓은 정원이 한눈에 들어온다. 들장미가 활짝 피었다. 엄마는 장미 향기를 좋아한다. 바람이 불 때면 살짝 스쳐 가는 향기는 여느 장미에서는 나지 않는다. 엄마가 이 요양원을 고집한 것도 장미 향 때문이다. 신애는 거절할 수가 없었다. 엄마는 이미 현실의 삶은 망각해 버렸다. 사실 엄마는 언제나 그랬다. 모르는 척할까 하는 생각도 했다. 하지만 그렇다고 신애의 삶이 달라질 것도 없다. 단지 낯이 부담스러울 뿐이다.

엄마는 신애가 하는 일을 알고 난 그날 백화점으로 가서 쓸 수 있는 모든 카드를 다 써버렸다. 물건들이 몇 날 며칠 동안 배달되었다. 옷들과 핸드백과 모자와 구두, 그밖에 잡다한 물건들이 아파트 거실에 쌓여갔다. 엄마는 잠도 자지 않은 채 거울 앞에서 떠나지 않았다. 신애가 들어와도 아는척하지 않았다. 그렇다고 비난도 하지 않았다. 엄마의 옷장은 넘쳐났다. 점점 그 집착이 심해졌다. 어느 날 신애는 엄마의 눈이 퀭하다는 사실을 깨달았다. 눈빛이 이상했다. 바싹 야위어 있었다. 문득 냉장고가 떠올랐다. 냉장고 문을 열었다. 그곳에는 구두들로 가득했다. 화려한 큐빅이 박힌 샬롱화가 날씬한 코끝을 드러낸 채 가지런하게 놓여 있었다. 갑자기 엄마의 나이가 생각나지 않았다. 어디선가 이상한 냄새가 났다. 엄마가 소파 한구석에서 신애를 뚫어져라 바라보고 있었다. 신애가 다가가자 엄마는 소파 뒤로 숨었다. 엄마의 손을 잡았다.

두려움으로 가득한 눈을 들고 엄마가 신애를 쳐다보았다. 두 손을 빼려고 발버둥을 치며 "난 아니야!"라고 소리쳤다. 신애는 엄마의 말을 알아들을 수 없었다. 냄새가 역해서 더 이상 엄마 곁으로 갈 수가 없었다. 다시 어둠이 찾아오면 신애는 그런 엄마를 두고 집을 나왔다. 경찰서에서 전화를 받고 요양원에 들어갈 때까지 집 안에는 냄새로 범벅이 된 엄마의 옷들로 발을 디딜 틈도 없었다.

인공적인 냄새가 요양소 전체에 퍼져 있다. 빽빽한 향나무로 된 산책길 사이로 반질거리는 조약돌은 한 번도 사람들의 발길이 닿지 않은 듯 하얗고 깨끗하다. 수련이 떠 있는 연못가에 다비드의 조각상이 어울리지 않게 서 있다. 어딘지 조잡한 느낌이다. 그나마 장미꽃이 있어서 다행이다.

신애는 건물 입구에 서서 안을 들여다본다. 엄마가 보이지 않는다. 인터폰을 누르고 한참이 지난 뒤에 문이 열렸다. 광장처럼 넓은 프런트를 가로지른다. 데스크에도 사람이 없다. 기하학무늬가 정교한 대리석이 거울처럼 매끈거린다. 계단을 오른다. 엄마의 방은 이 층 오른쪽으로 끝 방이다.

방문이 반쯤 열려 있다. 냄새가 지독하다. 신애는 심호흡을 한번 크게 한 뒤 방 안으로 들어선다. 왠지 기분이 좋지 않다. 엄마는 요양소에 들어온 뒤에는 아주 정상이었다. 침대 위에 누워 있는 엄마의 핑크빛 잠옷이 보인다. 엄마는 등을 보인 채 돌아누웠다. 엄마의 침대 옆에 한 남자가 서 있다. 신애는 문가에 그대로 서서 남자를 무심히 쳐다본다. 남자는 등을 보인 채 엄마의 얼굴 위로 고개를 숙인 채 웅얼거리는 소리로 말한다. 마치 서사시처럼 일정하게 들리는 소리에 신애는 자신도 모르게 침대 가까이 다가갔다. 엄마는 스카프로 된 모자를 쓰고 있다. 머리카락이 없다. 돌아서 나갈까 생각한다. 발걸음을 뗄 수가 없다. "어머니는 몸도 마음도 건강하셨습니다." 하는 말소리가 귓전을 웅얼거린다. '그게 어쨌다는 거지?'라는 의문조차 필요 없이 속이 울렁거려 서 있을 수가 없다. 눈앞의 풍경이 커다란 원을 그리며 돌아간다. 엄마가 그 원의 중심으로 자꾸 빨려 들어간다. 한 청년이 조용히 그녀를 돌아본다. 다가와 안아준다. 따스하다. 그대로 잠들고 싶다. 엄마가 신애를 돌아본다. "그러면 안 돼, 남자잖니." 엄마의 시니컬한 말에 신애는 웃음을 터뜨린다. 한번 시작된 웃음은 멈출 수가 없다. 허리가 끊어지고 창자가 터질 것 같다. 눈가에 눈물이 줄줄 흘러내린다. 목구멍이 막혀 웃음소리가 끅끅거린다. 청년이 신애를 안고 가만히 등을 토닥거린다. 웃음이 그쳤다. 엄마가 그녀를 쳐다본다. 엄마의 눈은 흰자위만 있다. 청년이 신애의 손을 잡아 엄마의 눈 위로 가져간다. 약간 싸늘한 엄마의 눈두덩을 쓰다듬는다. 두 눈이 감긴다. 엄마의 얼굴이 평온하다.

  엄마는 머리를 깨끗이 밀고 목을 맸다. 신애는 엄마가 가장 좋아하던 핑크빛 실크 잠옷을 입혀 입관을 했다. 수의는 엄마에게 어울리지 않는다. 이런 것이 가장 사람답게 사는 것이라는 생각이 들었다. 신애는 그 모든 일을 청년과 상의했다. 마치 오래도록 함께해 온 것 같았다. 그러나 신애는 요양소를 떠나면서 청년에게

고맙다는 인사조차 하지 않았다. 장례식이 끝나갈 때쯤에는 청년을 바로 쳐다보기도 힘들었다. 스스로도 알 수 없는 일이었다. 지독한 그리움으로 지쳐버린 마음 같았다. 두렵기도 하고 슬프기도 했다. 신애는 처음으로 청년과 함께 할 수 없다는 사실을 깨달았다. 빛이 싫었다. 빨리 밤으로 돌아가고 싶었다.

어느 날 신애는 건널목 가로수 밑에서 청년을 다시 만났다. 가로수 밑둥치에 한 바가지 오물을 쏟아내고 있을 때 누군가 등을 두드려 주었다. 몸도 가눌 수 없을 만큼 취기가 올라왔다. 돌아보려고 했지만 몸이 말을 듣지 않았다. 건널목을 다 건너올 때쯤 겨드랑이가 따스하다는 사실을 깨달았다. 잊힌 기억처럼 슬픔과 두려움이 한꺼번에 밀려왔다. 가슴이 불규칙하게 뛰어서 걸을 수가 없었다. 땅바닥에 주저앉았다. 그 청년의 품으로 꼬꾸라졌다.

나는 어느새 노랗게 변해버린 잎사귀 사이로 밑둥치를 살핀다. 노파의 하얀 머리카락이 시선을 가로막는다. 내 시선이 신애에게로 옮겨간다.

신애가 노파의 손을 뚫어져라 바라보고 있다. 노파의 시선은 신애의 얼굴에 고정된 채 손가락은 마치 기계처럼 움직이고 있다. 빨간 수실이 하얀 천 위에 점처럼 찍혀 있다. 신애의 눈이 그 점 위에서 고정되어 버린 것 같다. 노파가 배냇저고리 하나를 신애에게 내민다. 신애가 나를 올려다본다. 한참을 그렇게 서 있던 신애가 고개를 돌려 건널목을 바라본다. 파란 신호등이다. 밤새 떨어진 나뭇잎들이 건널목을 온통 덮고 있다. 노파는 다시 바느질을 하는데 정신이 팔려 있다. 신애가 노파의 손에서 배냇저고리를 빼앗듯이 낚아챈다. 얼른 돌아선다. 노파의 얼굴에 미소가 살짝 번진다.

 신애가 건널목으로 들어선다. 어딘가 이상하다. 비틀거리는 몸을 겨우 가누고 한 발짝을 떼어 놓는다. 술에 취한 모습과는 다르다. 발을 떼어 놓기가 힘든 것 같다. 내 몸이 순간 부르르 떨린다. 긴장감이 팽팽하게 건널목을 가로지른다. 중앙의 노란 사선까지 가기에도 시간이 턱없이 부족할 것 같다. 신호등의 표시등이 겨우 세 개 남았다. 내 시야에 들어온 자동차가 느린 속력으로 건널목을 향해 다가온다. 안개는 걷혔지만 날씨는 여전히 흐릿하다. 비쩍 마른 신애의 큰 키가 휘청거리며 중앙선 안으로 겨우 들어선다. 빨간색 마티즈가 건널목을 통과한다.

 노파가 잠시 멈췄던 손가락을 움직인다. 작은 점처럼 찍히는 바늘땀이 만들어 낸 빨간 꽃잎이 막 봉우리를 터트릴 것 같다. 노파의 시선은 여전히 건널목을 향해 있다. 건널목 신호등에 파란불이 들어왔다. 신애가 다시 한 발짝을 떼어 놓는다. 긴 머리카락은 헝클어진 채 비틀거리는 걸음걸이를 따라 제멋대로 흔들린다. 건널목은 텅 비었다. 커다란 트럭 한 대가 하얀 사선을 밟고 조금씩 건널목을 가로지른다. 흐릿한 햇살만큼이나 바람도 없는 도시는 적요하다 노파가 신애를 향해 커다란 손짓을 한다. 신애가 애써 고개를 들고 뒤를 돌아본다. 그러나 아무 소리도 들리지 않는다. 귀를 기울여 본다. 자동차의 경적 소리조차 들리지 않는다. 트럭이 지나가는 속도가 너무 느리다. 신애의 긴 머리카락과 옷자락이 자동차 바퀴 사이로 언뜻 스쳐 간다. 노파가 자리에서 벌떡 일어선다. 노파가 건널목으로 바람처럼 달려간다. 트럭이 번쩍 들어 올려진다. 시간이 건널목 사이에서 멈춰버렸다.

시간이 멈췄다.

모든 사물들의 움직임도 멈췄다.

그렇다면 모든 것이 정지된 상태인가. 그렇다.

그런데,

새로운 뭔가가 움직이기 시작한다.

그것이 무엇인지 나의 인지 능력은 한계가 있다. 사방으로 내가 볼 수 있는 공간과 그보다 좀 더 멀리까지 들을 수 있는 소리, 그리고 냄새. 순간 내가 붙박여 있는 존재라는 사실을 깨닫는다. 신애의 긴 머리카락이 바람에 흩날린다. 신애가 건널목을 건너간다. 모든 사물들은 정지된, 마치 한 폭의 그림과 같다. 그 속에서 막 걸어 나온 신애의 옷깃이 팔랑거린다. 바람이 불고 있다. 바람은 언제나 불었다. 아니다. 끈적한 도시의 바람이 아니다. 상큼한, 내 온몸을 파고들어 영혼을 깨우는 바람이다. 숲에서 날아오는 향기가 내 잎사귀 사이로 쏟아져 들어온다. 숨을 크게 들이쉰다. 오래도록 잊고 지내던 기억처럼 향기는 내 온몸 구석구석으로 스며든다. 눈꺼풀이 저절로 떠진다. 눈도 귀도 코도 아닌, 그러나 소리가 혹은 냄새가 혹은 미혹될 만큼 찬란한 햇살이 내 온몸을 깨워준다.

신애가 건널목을 건넜다. 건널목이 환하다. 햇살이 밝다. 느닷없을 만큼 안개가 걷혔다. 신애의 걸음걸이가 춤을 추듯 가볍다. 신애는 사거리를 건너 왼편으로 꺾을 것이다. 그다음 백 미터쯤 걸어가서 모퉁이를 돌아간다. 늘 신애가 다니는 길이다.

신애가 잠시 걸음을 멈춘다. 고개를 돌려 건널목을 바라본다. 노파가 건널목 중간쯤에서 신애를 쳐다본다. 신애가 돌아선다. 오른쪽 건널목, 청동 대문이 보이는 건널목으로 발을 옮긴다. 걸음걸이가 마치 구름 위를 걷는 듯 가벼워 보인다. 내 눈의 망막이 흔들린다. 아니다. 의식이 흔들린다.

신애가 골목길로 들어선다. 청동 대문이 열린다. 청년이 문 앞에 서서 골목 안으로 들어오는 신애를 바라본다. 바람이 분다. 숲의 향기가 바람을 타고 사방으로 퍼져간다. 고요하다. 사물의 움직임도 소리도 없다. 하지만 어디로부터인가 술렁거림이 시작되고 있다. 규칙적이지 않다. 질서도 없다.

엄마가 죽고 난 뒤 청년이 신애를 찾아왔다. 유리창 밖에서 그녀를 지켜보는 청년을 보았다. 죽고 싶다. 그런 생각이 떠올랐다. 순간 모든 것들이 사라졌다. 아니다. 자신이 자신에게서 사라져 버렸다. 그러나 여전히 신애 자신은 그곳에 있었다. 당황스러웠다. 지금까지 한 번도 생각해 보지 못한 일이었다.

청년은 새벽이 될 때까지 그곳에서 꼼짝하지 않았다. 신애는 밖을 내다보면서도 모르는 척했다. 그날은 손님이 많았다. 신애도 꼼짝하지 않고 가만히 앉아 있었다. 새벽이 밝았다. 술에 취하지 않고 밖으로 나가는 일이 쉽지 않았다. 청년의 얼굴이 점점 더 커졌다. 마치 확대경으로 보고 있는 것 같았다. 신애는 자신도 모르게 청년을 바라보았다. 청년이 신애를 향해 활짝 웃었다. 고개를 돌리려 했지만 잘되지 않았다. 가슴에 통증이 심하게 밀려왔다. 숨을 쉴 수가 없었다. 들숨도 날숨도 쉬어지지 않아서 죽을 것만 같았다. 신애는 청년을 향해 소리를 질렀다. 그러나 소리는 목구멍 속에서만 웅얼거렸다. 청년이 달려왔다.

 그날 이후 청년은 늘 신애를 기다렸다. 그리고 건널목으로 데려다준다. 건널목을 건너서 청동 대문이 있는 골목길에서 헤어진다. 그뿐인데, 어느 순간부터 신애는 혼자서 건널목을 건넌다는 게 몹시 두려워지기 시작했다. 자신도 모르게 청년을 기다린다. 새벽을 기다리는 것도 그 때문이다.

 햇살이 밝다. 이런 날 건널목을 건너는 일은 아주 드물다. 청년의 집으로 가기 위해서다. 청년이 신애를 집으로 초대했다. 신애는 난생처음 누군가에게 초대를 받았다는 사실을 깨달았다. 어떻게 해야 하는지 몰라 당황스러웠다. 하지만 꼭 가고 싶었다. 밝은 햇살이 부담스럽기는 했지만 신애는 마음을 단단히 굳혔다. 그리고 건널목을 건너면서 다짐한다. 이제 이 건널목을 다시는 건너오지 않을 것이다. 새벽이 올 때까지 통유리 안에서 생각한 것이다.

 건널목을 건너는 일은 신애에게 언제나 버겁다. 건널목에 한 발짝을 내디디면 누가 자꾸 자신을 부르는 것 같다. 뒤를 돌아보면 아무도 없다. 한 발짝을 떼어놓기도 힘이 든다. 발이 땅에 들러붙을 것 같이 불안하다. 그러면서도 자꾸 뒤를 돌아다본다. 청년이 있으면 좋겠다는 생각이 든다. 누군가 또 부른다. 뒤를 돌아본다. 건널목에 서 있는 은행나무가 신애를 바라보고 있다. 얼른 돌아선다. 하얀 사선이 눈앞에서 파도처럼 물결친다. 흔들리는 커다란 배가 신애를 향해 서서히 다가오는 것 같다. 문이 열린다. 건널목을 건너서 청년에게로 가기 위해서 저 문을 지나가야 한다. 온몸이 부서지는 고통이 엄습한다. 기억을 지울 수 있다던 청년의 말을 믿고 싶다. 노파가 건널목을 향해, 신애를 향해 달려온다. 거센 고통의 파도가 밀려온다. 엄마가 속삭인다. "배냇저고리를 입어라." 신애는 뭔가 울컥 치민다. 배냇저고리를 언제 해주기나 했던가. "손에 있잖니." 문득 손을 내려다본다. 신애의 손에는 하얀 융으로 된 배냇저고리가 있다. 앞섶에 수를 놓은 빨간 장미꽃잎이 바람에 날린다. 어이가 없다. 이 작은 배냇저고리를 어떻게 입을 수 있다는 말인지. 햇살이 눈부셔서 팔을 쳐든다. 배냇저고리가 높이 쳐들린다. 신애의 몸뚱어리가 작고 앙증맞은 배냇저고리 속으로 들어간다.

 신애가 눈을 떴다. 향기가 코끝으로 스며든다. 숨을 들이쉰다. 머리가 맑다. 코를 벌름거리며 냄새를 맡는다. 온갖 냄새가 섞여있다. 숲의 냄새다. 습습하면서도 싱그러운 바람이 불어온다. 소리가 들린다. 새소리다. 뭔지 모를 충만함이 가슴을 꽉 메운다. 눈물이 날 것 같다. 햇살이 눈부시다. 손을 들어 햇살을 가린다. 남자가 신애를 내려다본다. 신애는 얼른 고개를 돌린다. 남자의 품에 안겨 있다. 몸을 일으키려 해보지만 소용이 없다. 마음이 몸을 억누른다. 너무 편하고 아늑하다.

청동 대문이 열렸다. 내 모든 촉각이 곤두선다. 신애가 하얀 카펫 위를 걸어간다. 누군가 그 뒤를 따라가고 있다. 빨간 장미꽃이 신애의 발자국마다 피어난다. 향기가 바람을 타고 날아온다. 아주 오랜만에 내 온몸의 세포들이 싱싱하게 살아난다. 청년과 신애가 청동 대문 안으로 들어간다. 소리가 들린다. 새소리다. 참새가 재잘거리는 소리, 힘차게 쏟아지는 물소리도 들린다. 나는 귀를 기울인다. 천상의 소리가 들려오기를 기다린다. 그러나 아이들이 왁자지껄 떠드는 소리가 시끄럽다. 아낙들의 웃음소리와 사내들의 굵직한 목소리에 섞인 은밀한 말소리도 들려온다. 그들과 함께 웃고 있는 청년과 신애의 목소리가 들린다. 아무리 기다려도 천상의 음악 소리는 들려오지 않는다. 어느새 서쪽 하늘에 노을이 진다.
　싸늘한 냉기처럼 마지막 밤의 어둠이 대지를 덮는다. 규칙적인 지하철 소리가 들려온다. 불면이 시작됐다. 갑자기 건널목이 텅 비어버린 것 같다.

다락방
남자 준

목이 마르다. 물을 마시고 싶다. 생각뿐 내 몸은 조금도 움직여 주지 않는다. 파도에 휩쓸려 사라졌다가는 다시 되돌아오는 물결처럼, 내 눈은 텔레비전 속에, 내 느낌은 해저 수십 미터의 어둠 속에, 내 의식은 폭풍의 중심점에서 각각 유리된 채 서로를 잡아당기려고 안간힘을 쓰고 있다. 어디선가 아주 오랜 시간의 뒤편으로부터 들려오는 듯한 속삭임이 있다.

내 눈이 서서히 텔레비전 화면을 끌어당긴다. 귀가 열리고 의식에는 가속도가 붙는다. 'June' 화면을 반쯤 채운 한 여자의 모습과 다른 반쪽을 채운 영문자의 단어가 눈 안으로 가득 차오른다. 화면 속 여자가 '준'이라는 이상한 단음을 길게 끄는 소리를 내뱉는다. 광고의 모호한 의미가 내 머릿속을 어지럽힌다.

"끙." 침대가 물결처럼 흔들린다. 너무나 익숙한, 그러면서 어딘지 불편한 느낌이다. 잠시 숨을 멈추고 신경을 집중시킨다. 고르지 못한 숨소리가 낯선 음향처럼 피식거린다. 등 뒤를 가득 채운 듯한 후끈한 열기와 함께 한 줄기 빛살이 텔레비전 화면을 가로질러 벽을 타고 천정으로 달아난다. 다시 침대가 가볍게 흔들린다. 코 고는 소리다. 조심스럽게 방바닥으로 내려앉는다. 그러고는 천천히 고개를 돌려 남자를 바라본다. 남자의 얼굴은 조각처럼 반듯한 콧날을 따라 깊이 파인 인중이 입술을 돋보이게 한다. 각이 지고 단단해 보이는 턱 위로 숱이 많은 구레나룻은 남자의 얼굴에 드리워진 우울한 느낌을 지우기에 족하다.

"쩝, 끙."

남자가 자신의 몸이 버거운 짐짝인 듯 힘겹게 벽 쪽으로 돌아눕는다. 문득 모든 게 낯선 모습으로 다가온다. 어제 막 갈아 끼운 침대 시트의 바이올렛 꽃무늬도, 남자의 머리카락이 숱이 많은 검은색이었다는 것도, 그 옆에 놓인 스탠드도 낯설다. 남자의 숨소리가 마치 먼 기억을 불러일으키려고 안간힘을 쓰듯이 불규칙하다. 본능처럼 방문을 확인한다. 그리고 걸어서 방문까지 가는 시간과 공간을 가늠해 본다. 침대와 문짝 사이가 점점 더 멀어진다. 가물거리며 멀어지는 문짝이 소실점처럼 아득하다. 또다시 떠나야 할 시간을 놓쳐버린 것이다.

바윗덩이처럼 무거운 기억의 퇴적물들이 머릿속을 떠다닌다. 화석으로 진행되지 못하는 퇴적물들이 기억의 분열을 일으킨다. 문득 시선 하나가 그 분열의 분기점을 넘어온다.

반쯤 열린 문 사이로 거실 바닥을 가로지르는 시선 하나가 언뜻 눈앞을 스쳐 간다. 착시현상이라고 생각하면서도 신경 줄이 팽팽하게 당겨진다. 햇살이 느릿느릿 베란다 창틈에 내려앉는다. 참았던 숨을 길게 내쉰다. 마음이 조금 가라앉는다. 뱃속이 허전하다. 시곗바늘이 열두 시를 넘어서고 있다.

냉수 한 컵을 다 마시도록 이상하게도 텔레비전 광고의 화면 속에서 들려오던 준이라는 단어가 내 머릿속을 배회하면서 떠나지 않는다.

커피잔을 입으로 가져가다 무심코 앞집을 쳐다본다. 앞집 담벼락에 구멍처럼 뚫려 있는 창문이 오늘따라 유난히 작아 보인다. 지붕 처마 밑에 바싹 붙어 있는, 창문으로 보아 어쩌면 다락방일지 모른다는 생각을 하곤 했었다. 다락방, 남자, 준, 순간 내 머릿속을 치고 달아나는 기억들, 혀가 짧아 자신의 이름을 '쭌'이라고 말하던 남자가 영상처럼 스쳐 간다. 남자라기보다는 사내라고 하는 편이 더 어울리던 한 남자의 이름이 바로 '준'이었던 기억이 내 온 신경을 날카롭게 만든다. 점처럼 박혀 있던 스무 살 무렵의 어떤 날들이 머릿속을 박차고 튀어나온다. 마당을 빙 둘러 열두 가구가 살던 낡은 집은 늘 먼지가 자욱하게 덮여 있었다. 급커브 길을 돌아가는 자동차의 브레이크 밟는 소리가 끽끽거리며 들려왔었다. 그 집에 세 든 내 사글셋방에는 낡은 군용 침대 하나와 초록색 캐시미어 이불 한 채가 달랑 놓여 있었다. 짐이랄 것도 없는 가방 하나를 방구석에 밀어놓고 공동 우물가로 갔을 때 유난히 이마가 튀어나오고 눈이 큰 한 사내와 마주쳤다. 우물 펌프는 낡아서

물이 반쯤밖에 올라오지 않았다. 우두커니 서 있는 내게 물 한 바가지를 쓱 내밀던 준과 나는 그렇게 첫 대면을 했었다.

 도심을 한참이나 벗어난 내 사글셋방은 쪽창을 밀어 올리면 상수리나무 잎사귀가 손에 닿을 듯이 서 있고 그 산등성 너머로는 중앙선 열차의 철로 길 위로 끊임없이 기차가 지나가는 곳이었다.

 늦은 봄날, 강둑을 따라 버드나무가 빼곡하게 들어찬 언덕 잡풀 사이에 누워 붉은 싸구려 포도주를 홀짝거리던 일요일 오후에 준을 다시 만났다. 언덕 너머로 강물이 넘실대고 작은 잎 새 사이로는 햇살이 음탕스럽게 미소 짓고 있던 그곳에는 셀로판지를 만드는 공장에서 흘러나오는 폐수가 맑은 물처럼 흘렀다. 잡풀 사이로는 공장에 다니는 가난한 연인들의 수선스러움이 끊이지 않던 곳이다. 그 잡풀 사이로 들려오던 둔탁한 발소리, 준이 나를 오래도록 바라보고 있는 동안 나는 알코올이 주는 안락함에 취해 있었다. 혼자서 마시는 낮술이 주는 달콤한 평화가 좋았다. 더없이 편안했던 그 잡풀 사이에서 올려다본 남자의 크고 우람한, 원시 종족 같은 몰골은 술을 확 깨게 만들 만큼 강렬한 느낌으로 다가왔다. 가슴 저 바닥으로부터 까닭을 알 수 없는 슬픔과 환희가 동시에 일어났다. 나는 그를 향해 불쑥 손을 내밀었다.

 그가 내 옆에 앉을 때까지는 지루한 시간이 지나갔다. 그리고 아무 말 없이 그가 내민 대마초를 보았을 때 문득 여름날 햇빛 속에서 일렁이던 삼밭, 빼곡하게 들어찬 삼 잎사귀를 생각했다. 하얀 지릅대 얻어 오려고 꼭 여름 한낮, 뜨거운 땡볕 아래서 벗겨내던 삼 껍질. 나는 준이 내민 대마초를 오래도록 들여다보았다. 그는 한마디 말도 하지 않았다.

해가 강물 위로 붉은 노을을 쏟아놓을 때까지 나는 풀밭에 누운 채 잠깐씩 잠이 들었다. 문득 눈을 뜨고 그가 옆에 있다는 걸 확인했을 때의 안도감은 차츰 이상한 열기로 자리 잡기 시작했다. 늦봄의 비릿한 풀 내음은 내 안에 본능으로 도사리고 있던 열증에 불을 지르고 군내 나고 꿉꿉한 이불 한 자락과 연탄가스와 잡지 나부랭이로부터 벗어난 공간이 주는 자유로움은 광기처럼 내 욕망들을 달구었다. 늘 떠돌던 내 고단한 영혼의 어딘가에 자리 잡은 그 성이라는 놈은 혼돈과 무질서 속에 방치된 채 질서의 파괴를 향한 절망으로 치달았다. 준이 그곳에 있었다. 내 본능은 그의 맑고 조용한 눈빛 속에 담겨 있는 뜨거운 호흡 속으로 파고들었다.

내 욕망을 끌어안은 그의 아귀힘은 뼈를 부숴버릴 만큼 크고 강했다. 땅거미가 내려앉은 수풀 사이로 올려다보이는 하늘이 나를 향해 수직으로 내려꽂히다 아득하게 멀어지곤 했다. 숨이 막혀왔다. 아메바의 위족 운동처럼 내 입술은 그의 입안으로 깊숙이 빨려 들어갔다. 아무것도 가늠할 수 없는 공간과 시간 속에서 내 몸은 이미 나를 떠나버린 것 같았다. 그리고 한순간 모든 게 사라지듯 멈춰버렸다. 내 열망들은 무섭게 달아올랐지만 준의 몸은 돌처럼 굳어갔다.

땅속 깊은 곳으로 일순간 추락해 버린 것 같은 두려움이 엄습했다. 아주 천천히 준이 몸을 일으킬 때까지 내 머릿속은 텅 비어 있었다. 둔탁한 발소리가 멈칫거리며 멀어지는 귓가로 가녀린 풀벌레 소리가 섞여들었다. 가슴 한편으로 찬바람이 지나갔다. 채워지지 않은 봄밤의 욕망들이 바람구멍을 만들었다. '쭌….' 들판을 향해 소리쳐 부르고 싶었지만 그 소리는 내 입안에서만 맴돌았다.

  커피 물이 언제부터 끓고 있었는지 도기 주전자의 바닥이 탁탁 튀는 소리가 들린다. 카푸치노 커피를 진하게 탄다. 숙취 탓인지 머리가 무겁다. 간밤에 남자가 언제쯤 들어왔는지 기억나지 않는다. 빈 소주병들이 식탁 위에 그대로 놓여 있다. 어쩌면 낮부터 혼자 마시기 시작한 술이라 그리 늦은 시간은 아니었을지도 모른다. 카푸치노의 진하고 단맛이 잠시나마 속을 달래준다.

  어디선가 쏴 하고 들려오는 낮은 음향이 자꾸 귀를 거슬린다. 컴퓨터가 켜진 채 시커멓게 죽어버린 모니터 화면 가득 작은 점들이 명멸하고 있다. 엔터키를 누르자 마치 벌레가 움직이듯 꼬물거리며 살아나는 글씨들이 금세 화면을 가득 채운다.

> 마른 늪에서 펄펄 뛰는 생선을 낚으시려고.
> 유리의 지존이 되고 싶은 게지.
> 그르려면 우선,
> 머리는 잘라 예수께 예배하고,
> 가슴은 잘라 부처께 염불하고,
> 씨알은 잘라 바알세불에게 제사 지내고,
> 이제 오롯이 중력을 견디기 위해

>땅 위에 남아 있는 그대 두 발 위에
>경건하게 엎디어 경배드리게.
>그러면 혹여 아는가
>마른 늪에서 펄펄 뛰는 생선을 낚으실는지

 어디선가 많이 본듯한 낱말들이 조잡한 모조품처럼 나열되어 있다. 그러면서도 그 낱말들이 묘한 독기를 품은 채 나를 노려본다. 내 안에 숨어 있던 열증들이 바로 저런 독기를 품은 낱말들이었다는 사실이 상처처럼 욱신거린다. 떠나야 한다. 빨리 도망치지 않으면 저 독기가 나를 삼킬 것이다. 독기에 푹 절어버리면 나는 흔적도 없이 해체되어 버릴 것이다. 그건 죽음보다 더한 고통이라는 걸 나는 이미 알고 있다. 그러나 이번에는 그리 쉽게 길을 나서지 못한다. 언제부턴가 아우라처럼 남자의 주변을 맴돌고 있는 보이지 않는 시선이 있다. 목이 마르고 입안이 몹시 쓰다. 빈 커피잔을 집어 든다.
 두 평 남짓한 거실 바닥이 나무라는 사실이 새삼스럽다. 매끈거리는 나무의 감촉을 좋아하는 나를 위해 남자가 바닥을 바꿔주었던 기억이 난다. 나는 마치 처음 그곳을 지나가는 것처럼 마룻바닥 위를 조심스럽게 걷는다.
 가스 불을 끈 뒤 커피 한 잔을 약하게 타서 방문을 열자 침대 위에 그대로 누운 채 남자가 멀건 눈으로 쳐다본다. 단정하던 얼굴이 어쩐 일인지 푸석하게 부어 있다. 반쯤 벌린 입술에서는 단내가 물씬 풍긴다. 두꺼운 커튼 뒤에서 가물거리는 희미한 빛, 여전히 초점이 흐린 눈으로 쳐다보고 있는 남자의 삐죽하게 솟아오른 머리카락 사이로 허연 비듬이 듬성듬성 달라붙어 있다. 왠지 속이 무지근하다. 연민이라고 하기에는 떨떠름한 기분이다. 그는 아마도 지금 막 수음을 끝낸 것인지도 모른다. 잠에서 깨어났을 때 문득 다가들던 그 낯섦을 알 것 같다.

내가 낮술을 마시기 시작한 뒤부터였을 것이다. 내가 그를 거절했을 때 그는 분노하지 않았다. 단지 굳게 입을 다물었다. 남자와 나 사이에 처음부터 사랑이라는 말은 없었다. 내가 떠나야 한다는 사실을 남자도 알고 있다.

나는 애써 웃으면서 식사해야 하지 않겠냐고 묻는다. 여전히 아무런 반응이 없다. 커튼을 걷어내니 방 안이 일순간 하얀빛으로 가득하다. 남자가 얼굴을 찡그린 채 눈을 감는다. 모른 척 창문을 활짝 연다. 차가우면서도 상큼한 바람이 휙 방 안으로 쏠려 들어온다. 잠시 숨을 멈추고 눈을 감는다. 잊어버렸던 감정들이 한꺼번에 내 몸의 촉수들을 건드린다.

준의 다락방으로 기어들던 내 스무 살 무렵의 무모한 치기들이 기웃거리며 내게 다가든다. 돌아갈 곳이 없는 여행을 떠나던 날 마지막으로 준의 다락방에서 죽음 같은 잠에서 깨어났을 때 나는 그가 내게 떠나지 말라고 말해주기를 오래도록 기다렸다. 그러나 준의 침묵은 완강했다. 그런 그의 모습을 뒤로한 채 다락방을 내려와 작은 도랑 건너 비포장도로를 오래도록 걸어서 기차역에 도착했다. 몇 번의 기차가 지나가고 땅거미가 어둑하게 역사를 덮을 때까지 망연하게 서 있던 내 모습이 마치 엊그제인 양 새삼스럽다.

　그날 밤, 준이 그렇게 수풀 속을 걸어서 멀어진 뒤 나는 집 모퉁이를 돌아 작은 도랑 가를 따라서 그의 다락방을 찾아갔다. 준이 그 자리를 떠나고 땅거미가 내려앉은 강가에서 만난 한 낯선 남자의 욕망을 아무런 느낌도 없이 받아들였다. 곧 쏟아져 내릴 것 같은 별들 사이로 들려오던 사내의 거친 숨소리, 허벅지에 들러붙는 쐐기풀의 따가운 감촉은 내 안에서 억눌려 있던 분노를 일으켰다. 내 목구멍을 타고 넘어오는 고통의 단음에 남자는 짐승처럼 포효하는 것이었다. 당장 내 몸뚱어리를 두 동강이 내버리고 싶은 절망이 가슴을 치밀고 올라왔다. 사내를 밀쳐내고 미친 듯이 풀밭을 내달려 집 앞에 다다랐을 때 발걸음은 나도 모르게 준의 다락방으로 향하고 있었다. 그를 향한 분노인지 아니면 나를 위한 연민인지 알 수 없는 눈물에 내 발걸음이 자꾸 허청거렸다.

　그 집 모퉁이를 돌아 더러운 도랑을 따라가자 움푹 파인 굴속 같은 공장 입구가 나왔다. 그 공장 안으로 들어서다 오른쪽으로 고개를 돌렸을 때 천정을 향해 매달려 있는 좁고 낡은 사다리가 보였다. 그 사다리가 끝나는 곳에 우두커니 앉아 있는 준을 발견하고 흔들거리는 사다리를 기어올랐다. 천정과 일 미터가 조금 넘는 정도의 공간 사이로 나무 판때기를 만들어 매단 것 같은, 천정의 수수깡들이 시커먼 대궁을 다 드러낸 채 헛간이라고 하는 편이 더 어울릴 것 같은 곳에 준은 언제나 그렇듯이 무심한 얼굴로 앉아 있었다. 막무가내로 들이닥친 내 방문에도 그저 한 번씩 웃는 것이 전부였다.

그의 다락방은 내게 안식처 같은 편안함을 주었다. 아무 말 없이 그 더러운 이불 속으로 기어들어 가 나는 그대로 잠들어 버렸다. 아주 오랜만에 꿈 없는 잠을 잤다. 눈을 떴을 때 그는 촉수가 낮은 백열등 밑에서 뭔가를 열심히 들여다보고 있었다. 기계의 부품들을 뜯어내어 다시 조립하기를 여러 번 반복했다. 내게는 여전히 무관심했다. 나는 눈을 뜬 채로 오래도록 그를 바라보았다. 그가 버너에서 끓인 라면 국물을 들고 올라왔을 때 나는 두더지가 된 것 같았다.

그 무렵 한 끼 먹고 이틀 굶고 밤이면 도시의 불빛 속을 헤매는 날들, 그날 하루를 보내기 위해 무교동 명동거리를 통금도 잊은 채 돌아다니며 밤이 새도록 마시던 술, 그 술과 함께 만나던 남자들, 술에 잔뜩 취한 상태이거나 남자와 만나고 난 뒤이거나 어김없이 준의 다락방으로 기어들어서는 곯아떨어져 잠을 자곤 했다. 그는 그런 내게 한마디도 하지 않았다. 더럽기는 했지만 그의 이불 속은 늘 따뜻했다. 그는 내가 자는 동안 뭘 하고 있었는지 언제나 잠에서 깨어나 보면 촉수 낮은 백열등 밑에서 꼼지락거리고 있었다. 그럴 때마다 뭔지 알 수 없는, 이상하리만치 잔인한 즐거움이 내 안에서 들끓고는 했다. 그리고 그건 또 다른 갈증이 되어 도심의 밤거리로 나를 내몰아 갔다. 그렇게 가을이 깊었고 내 가슴은 펑 뚫린 구멍 하나가 점점 커져서 이제는 스스로도 어쩌지 못하는 바람이 들락거렸다.

　그해 겨울은 몹시도 추웠다. 나라 전체가 불황에 허덕이던 시기였다. 선배가 공동출자 해서 만든 출판사도 문을 닫았고 내 직장도 그것으로 끝이었다. 언제나 그렇듯이 내 삶은 궁핍하기 짝이 없었다.

　나는 다른 일자리를 찾아 나서는 대신 그 한겨울을 싸늘한 냉방에서 대부분의 시간들을 반가사 상태로 보냈다. 사글셋방도 하루하루의 일상들도 마치 기억의 한 부분같이 아득하게 느껴졌다. 어디인지 현실로 돌아가야만 될 것 같았다. 그러나 아무리 생각해 봐도 내가 돌아갈 곳은 없었다. 나는 그저 꿈을 꾸는 현실을 살아가는 것인지도 모른다는 생각을 했다.

　두 평 남짓한 방 안에 놓여 있던 낡은 군용 철 침대가 한기를 더했다. 얇은 초록색 캐시미어 이불만이 그 방의 주인인 것처럼 온통 방바닥을 차지한 채 내 몸을 감추어 주었다. 여름내 들이친 빗물에 들창의 창호지가 군데군데 찢겨나간 채 황소바람이 들락거렸다. 앙상한 가지를 문구멍 사이까지 바싹 들이밀고 내 동태를 살피기라도 할 듯이 안을 들여다보고 있는 상수리나무만은 어쩐지 반가운 마음이 들었다.

　방 안은 이상하리만치 살아온 흔적이 없었다. 낡은 꽃무늬 스웨터 하나가 벽에 달랑 걸려 있고 아무렇게나 벗어 던진 구멍 난 스타킹 한 짝이 방구석에 놓여 있어 마치 그것만이 살아 있는 사물처럼 느껴졌다. 내 몸이 바람처럼 그곳으로부터 사라져 버린다 해도 아무런 흔적도 남아 있지 않을 것 같았다. 규칙적으로 들려오는 기차 바퀴 소리도 점점 멀어져 갔다. 일주일이 넘도록 내가 먹은 음식은 라면 하나와 부라보콘 두 개가 전부였다.

 나는 조용히 눈을 감고 잠을 청했다. 마음이 텅 비어버린 것 같이 고요했다. 방바닥으로부터 전해져 오는 싸늘한 냉기에 내 몸도 그 온도만큼 싸늘하게 식어갔다. 얇은 캐시미어 이불 한 자락이 주는 온기 속에서 나는 잠이 들었다. 꿈도 없이 깊은 잠이었다. 예민한 감각을 가진 내 청각도 더듬이를 내려놓았다. 내 의식마저도 깊은 잠에 빠졌다. 어쩌면 그건 죽음인지도 몰랐다. 창문을 뒤흔드는 바람 소리를 내 의식의 끝자락에 매단 채 깊은 잠 속으로 빠져들었다.

 잠은 아니었다. 그렇다고 꿈도 아니었다. 죽음과 삶의 경계선 어디쯤인 것 같았다. 나는 물결처럼 흔들리는 수많은 무리 속에 서 있었다. 내 몸을 향해 다가드는 사람들, 두 손을 활짝 펼쳐 들고 무엇인가 요구하고 있는 사람들의 얼굴은 형체가 없다. 눈도 코도 입도 없는 멀건 얼굴들이 나를 향해 비실비실 웃으며 다가든다. 그들의 두 손에 꽉 움켜쥔 젖무덤에서는 피같이 붉은 젖이 줄줄 흘러내린다. 나는 도망을 쳤다. 그러나 문을 찾을 수가 없다. 사방이 벽으로 둘러싸인 채 그 벽들이 나를 향해 점점 조여왔다. 어딘가 분명 문이 있을 것이다. 눈을 감았다. 손으로 벽을 더듬었다. 마음이 한결 편했다. 나는 천천히 벽을 더듬어 나아갔다. 손끝에 느껴지는 물컹한 감각, 눈을 뜨고 가만히 그것을 쳐다보았다. 어머니의 젖무덤이 손아귀에 잡혔다.

　자세히 보니 그건 나의 손이 아니다. 낯선 남자들이 어머니의 젖가슴을 움켜쥔 채 히죽거리고 있다. 어머니의 헝클어진 긴 머리카락 너머로 캄캄한 어둠이 똬리를 틀고 있다. 일그러진 그녀의 얼굴 위로 고통인지 환희인지 알 수 없는 신음 소리가 흘러나온다. 사방에서 조여오는 벽이 그녀를 가두려 한다. 혓바닥이 안으로 말려들 듯 고통이 목구멍을 넘어오는 소리가 낑낑거리며 들려온다. 순간 요란한 굉음과 함께 한쪽 벽이 무너져 내린다. 어디선가 많이 본 듯한 사내 하나가 어머니의 젖무덤을 낚아챈다. 그러고는 둘이서 무너진 벽 너머로 사라져 간다. 멈칫거리던 어머니의 눈길이 아주 잠깐 내 눈 속에 머문다. 그러나 이내 그녀와 나 사이에 거대한 벽이 가로막는다. 그 벽이 나를 향해 점점 조여온다. 나는 미친 듯이 문을 찾아 헤맨다. 그러나 문을 찾을 수가 없다.

　나는 공포 때문에 도망칠 수도 없었다. 누군가 소리쳐 부르고 있었다. "주…우……운." 그가 내 손을 꽉 잡아주었다.

　눈을 뜨니 준이 정말 내 손을 잡고 있었다. 등허리에서 식은땀이 흘러내렸다. 급하게 내 몸을 안아 일으키는 그의 손길에 내 의식은 끈을 놓고 말았다.

　얼마큼의 시간이 흘러간 것일까. 내 몸이 자꾸만 땅속으로 꺼져 들어가는 것 같았다. 마음은 아주 평화로웠다. 바싹 마른 내 입안에 달콤한 즙 같은 액체가 흘러들었다. 무거운 눈꺼풀을 밀어 올리려고 안간힘을 썼다. 커다랗고 맑은 준의 눈이 내 코앞에 있었다. 준의 혀 짧은 말이 허공을 맴돌았다. "죽고 싶었구나." 고개를 가로젓는 내 볼을 그가 어루만졌다. "일주일이 넘게 그러고 있었어, 난 또 어디론가 여행을 떠난 줄 알았지." 간간이 끊어지는 그의 목소리를 듣고 있는 내가 마치 다른 누구인 것 같았다. 시커먼 대궁을 다 드러낸 천장 위에서 나를 내려다보고 있는 또 다른 나, 다락방의 촉수 낮은 백열등이 창백한 내 얼굴을 비추고 있었다. 또다시 깊은 잠 속으로 빠져들어 가는 내 모습을 바라보다 잠이 들었다.

 죽음 같은 잠에서 깨어났다. 준은 고단한 모습으로 잠들어 있었다. 더러운 이불 한 자락이 주는 안락함, 준이 옆에 있다는 것만으로도 내 마음은 따뜻해졌다. 그곳에서 그와 함께 늘 그렇게 머물고 싶다는 생각이 들었다.

 행길을 돌아 작은 도랑을 따라 돌아앉은, 낡은 사다리를 타고 올라온 그의 다락방은 세상과 유리된 채 깊숙이 숨겨진 공간이었다. 그곳에서는 자동차의 브레이크를 밟는 소리도 사람들의 발소리도 들리지 않았다. 단지 철로 위를 달리는 기차 바퀴 소리만 아주 먼 곳에서 들려오듯이 끊어졌다 이어지곤 했다. 벌레들이 스멀대며 기어 나올 것처럼 숭숭 구멍을 드러낸 천정은 수수깡 대궁이 드문드문 박혀 있어 흉물스러웠지만 한쪽 벽면에 붙어 있는 작은 창문으로 내다보이는 강물 위로 저녁 햇살이 내려앉을 즈음엔 기막히게 아름다운 광경이었다.

 늦은 저녁 햇살이 아주 잠깐 동안 창문으로 들어왔다. 준의 툭 불거져 나온 이마 위로 햇살이 내려앉았다. 미동도 없이 잠들어 있는 얼굴이 참 아름다웠다. 잠이 든 준의 얼굴을 가만히 만져보았다. 문득 그가 어쩌면 숨을 쉬지 않는지도 모른다는 불안감이 들었다. 나는 그의 가슴에 귀를 바싹 대보았다. 가느다란 숨소리가 규칙적으로 들려왔다.

　나는 준의 얼굴을, 머리카락을, 목덜미를 그리고는 넓은 그의 가슴을 가만가만 쓰다듬기 시작했다. 두 눈을 꼭 감은 채 잠들어 있는 그의 얼굴은 마치 원시 종족같이 크고 우람했다. 내 손길을 타고 그의 가슴으로 전해지는 열기, 그의 가슴이 점점 부풀어 오르고 있었다. 잔뜩 숨죽인 그의 숨결이 차츰 거칠어졌다. 내 뜨거운 손길만큼이나 여름날 뙤약볕에 바싹 달궈진 돌덩이처럼 뜨겁고 단단한 그의 몸, 반쯤 열린 그의 입에서는 신음 소리가 흘러나왔다. 그러나 그의 몸은 완강하게 나를 거부하고 있었다. 나는 천천히 아주 부드럽고 따뜻한 손길로 그의 몸을 어루만졌다. 닫힌 그의 문을 열어 주고 싶었다. 그리고 그 안으로 들어가 조용히 쉬고 싶었다.

　어느 순간 끔찍한 소리가 먼저 들려왔다. 촉수가 낮은 불빛 속에 드러난, 물먹은 솜처럼 축 처져 있는 작고 초라한 그의 성, 준의 얼굴이 흙빛으로 변해갔다. 준의 목구멍을 넘어오려고 안간힘을 쓰고 있는 소리들이 가늠할 수 없는 시간 속으로 흘러가고 있었다. 나는 그 앞에 무릎을 꿇었다. 그의 가슴을 꽉 끌어안았다.

　돌덩이처럼 단단한 그의 몸이 굳어버린 채 벌떡 일어섰다. 수수

깡 천장을 뚫고 나갈 듯이 휙 들어 올려진 그의 눈은 활활 타오르는 불길 같았다. 다락방이 무너질 듯 터져 나온 그의 괴성, "꺼져!"

단 한마디를 내뱉은 그가 이불 위에 엎어진 채 꼼짝하지 않았다. 나는 오래도록 그의 옆에 앉아 있었다. 할 수만 있다면 그전 시간들로 되돌려 놓고 싶었다. 이제 이곳을 나가면 다시는 되돌아올 수 없을 것이다. 하지만 그의 침묵은 완강하게 나를 거부했다. 다른 남자의 냄새를 품고서 기어들던 내 모습들이 필름처럼 눈앞을 스쳐 갔다. 무관심한 척 그러나 술이 깰 때쯤이면 힘들게 불을 피운 버너에다 라면을 끓여서 말없이 내 앞에 가져다주던 준의 모습, 나는 비로소 내가 얼마나 그에게 위악을 떨었는지를 깨달았다. 시간이 지날수록 내 마음은 점점 더 무거워졌다. 그를 위로해 주고 싶었다. 하지만 적당한 말이 떠오르지 않았다. "괜찮아." 그랬다. 괜찮다고 말해주어야겠다고 생각했다. 그러나 어쩐 일인지 생각뿐, 말은 한마디도 내 입에서 나오지 않았다. 대신 내 입에서는 나도 알 수 없는 웃음이 비실비실 새어 나왔다. 차츰 그 웃음은 스스로 멈출 수 없는 폭포처럼 내 오장육부를 뒤틀며 흘러나왔다. 웃음을 거두지도 못한 채 나는 그 다락방을 내려왔다.

곧 무너져 내릴 것 같은 다락방 사다리를 뒤로한 채 작은 도랑을 건너 비포장도로 위로 나섰을 때 강물 위로 내려앉은 저녁 햇살은 지랄 맞게도 눈부셨다. 나는 한 번도 뒤를 돌아보지 않고 그 비포장도로 위를 오래도록 걸어서 기차역에 도착했다. 돌아올 곳이 없는 여행은 목적지도 없었다. 몇 번의 기차가 지나가고 땅거미가 내려앉은 어두운 역사 안에는 작은 연탄난로의 불이 사위어 가고 있었다. 중앙선 막차를 탔다. 문득, 지나온 시간들이 어쩌면 꿈이었는지도 모른다는 생각이 들었다. 차창에 어리는, 꽃무늬가 요란한 낡은 스웨터만이 현실인 것처럼 흔들리고 있었다.

속이 울렁거린다. 커튼을 도로 친다. 남자는 무심한 얼굴로 텔레비전을 보고 있다. 나는 베개를 가슴에 끌어안고 침대 위에 엎드린다. 한낮의 정적이 무겁다.

속이 좀처럼 가라앉지 않는다. 뒤끝이 무지근하면서 쓰리고 아프다. 고개를 돌려 남자를 찬찬히 바라본다. 그가 내 귓불을 따라 내려온 머리카락을 쓸어 올려준다. 그의 손은 건조하고 메마르다. 헐렁한 잠옷 사이로 드러난 가슴팍이 잔주름으로 덮여 있다. 오래도록 그렇게 살아온 부부같이 미지근한 물처럼 온기 없는 일상이 나른한 휴일 오후를 잠식한다. 커튼만 걷어내도 금방 사라져 버릴 것 같은 짧은 평온, 늦봄의 열기로 후끈 달아오른 창밖의 햇살이 어둑한 방 안으로 비집고 들어온다. 남자의 성품대로 깔끔하게 정돈된 진열장 속 아프리카 토속인형들이 틈새를 비집고 들어온 가느다란 햇살을 향해 두툼한 입술을 살짝 움직이는 것 같다. 사삭, 하고 작은 소리들이 방 안을 채운다. 옷장 속에 걸려 있는 실크 원피스, 화장대 위에 놓여 있는 립스틱, 옷걸이에 걸려 있는 핸드백들이 어디론가 떠나자고 속살거린다. 문득 그 소리들에 묻혀 있던 시선 하나가 나를 바라본다.

남자의 눈을 들여다본다. 텅 빈 그의 눈 속에 또 다른 텅 빈 눈

하나가 나를 바라보고 있다. 본능처럼 내 눈은 문을 향한다. 방문 너머 햇살을 등지고 서 있는 시선, 나는 얼른 일어서다 말고 침대 위에 웅크리고 주저앉는다. 방문을 가로막고 서 있는 두 다리, "오롯이 중력을 견디기 위해 땅 위에 남아 있는 그대 두 발 위에 경건하게 엎디어 경배드리게. 그러면 혹여 아는가, 마른 늪에서 펄펄 뛰는 생선을 낚으실는지." 내 귀청을 뚫을 듯이 파고드는 고함에 침대 위에서 한 발짝도 움직일 수가 없다. 창자가 뒤틀릴 듯 터져나오는 웃음소리는 문지방을 넘지 못한 채 방 안을 공명하며 떠돈다. 문밖의 시선 하나가 그런 나를 무심히 보고 있다.

싸락눈이 노란 불빛 사이를 헤집고 내 지독한 근시 안경에 달라붙는다. 거대한 도시가 단번에 시야를 막아버린다. 종잇조각 하나 떨어져 있지 않은 거리 위로 가로등이 즐비하게 늘어서 있고 하늘을 찌를 듯이 서 있는 아파트 콘크리트 벽 사이로는 어둠이 똬리를 틀고 웅크린 채 엎디어 있다. 주위를 둘러보아도 사람은 보이지 않는다. 어디선가 자동차 한 대가 나타나더니 아주 빠른 속력으로 내 옆을 지나쳐 간다. 피하려 해보지만 내 몸은 취기 탓인지 잘 움직여지지 않는다.

모든 것이 낯설다. 지금까지 내가 보아왔던 도시와는 사뭇 다르다. 도시는 거대한 공룡의 몸집처럼 길게 뻗어 있어 눈앞에 보이는 시야로는 그 끝을 가늠해 볼 수가 없다. 아파트 창문에서 한꺼번에 쏟아져 나오는 빛은 도시가 마치 공중으로 붕 떠오르는 것 같은 느낌을 준다. 나는 도시의 미로 속에 갇혀버린 건 아닐까 하고 생각해 본다. 도대체 시간을 알 수 없다. 지나온 길들을 기억해 내려고 애쓴다. 한차례 오한이 밀려온다. 미명처럼 희미한 기억 속으로 환승역의 미로 같던 출입구가 생각난다. 전동차가 멈추자 사람들이 모두 내리던 장면들이 이어졌다가는 끊어지곤 한다. 그렇지만 왜 하필 내가 이곳에 내렸는지는 생각이 나지 않는다.

주변이 내 눈에 차츰 익숙해지면서 불안하던 마음도 사라졌다. 사람이 없는 도시의 거리는 신비롭기까지 하다. 텅 빈 거리의 불빛은 마치 축제를 위해 밝혀진 것 같이 요란하다. 나는 이 축제에 초대된 유일한 인간일지도 모른다는 상상을 해본다. 터무니없다는 걸 알면서도 내 기분은 썩 좋다.

적당히 기분 좋은 혼돈 속에서 빛이 맹렬하게 내 눈으로 쏟아져 들어온다. 순간 내 몸이 공중으로 붕 솟아오르더니 아스팔트 위로 둔탁한 소리와 함께 떨어져 내린다. 마치 슬로비디오의 한 장면처럼 생각된다. 모든 사물들이 하얗게 변한다. 아무것도 분간할 수 없는 빛 속으로 그 빛보다 더 하얀 그림자가 멈칫거리며 내려온다. 콧속을 자극하는 진한 향수, 레드도어다.

아스팔트 바닥의 차가운 공기가 온몸을 타고 올라온다. 정지된 화면이 커다랗게 다가들 듯이 한 여자가 나를 들여다보고 있다. 여자의 눈 속에는 검은 동공이 사라지고 없다. 빛보다 하얀 여자의 얼굴 속에 그 얼굴보다 하얀 눈동자가 나를 내려다본다. 자동차의 강렬한 라이트 빛과 함께 내 얼굴 위로 바싹 들이민 여자의 몸에서는 아주 익숙한 그러나 잊고 있었던 냄새가 한꺼번에 쏟아진다. 달콤한 술 냄새 속에 섞여 있는 역한듯한 사향의 레드도어, 금속이 부딪치며 내는 맑은 소리, 얇은 실루엣 속에서 나던 살 내음. 나는 여자에게로 손을 내민다. 하지만 내 몸은 생각대로 움직여 주질 않는다. 순간 사라져 가는 아득한 의식 속으로 노란 나트륨 가로등의 불빛들도 하나둘 사라지고 있다. 그러고는 덫에 걸려 버린 시간들이 빛과 함께 정지한다. 그 시간들이 거대한 평면 위에서 제멋대로 출렁거린다. 하늘이 빙글빙글 돌아간다.

　나는 잠들 수 없는 도시에 살고 있다. 내가 잠들 수 없는 이유는 빛이다. 빛은 낮과 밤의 구분이 어려울 만큼 밝고 현란하다. 계획된 도시의 콘크리트 벽 사이로 쏟아지는 햇살이 나를 아주 까맣게 태워버릴지도 모른다는 생각을 하곤 한다. 하지만 걱정할 일은 아니다. 나는 외출을 할 수 없다. 어쩌면 나는 곧 잠들지 모른다. 지금 잠이 들면 영원히 깨어나지 못할 것 같다. 아마도 여자는 내가 편히 잠들 수 있도록 이렇게 배려한 것인지도 모른다. 그렇다고 고통스럽지는 않다.
　거리는 거의 비어 있는 상태다. 드물게 사람들이 길거리를 걸어가는 모습이 보이지만 그들은 어딘지 모르게 지치고 힘든 얼굴을 하고 있다. 그나마도 어디론가 금방 사라져 버린다. 해가 지고 난 도시의 바둑판처럼 잘 짜인 길 위로 끝없이 늘어선 가로등 불빛, 그 불빛 사이를 질주하는 자동차의 라이트 빛, 고층 아파트에서 일제히 뿜어내는 형광 불빛, 이 도시는 어둠이 없다.

이 도시에서 내가 할 수 있는 것은 노란 나트륨 불빛 사이로 누군가와 교신을 꿈꾸는 일이다. 눈을 감고 끊임없이 타전해 보지만 아직 답신을 받아보지는 못했다. 그러나 포기하지 않는다. 텅 빈 거리 위로 고층 아파트의 불빛이 한꺼번에 쏟아지는 광경을 바라보며 그들도 나같이 어디론가 교신을 보내고 있을 거라는 확신을 가져본다. 그러나 나는 차츰 지쳐가고 있다. 몸은 점점 운동 부족으로 쇠약해지고 이제 오랫동안 생각을 할 수도 없다. 잠들 수 없다는 것은 별로 괴롭지 않다. 나는 오히려 지금 잠이 들면 영원히 깨어날 수 없을 것 같은 불안을 느낀다.

육십이 평방미터 작은 공간에는 정지된 사물들이 정물화처럼 널려 있다. 구석 한편에는 책들이 아무렇게나 쌓여 있고 언제 먹다 남은 것인지 알 수 없는 빵 조각은 뚜껑이 삐딱하게 닫힌 잼 통과 함께 놓여 있다. 벽면에 비스듬히 세워져 있는, 화려한 원색의 물기가 채 마르지 않은 듯이 보이는 그림이 제 자리를 잘못 찾은 것처럼 어색하다. 그 위에 파리 한 마리가 막 날아와서 앉는다. 나는 좁은 공간을 비집고 들어앉은 소파에 꼼짝없이 누워서 이중으로 된 유리창을 통해 밖을 내다본다. 은행나무의 축 처진 가지에는 누렇게 변색된 잎사귀들이 듬성듬성 달려 있다. 서늘한 기운이 감도는 햇살 때문인지 한층 어둡게 보이는 아스팔트 위로 자동차 몇 대가 꼬리를 물고 느린 속도로 지나간다. 자동차가 지나간 길에는 언뜻 무거운 침묵 같은 그림자가 드리워진다. 마치 무성영화의 정지된 화면을 보고 있는 것 같다.

내 몸은 점점 수분이 증발해 가고 있다. 그만큼 나의 뇌는 거대한 블랙홀이 되어간다. 그 속으로 빨려 들어온 기억의 시간들은 입체감도 없이 정리되지도 잊히지도 않은 채 출구를 찾지 못하고 떠돈다. 그것들은 거대한 평면의 스크린에 비친 영화의 장면들처럼 나를 혼란스럽게 만든다. 나는 잠들 수 없는 대부분을 이 혼란한 시간을 정리하는 데 보내고 있다. 빛과 함께 그곳에서는 무엇이든 시간이라는 덫에 걸린다. 그러고는 정지한다.

 내 정지된 시간 속으로 여자가 허청허청 걸어가고 있다.

 햇볕은 쨍쨍하고 나무 그늘은 너무 높았다. 그 쨍쨍한 햇볕 속으로 걸어가는 여자의 곁으로 그보다 작은 그림자는 물결이 일렁거리듯 따라붙었다. 나는 여자의 치마꼬리를 잡고 따라갔다. 여자가 그림자를 쫓아버리려는지 돌아서서 한 팔을 휘둘렀다. 그림자는 여전히 여자의 치마꼬리를 잡고 늘어졌고 주위는 아주 조용했다. 여자는 자꾸 발을 헛디뎠다. 눈빛은 무엇인가를 좇고 있었다. 발걸음이 빨라졌다. 탄식 섞인 숨소리가 짧고 격하게 들려왔다. 나는 여자를 놓치지 않으려고 안간힘을 다해 따라붙었다. 아무렇게나 틀어 올린 여자의 머리가 흘러내려 바람도 없는 공중에서 흐느적거렸다. 여자는 나를 돌아보더니 무서울 만큼 싸늘한 표정으로 치마꼬리를 걷어 올렸다. 여자의 눈 주위로 모여드는 어둠의 그림자가 아주 익숙했다. 어, 머, 니…가, 어디로 가고 있었다.

 허옇게 구불구불 이어지는 신작로를 따라 어머니가 어디론가 가고 있었다. 나는 그녀를 따라갈 수 없다는 걸 안다. 신작로는 없어진 지 이미 오래였다. '신, 작, 로'라는 말이 생뚱맞게 느껴진다. 아스팔트, 부드럽고 자연스러웠다. 그래도 그곳은 신작로가 틀림없었다. 길이 끝나는 곳에는 넓은 들판이 있고 들판을 가로지르는 강둑에는 작은 들꽃들이 피어 있을 것이다.

들판은 뚜렷한 영상으로 다가오지 못하고 빠른 물살의 흐름처럼 지나간다.

이상하리만치 먼 빛이었다. 그 빛은 어머니의 몸 뒤편으로부터 그녀를 향해 조금씩 비쳐들고 있었다. 실루엣 속의 몸은 아메바의 위족 운동처럼 자유로웠다. 자신의 모든 것을 안으로만 끌어들일 듯이 몸을 동그랗게 웅크리는가 싶더니 어느새 활처럼 휘어지고, 휘어진 몸뚱이는 해삼의 등판같이 미끄럽고 말랑한 물체로 변하는가 싶더니 이내 맑고 투명한 액체가 되어 빛 속으로 녹아들었다. 빛은 녹아든 어머니의 액체로 하나의 형체를 만들어 내고 있었다. 아주 견고한 아름다움이었다. 단단하고 각이 진 어깨, 역삼각형의 가슴과 그 가슴을 받쳐줄 근육의 허리, 길고 곧은 다리는 흔들림이 없었다. 내 앞에는 힘이 넘치는 아름다운 형태의 남자가 굴절되어 나타났다.

굴절된 형태가 점점 희미해지고 내 정지된 시간들이 사라지려 하고 있다.

내게는 이제 모든 현실들이 사라져 버렸는지도 모른다는 생각이 아주 갑자기 내 뇌리를 스쳐간다. 두려움이 엄습한다. 사방으로 둘러 있는 벽의 입체감이 주는 두려움 역시 정체된 시간 속에 갇혀버린 듯한 나를 놀라게 한다. 하지만 나는 여전히 육십이 평방미터의 공간 속에 있다. 두려움은 나를 예민하게 만든다. 그림 위에 앉아 있는 파리는 끊임없이 두 발을 비벼대고, 먹다 남은 빵 조각에는 푸르스름한 곰팡이가 자리를 잡기 시작했다. 창문 밖에는 바람이 한차례 지나가는지 나뭇잎이 세차게 흔들린다. 나는 두려움의 실체를 알아보려고 촉각을 곤두세운다. 미세한 느낌도 놓치지 않으려고 애쓴다.

작지만 분명한 느낌으로 다가오는 것은, 소리다. 자동차의 시동이 꺼지고 문이 닫히는 소리, 굽 높은 하이힐이 시멘트 바닥에 긁히는 날카로운 소리가 계단을 올라오고 있다. 발소리는 지하 주차장 문 앞에서 멈춘다. 삐걱거리는 소리가 크지는 않지만 몹시 거슬린다. 소리는 다시 빠른 속도로 계단을 향해 올라온다. 이제 내 귀를 울릴 만큼 요란하다. 소리가 한차례 찬바람을 일으키듯 계단으로 치닫는다. 그러고는 시멘트 바닥에 긁히던 마찰음이 현관문 앞에서 멎는다. 내 귀는 예민한 반응을 보인다. 컴퓨터 키를 누를 때마다. 금속성의 약간 떨리는 듯한 소리가 들려온다.

여자보다 찬 바람이 먼저 문을 밀고 들어온다. 여자는 거실로 성큼 들어선다. 커다란 숄더백을 어깨에서 내려놓다 말고 나를 힐긋 쳐다본다. 때가 낀 숄더백의 반쯤 열린 지퍼 사이로 속옷들이 아무렇게나 엉켜 있는 것이 보인다. 여자는 이제 막 여행에서 돌아왔는지 모른다. 움푹 파인 눈자위가 어두워 보인다. 몹시 지친 모양이다.

여자는 선 채로 재킷과 스커트를 벗어 식탁 위에 아무렇게나 걸쳐놓고 아주 천천히 스타킹을 벗기 시작한다. 검은 갈색 다리는 야윈듯하다. 나는 무심한 기분으로 바라보고 있다가 여자의 시선과 마주쳤다. 여자가 내 앞으로다가 와서 나를 들여다보고는 아무렇지도 않은 듯이 그 자리에서 속옷을 벗는다.

여자가 쭈그리고 앉는다. 파마를 해서 길게 늘어뜨린 뒷머리가 유난히 커 보인다. 여자의 살 내음이 내 코끝을 스쳐 간다. 창문 밖으로 가로등이 하나둘 켜지기 시작한다. 아직 어둠이 밀려오기에는 이른 시간이지만 어쩌다 거리를 지나는 사람들의 발걸음이 바쁘게 보인다. 도시라고 하기에는 너무 조용한 거리에 나트륨 등이 끝을 가늠할 수 없을 만큼 일직선으로 늘어서 있다. 나는 시간이 흐르는 광경 속으로 빠져든다. 창문 너머로 잔광이 밀려들기를 기다리며 그녀가 내뿜는 담배 연기를 바라본다. 여자는 아주 천천히 담배를 피우고 있다. 그런 행동은 언제까지나 계속될 듯이 보인다. 여자는 내게 전혀 관심을 보이지 않는다. 나는 잠시 그런 그녀의 행동에 대해 생각해 본다. 여자가 내게 낯설다고는 할 수 없지만 그렇다고 익숙한 것도 아니라는 사실이 새삼스러운 듯이 느껴진다. 정물화의 한 부분처럼 늘 그곳에 있었다는 듯이 여자는 미동이 없다. 담배 연기가 조금씩 거실 천정으로 흩어져 간다. 나트륨 불빛이 거리를 비추기 시작한다.

불빛은 전혀 예상할 수 없는 순간에 어둠을 삼켜버린다. 그러고는 어느새 자신의 빛으로 도시를 점령해 버린다.

십육 밀리 유리창의 두꺼운 두께를 뚫고 들어온 불빛은 여자의 얼굴 위로 약간씩 굴곡을 만들면서 번져가고 있다. 거실 안에 어슴푸레 남아 있던 어둠이 밀려난다. 여자는 여윈 어깨에 얼굴을 깊숙이 묻는다. 어깨 위에 동그마니 얹혀 있는 얼굴에는 모든 감정이 떠나버린 것 같다. 깨끗하게 비어 있는 하얀 백지 위로 윤곽만 어렴풋이 남아 있는 느낌이다. 시간이 무료하게 다가들고 있다. 모든 사물들이 정지된다.
 내 정지된 기억의 시간 속으로 미미한 느낌이 다가온다.
 목덜미를 타고 흐르는 풋풋한 냄새, 생명을 잉태한 여자의 몸 안에서 나는 짙은 풀 냄새였다. 약간 역한듯한 레드도어 향수의 냄새 속에 비릿한 살 내음도 함께 묻어났다. 내 눈앞에 펼쳐진 언덕에는 보라색 들국화가 군락을 이루며 피어 있었다. 언덕은 그다지 가파르지 않았다. 완만한 곡선을 따라 강을 향해 뻗어 있는 언덕 아래로 넓은 들판은 텅 비어 있었고 강물에 반사된 햇살이 서쪽 하늘로 아지랑이를 피워 올리고 있었다. 사람의 발길이 뜸한 길은 잡풀로 덮여 있어 분간이 어려웠다. 바람이 몹시 차게 느껴졌다. 누군가 빠른 걸음으로 강으로부터 언덕을 향해 올라오고 있는 것이 보였다. 바람처럼 다가온 남자의 투명하고 견고한 아름다움 때문에 어머니는 당황하고 있었다. 오만하리만치 당당하던 어깨를 웅크린 채 고개를 돌렸다. 어머니는 요란한 꽃무늬의 스웨터 자락을 힘껏 움켜잡았다. 한쪽으로 비켜선 어머니의 발밑에는 때를 잘못 알고 싹을 틔운 들풀의 여린 잎사귀들이 쭈뼛거리고 있었다.

어머니의 입에서 오래도록 참고 견딘 탄식이 고음이 되어 흘러나왔다. 남자는 걸음을 멈추고 어머니를 돌아보았다. 남자의 갈색 구레나룻은 부드럽게 열려 있는 입술을 감싸고 있었고, 미세한 말초신경이 드러날 만큼 섬세한 손길은 따뜻하고 힘이 있어 고음 같은 어머니의 탄식을 어루어 주었다. 투명한 남자의 가슴속은 비어 있었다. 단지 두 개의 염통을 가진 심장이 들숨과 날숨의 격심한 근육 운동을 계속하고 있었고 맑은 보라색의 액체가 그 열기를 식혀주려는 듯 주변을 맴돌고 있었다. 주변을 돌아 나온 액체가 남자의 가슴을 받치고 있던 근육을 타고 흘러내렸다. 어머니의 가슴이 젖어버렸다. 심장의 박동이 격심할수록 가슴을 타고 흘러내린 액체는 어머니의 가슴에 커다란 구멍을 만들었다. 안타까움이 희미한 빛 속으로 자꾸 멀어져 갔다.

시커멓게 아가리를 벌리고 서 있는 어둠이 내 앞을 막아선다.

여자의 머리카락이 눈앞에서 출렁거린다. 레드도어 향수에 섞인 여자의 살 내음이 훅 끼쳐온다. 여자의 부드러운 갈색 피부가 내 손등을 스쳐 간다. 여자의 손은 생각보다 차고 여리다. 나는 내게 남아 있는 모든 촉각을 곤두세우고 여자를 올려다본다. 여자의 눈빛 속으로 커다랗게 뚫린 구멍이 보인다. 여자의 주변을 맴돌고 있는 빛들이 구멍 속으로 금세 빨려든다. 그 순간 빛은 흔적도 없이 사라져 버리고 시커멓게 아가리를 벌린 어두운 구멍만 뻥 뚫린 채 나를 내려다보고 있다.

내 정지된 기억의 시간 속으로 구멍 속에서 빛을 잃어가는 한 남자의 얼굴이 떠오르기 시작한다.

　느려진 왈츠의 고음처럼 남자의 얼굴은 점점 빛을 잃어가고 있었다. 그러나 어머니의 가슴은 여전히 뜨겁게 느껴졌다. 대각선을 이루며 따라붙는 그녀의 그림자가 남자의 얼굴을 덮었다. 아주 짧은 순간이었다. 문득 남자의 빛을 잃어가는 얼굴 위로 무엇인가를 갈망하는 눈빛이 스쳤다. 남자는 나를 바라보았다. 이상한 무기력이 나와 남자의 사이에 놓여 있었다. 남자의 가슴을 타고 흘러내린 마지막 한 방울의 액체는 거대한 벽이 되어 그를 가두어 버렸다. 벽은 실체가 없었다. 어머니는 여전히 남자를 향해 고음의 숨결을 내뿜고 있었다. 남자의 눈빛은 점점 절망으로 이지러졌다. 나는 그 눈빛의 낯익음 때문에 당황했다. 당황함은 이내 슬픔이 되어 나를 사로잡았다. 턱선이 부드러운 남자의 얼굴이 거울 속에서 보았던 내 모습을 차츰 닮아가고 있었다.

　남자는 자신이 꿈꾸는 세계를 내게 열어 보이려고 애썼다. 이제는 남자에게서 떠나버린 현실, 실체가 없이 남자의 주변을 떠도는 세상의 삶들이 나를 향해 갈망의 눈초리를 보냈다. 내 슬픔은 절망이 되어갔다. 투명한 벽을 둘러싸고 있는 견고함 때문에 내게는 벽을 깨뜨릴 수 있는 힘이 없다고 소리치고 싶었으나, 그것은 입 안에서만 빙빙 돌 뿐이었다.

　남자는 차츰 박제가 되어갔다. 남자와 나는 언제 하나가 되었을까? 나 자신으로부터 분리되어 가는 남자를 바라보았다. 두려움을 느끼게 하는 하얀빛이 사방에서 몰려왔다.

내 정지된 기억의 시간 속은 온통 어둠뿐이다.

깊이를 알 수 없는 어둠의 바닥에는 세상 밖으로 나가기 위한 씨알들이 떠다니고 있었다. 물속 같은 정적이 주위를 맴돌았다. 지극히 평화로운 상태로 나는 어둠 속을 둥둥 떠돌았다. 내 주변으로 모든 것들이 모여들고 있음을 느낄 수 있었다. 어머니가 보였다. 그녀는 긴 손가락 사이에 담배를 끼운 채 나를 들여다보고 있었다. 그러나 이상하게도 어머니의 낯이 설었다. 그녀의 기다란 머리카락이 젖어 있었다. 몹시 지친 모습으로 나를 내려다보았다. 내게 웃어 보이려고 애쓰는 만큼 얇은 입술 사이에서 고통이 비어져 나왔다.

나선형 계단처럼 끝이 보이지 않는 기억의 파편들이 시간을 가늠할 수 없는 세계 속으로 자꾸만 나를 빠져들게 만든다.

어두운 그림자, 작고 굴속 같은 방의 한쪽 귀퉁이에 놓여 있던 아기 침대가 서먹한 느낌처럼 남아 있었고, 나는 칸막이가 촘촘히 박혀 있는 아기 침대 위에서 내 의사를 무시당한 채 누워 있거나 앉아 있었다. 의사를 전달할 수 있는 유일한 수단으로써의 우는 방법을 나는 알지 못했다. 어머니는 내가 울지 않기 때문인지 나를 잊어버렸다. 그녀와 나는 한방에 있었지만 늘 까마득히 떨어져 있는 느낌이 들었다. 작은 방 서쪽으로 난 창문의 두터운 커튼 뒤로 햇살이 완전히 사라질 때쯤이면 어머니는 생기를 되찾곤 했다. 눈자위로 몰려드는 검은 그림자를 지우려고 턱없이 긴 시간을 거울 앞에서 보내고 나면 어머니는 약간 눈이 부시는 모습으로 변하기도 했다. 실루엣처럼 얇고 화사한 옷을 입은 어머니가 방문을 열면 금속이 부딪치는 가늘고 맑은 소리와 함께 한꺼번에 빛이 좁은 방 안으로 쏟아져 들어왔다. 레드도어 향수의 지독한 냄새도 함께 들어왔다.

　점점 희미해져 가던 후각의 기억들이 내 정지된 기억 속에서는 아주 뚜렷하다.

　십육 밀리 유리창을 뚫고 들어온 빛이 거실 깊숙이 박혀 있던 어둠의 찌꺼기들을 말끔히 씻어낸다. 거실의 좁은 공간에 어울리지 않는 낡고 커다란 소파가 내게는 아주 편안한 안식처처럼 느껴진다. 바깥의 큰길을 한눈에 내려다볼 수 있는 거실의 유리창 덕분에 나는 많은 시간을 보낼 수 있어 좋다. 소파는 유리창의 오른쪽 벽면을 다 차지하고 있다. 여자가 나를 위해 소파를 옮겨놓았다. 하지만 여자는 내게 별다른 관심을 보이지는 않는다. 우리는 이렇게 시간들을 보내는 광경에 익숙해지고 있다. 여자와 내가 기다리는 어떤 순간들이 단지 좀 길어질 뿐이라는 걸 우리는 서로 말하지 않아도 안다. 무료하기는 하지만 이런 상태가 결코 싫은 것은 아니다.

　꽃잎 모양의 정교하게 깔려 있는 보도블록이 노란 나트륨 불빛 속에서 마치 살아 움직이듯 내 시야를 어지럽힌다. 두꺼운 유리창의 굴절 때문인지 보도블록의 붉은 벽돌들이 울퉁불퉁하게 튀어나와 보인다.

　정지된 기억의 시간들이 파편처럼 마구 튀어나온다.

붉은 벽돌을 요리조리 피하면서 걸음걸이가 불안해 보이는 작은 사내아이가 걸어가고 있었다. 불빛만 요란하던 거리 위로 하나씩 둘씩 사람들이 늘어났다. 어느새 거리를 가득 메운 사람들, 술에 취한 사내의 고함에 여자들의 야유하는 소리가 한데 뒤섞여 골목 안은 소란스러웠다. 언제부터 이렇게 시끄러운 소리들이 작은 사내아이의 곁에 있었던 것일까? 굴속 같은 방의 어둠 속에 익숙해 있던 작은 사내아이는 눈 속으로 갑작스럽게 들이닥친 빛 때문에 울지 못한 채 불안하게 주변을 두리번거렸다.

 아이는 곁에 있던 장난감 오뚜기가 보이지 않아 몹시 불안해했다. 단조로운 피아노 소리를 내는 장난감은 늘 아이의 곁을 지켜주듯이 함께 있었다. 아이의 주변을 둘러싸고 있는 사람들의 눈에서 이상한 빛이 쏟아지고 있었다. 그들은 그 빛 속에다 아이를 가두고 몰아세웠다. 아이는 방향을 잃어버렸다. 거대한 빛이 뿜어내는 열기에 얼굴이 빨갛게 달아올랐다. 아이는 누군가를 찾고 싶지만, 그가 누구인지 기억할 수가 없었다. 빛은 아이의 기억들을 흐리게 만들었다. 검은 눈자위로 번져 있던 어두운 그림자. 길고 가느다란 손가락의 메마른 감촉, 아이는 뒤뚱거리는 걸음으로 어렴풋이 남아 있는 기억들을 쫓아갔다.

 어머니는 자꾸 발을 헛딛고 넘어질 듯이 불안한 걸음걸이로 어디론가 가고 있었다. 그녀의 치마꼬리를 잡은 손을 나는 자주 놓쳤다. 습기가 잔뜩 배어 있는 골목길에 즐비하게 늘어선 유리문, 유리문 안에서 흘러나오는 색색의 불빛들, 낮은 지붕의 처마 끝에

고여 있던 빗물이 쭈르륵 흘러내렸다. 빗물은 남자의 어깨 위로 쏟아졌다. 남자는 고개를 한번 흔들더니 그대로 지나쳤다.

남자가 어머니의 곁으로 다가올 때까지 고개를 숙인 채 걸었다. 남자가 어머니와 나란히 걸어갔다. 나는 어머니와 남자 사이를 걷고 있었다. 그들은 말이 없었다. 골목길을 돌아 나오자 남자는 곧바로 큰길을 향해 걸어갔다. 어머니는 잠시 멈춰 서서 그런 남자를 바라보기만 했다. 어머니와 남자의 사이에는 노란 나트륨 불빛이 가로놓여 있었다.

남자는 막 불빛이 사라지는 어둠 속으로 한 발을 들여놓고 있었다. 어머니는 안타까운 시선으로 바라보았다. 그러나 소리를 내어 남자를 부르지는 않았다. 어머니와 남자의 사이로 노란 불빛이 흐르고 그것은 이내 싸락눈이 되어 내 머리 위로 흐르고 있었다. 나는 자꾸만 흐느적거리는 싸락눈 같은 불빛 때문에 어머니를 놓치고 말았다.

불빛 너머로 시간의 단절이 붉은 혓바닥을 널름거린다.

보도블록 위로 노란 나트륨 불빛에 비친 나무들의 그림자가 어지럽게 널려 있다. 사방에서 비쳐 드는 불빛을 받은 그림자들의 음영이 보도블록 위에서 춤추듯 너울거린다. 사방연속무늬처럼 섬세하게 깔려 있는 보도블록의 모양새를 오래 들여다보고 있으면 내 지독한 근시 안경 속에서 보도블록과 나무의 그림자들이 한데 어울려 꽃잎이 바람에 날리듯이 하늘로 풀풀 날아오른다. 착시 현상일 거라고 생각하면서도 나는 그 광경을 오래도록 지켜본다.

자동차의 밝은 헤드라이트 불빛이 빠르게 스쳐 간다.

형체도 없는 벽을 향한 내 몸부림이 갑자기 여자에 의해 정지되어 버린다. 곧바로 견딜 수 없는 고통이 밀어닥친다. 모든 촉각을 통해서 전해지는 고통은 지독하다. 아래쪽으로 처진 머리의 무게를 견디느라고 내 목은 감각을 잃어버릴 지경이다. 내장을 휘젓고 있는 이 물질 때문에 나는 심한 구토를 느꼈으나 그것은 다만 생각일 뿐이다. 내 몸은 조금도 움직이질 않는다. 여자의 레드도어 향수만이 콧속을 강하게 자극할 뿐이다. 오, 하느님 맙소사! 탁하고 갈라진 여자의 목소리가 어디론가 둥둥 떠간다. 여자의 차고 여린 손길이 내 목 언저리에 그대로 남아 있다. 여자와 내가 기다리던 시간이다.

하지만 나는 여전히 시간의 질서 속에 남아 있다.

또한 나는 이제 영원히 깨어날 수 없는 잠 속에 빠져 있을지도 모른다.

소파의 한쪽 귀퉁이에 미동도 없이 기대앉아 있는 여자의 볼이 깊이 파였다. 어깨가 점점 야위어 간다. 여자는 언제부터인지 담배도 피우지 않는다. 거실의 두꺼운 유리창으로 들어오는 빛의 밝기가 벌써 여러 번 바뀌어 갔다. 내 의식은 여전히 명료하지만 몸은 점점 무기력해지고 있다. 혼돈과 질서를 구분해 주는 시간이 이 공간 속을 지나고 있는 것이라는 생각이 든다. 그러나 지금까지 정리하던 내 시간의 질서들은 아직 출구를 찾지 못했다. 이젠 혼돈의 시간들이 내게 더 바싹 다가들고 있다는 느낌이 든다. 불안이 시작되자 걷잡을 수 없이 초조해진다. 내 모든 촉수들이 현관문으로 향해 간다. 현관문을 열 수만 있다면, 그건 아마도 시간의 질서의 출구일지도 모른다. 하지만 나는 움직일 수가 없다. 마지막 남은 희망인 것처럼 나는 혼신의 힘을 다해 현관문으로 다가가려 한다. 여자의 사위어 가는 몸뚱어리에서 어둠의 냄새가 확 끼쳐온다.

정지된 시간, 심연의 아가리 속으로 한 소리가 떠다니고 있었다. 날개가 퍼덕이는 소리였다. 어머니는 벌써 오래전부터 날개를 손질하고 있었다. 실크로 된 실루엣 사이로 윤기가 흐르는 날개를 자랑스럽게 펼쳐 보였다. 빛 속을 걸어가던 작은 사내아이의 오뚝이 장난감이 피아노 소리를 냈다. 소리가 내 가슴속으로 밀고 들어왔다.

어머니는 마침내 어둠 속으로 날개를 펼쳤다. 나는 숨을 죽인 채 어머니를 바라보았다. 어머니는 날마다 빛을 향해 비상을 꿈꾸던 시간들을 털어버리고 이제는 그 빛을 향해 자신의 날개를 활짝 펼쳐 들었다.

무채색의 하늘로 실크 실루엣이 나풀거리며 날아갔다. 어머니는 마침내 시간의 출구를 찾아낸 것일까. 작은 사내아이의 자지러질 듯이 우는 울음소리가 텅 빈 길 위를 공명하듯 내달았다. 어머니의 그림자가 하얗게 나풀거리며 아파트 콘크리트 벽 사이로 떨어져 내렸다. 어, 머, 니가 어디론가 가고 있었다.

여자의 몸에서 나오는 어둠의 냄새가 거실에 가득하다. 회색빛으로 변해버린 머리카락 사이로 작은 밀 입자의 원소들이 기포처럼 부풀면서 넘쳐난다. 멎어버린 심장이 굳기도 전에 항문으로 기어 나온 벌레들이 거실 바닥 카펫에 달라붙는다.

나는 시간의 출구를 향해 혼신의 힘을 다해 움직여 본다. 내 온몸에서는 여자의 주검보다 더 지독한 냄새가 난다.

계단으로 치닫는 발소리, 여자는 이미 옥상 문을 밀고 밖으로 나가고 있는지도 모른다.

날개를 활짝 펼쳐 든 여자의 모습이 눈부시다.

도시의
정령들

초판 1쇄 발행 2025. 6. 9.

지은이 엄연화
펴낸이 김병호
펴낸곳 주식회사 바른북스

편집진행 황금주
디자인 김효나

등록 2019년 4월 3일 제2019-000040호
주소 서울시 성동구 연무장5길 9-16, 301호 (성수동2가, 블루스톤타워)
대표전화 070-7857-9719 | **경영지원** 02-3409-9719 | **팩스** 070-7610-9820

•바른북스는 여러분의 다양한 아이디어와 원고 투고를 설레는 마음으로 기다리고 있습니다.

이메일 barunbooks21@naver.com | **원고투고** barunbooks21@naver.com
홈페이지 www.barunbooks.com | **공식 블로그** blog.naver.com/barunbooks7
공식 포스트 post.naver.com/barunbooks7 | **페이스북** facebook.com/barunbooks7

ⓒ 엄연화, 2025
ISBN 979-11-7263-424-7 03810

•파본이나 잘못된 책은 구입하신 곳에서 교환해드립니다.
•이 책은 저작권법에 따라 보호를 받는 저작물이므로 무단전재 및 복제를 금지하며,
이 책 내용의 전부 및 일부를 이용하려면 반드시 저작권자와 도서출판 바른북스의 서면동의를 받아야 합니다.